निर्मला

निर्मला

मुंशी प्रेमचंद

रुद्र

First published in India in 2022 by
Rudra Publishers & Distributors

ISBN: 978-93-93458-02-5

Rudra Publishers & Distributors
S-1, 5/587, Sector-5, Vaishali,
Ghaziabad- 201002, Mobile: 8447279204
Email: rudrapubdis@gmail.com

Printed and Bound in
Delhi

₹ 999/-

अनुक्रम

प्रथम अध्याय

यों तो बाबू उदयभानुलाल के परिवार में बीसों ही प्राणी थे, कोई ममेरा भाई था, कोई फुफेरा, कोई भांजा था, कोई भतीजा, लेकिन यहां हमें उनसे कोई प्रयोजन नहीं, वह अच्छे वकील थे, लक्ष्मी प्रसन्न थीं और कुटुम्ब के दरिद्र प्राणियों को आश्रय देना उनका कत्तव्य ही था। हमारा सम्बन्ध तो केवल उनकी दोनों कन्याओं से है, जिनमें बड़ी का नाम निर्मला और छोटी का कृष्णा था। अभी कल दोनों साथ–साथ गुड़िया खेलती थीं। निर्मला का पन्द्रहवां साल था, कृष्णा का दसवां, फिर भी उनके स्वभाव में कोई विशेष अन्तर न था। दोनों चंचल, खिलाड़िन और सैर–तमाशे पर जान देती थीं। दोनों गुड़िया काधूमधाम से ब्याह करती थीं, सदा काम से जी चुराती थीं। मां पुकारती रहती थी, पर दोनों कोठे पर छिपी बैठी रहती थीं कि न जाने किस काम के लिए बुलाती हैं। दोनों अपने भाइयों से लड़ती थीं, नौकरों को डांटती थीं और बाजे की आवाज सुनते ही द्वार पर आकर खड़ी हो जाती थीं पर आज एकाएक एक ऐसी बात हो गई है, जिसने बड़ी को बड़ी और छोटी को छोटी बना दिया है। कृष्णा यही है, पर निर्मला बड़ी गम्भीर, एकान्त–प्रिय और लज्जाशील हो गई है। इधर महीनों से बाबू उदयभानुलाल निर्मला के विवाह की बातचीत

कर रहे थे। आज उनकी मेहनत ठिकाने लगी है। बाबू भालचन्द्र सिन्हा के ज्येष्ठ पुत्र भुवन मोहन सिन्हा से बात पक्की हो गई है। वर के पिता ने कह दिया है कि आपकी खुशी ही दहेज दें, या न दें, मुझे इसकी परवाह नहींय हां, बारात में जो लोग जाएं उनका आदर–सत्कार अच्छी तरह होना चहिए, जिसमें मेरी और आपकी जग–हंसाई न हो। बाबू उदयभानुलाल थे तो वकील, पर संचय करना न जानते थे। दहेज उनके सामने कठिन समस्या थी। इसलिए जब वर के पिता ने स्वयं कह दिया कि मुझे दहेज की परवाह नहीं, तो मानों उन्हें आंखें मिल गई। डरते थे, न जाने किस–किस के सामने हाथ फैलाना पड़े, दो–तीन महाजनों को ठीक कर रखा था। उनका अनुमान था कि हाथ रोकने पर भी बीस हजार से कम खर्च न होंगे। यह आश्वासन पाकर वे खुशी के मारे फूले न समाये।

इसकी सूचना ने अज्ञान बलिका को मुंह ढांप कर एक कोने में बिठा रखा है। उसके हृदय में एक विचित्र शंका समा गई है, रो–रोम में एक अज्ञात भय का संचार हो गया है, न जाने क्या होगा। उसके मन में वे उमंगें नहीं हैं, जो युवतियों की आंखों में तिरछी चितवन बनकर, ओंठों पर मधुर हास्य बनकर और अंगों में आलस्य बनकर प्रकट होती है। नहीं वहां अभिलाषाएं नहीं हैं वहां केवल शंकाएं, चिन्ताएं और भीरू कल्पनाएं हैं। यौवन का अभी तक पूर्ण प्रकाश नहीं हुआ है।

कृष्णा कुछ–कुछ जानती है, कुछ–कुछ नहीं जानती। जानती है, बहन को अच्छे–अच्छे गहने मिलेंगे, द्वार पर बाजे बजेंगे, मेहमान आयेंगे, नाच होगा–यह जानकर प्रसन्न है और यह भी जानती है कि बहन सबके गले मिलकर रोयेगी, यहां से रो–धोकर विदा हो जाएगी, मैं अकेली रह जाऊंगी– यह जानकर दुरूखी है, पर यह नहीं जानती कि यह इसलिए हो रहा है, माताजी और पिताजी क्यों बहन को इस घर से निकालने को इतने उत्सुक हो रहे हैं। बहन ने

तो किसी को कुछ नहीं कहा, किसी से लड़ाई नहीं की, क्या इसी तरह एक दिन मुझे भी ये लोग निकाल देंगे? मैं भी इसी तरह कोने में बैठकर रोऊंगी और किसी को मुझ पर दया न आयेगी? इसलिए वह भयभीत भी हैं।

संध्या का समय था, निर्मला छत पर जानकर अकेली बैठी आकाश की और तृषित नेत्रों से ताक रही थी। ऐसा मन होता था पंख होते, तो वह उड़ जाती और इन सारे झंझटों से छूट जाती। इस समय बहुधा दोनों बहनें कहीं सैर करने जाएा करती थीं। बग्घी खाली न होती, तो बगीचे में ही टहला करतीं, इसलिए कृष्णा उसे खोजती फिरती थी, जब कहीं न पाया, तो छत पर आई और उसे देखते ही हंसकर बोली–तुम यहां आकर छिपी बैठी हो और मैं तुम्हें ढूंढती फिरती हूं। चलो, बग्घी तैयार करा आयी हूं।

निर्मला– ने उदासीन भाव से कहा–तू जा, मैं न जाऊंगी।

कृष्णा–नहीं मेरी अच्छी दीदी, आज जरूर चलो। देखो, कैसी ठण्डी–ठण्डी हवा चल रही है।

निर्मला–मेरा मन नहीं चाहता, तू चली जा।

कृष्णा की आंखें डबडबा आई। कांपती हुई आवाज से बोली–आज तुम क्यों नहीं चलतीं मुझसे क्यों नहीं बोलतीं क्यों इधर–उधर छिपी–छिपी फिरती हो? मेरा जी अकेले बैठे–बैठे घबड़ाता है। तुम न चलोगी, तो मैं भी न जाऊगी। यहीं तुम्हारे साथ बैठी रहूंगी।

निर्मला–और जब मैं चली जाऊंगी तब क्या करेगी? तब किसके साथ खेलेगी और किसके साथ घूमने जाऐगी, बता?

कृष्णा–मैं भी तुम्हारे साथ चलूंगी। अकेले मुझसे यहां न रहा जाऐगा।

निर्मला मुस्कराकर बोली–तुझे अम्मा न जाने देंगी।

कृष्णा–तो मैं भी तुम्हें न जाने दूंगी। तुम अम्मा से कह क्यों नहीं देती के मैं न जाउंगी।

निर्मला– कह तो रही हूं, कोई सुनता है!

कृष्णा–तो क्या यह तुम्हारा घर नहीं है?

निर्मला–नहीं, मेरा घर होता, तो कोई क्यों जबर्दस्ती निकाल देता?

कृष्णा–इसी तरह किसी दिन मैं भी निकाल दी जाऊंगी?

निर्मला–और नहीं क्या तू बैठी रहेगी! हम लड़कियां हैं, हमारा घर कहीं नहीं होता।

कृष्णा–चन्दर भी निकाल दिया जाऐगा?

निर्मला–चन्दर तो लड़का है, उसे कौन निकालेगा?

कृष्णा–तो लड़कियां बहुत खराब होती होंगी?

निर्मला–खराब न होतीं, तो घर से भगाई क्यों जाती?

कृष्णा–चन्दर इतना बदमाश है, उसे कोई नहीं भगाता। हम–तुम तो कोई बदमाशी भी नहीं करतीं।

एकाएक चन्दरधम–धम करता हुआ छत पर आ पहुंचा और निर्मला को देखकर बोला–अच्छा आप यहां बैठी हैं। ओहो! अब तो बाजे बजेंगे, दीदी दुल्हन बनेंगी, पालकी पर चढ़ेंगी, ओहो! ओहो!

चन्दर का पूरा नाम चन्द्रभानु सिन्हा था। निर्मला से तीन साल छोटा और कृष्णा से दो साल बड़ा।

निर्मला–चन्दर, मुझे चिढ़ाओगे तो अभी जाकर अम्मा से कह दूंगी।

चन्द्र–तो चिढ़ती क्यों हो तुम भी बाजे सुनना। ओ हो–हो! अब आप दुल्हन बनेंगी। क्यों किशनी, तू बाजे सुनेगी न वैसे बाजे तूने कभी न सुने होंगे।

कृष्णा–क्या बैण्ड से भी अच्छे होंगे?

चन्द्र–हां–हां, बैण्ड से भी अच्छे, हजार गुने अच्छे, लाख गुने अच्छे। तुम जानो क्या एक बैण्ड सुन लिया, तो समझने लगीं कि उससे अच्छे बाजे नहीं होते। बाजे बजानेवाले लाल–लाल वर्दियां और काली–काली टोपियां पहने होंगे। ऐसे खबूसूरत मालूम होंगे कि तुमसे क्या कहूं आतिशबाजियां भी होंगी, हवाइयां आसमान में उड़ जाऐंगी और वहां तारों में लगेंगी तो लाल, पीले, हरे, नीले तारे टूट–टूटकर गिरेंगे। बड़ा बजा आयेगा।

कृष्णा–और क्या–क्या होगा चन्दन, बता दे मेरे भैया?

चन्द्र–मेरे साथ घूमने चल, तो रास्ते में सारी बातें बता दूं। ऐसे–ऐसे तमाशे होंगे कि देखकर तेरी आंखें खुल जाऐंगी। हवा में उड़ती हुई परियां होंगी, सचमुच की परियां।

कृष्णा–अच्छा चलो, लेकिन न बताओगे, तो मारूंगी।

चन्द्रभानू और कृष्णा चले गए, पर निर्मला अकेली बैठी रह गई। कृष्णा के चले जाने से इस समय उसे बड़ा क्षोभ हुआ। कृष्णा, जिसे वह प्राणों से भी अधिक प्यार करती थी, आज इतनी निठुर हो गई। अकेली छोड़कर चली गई। बात कोई न थी, लेकिन दुरूखी ह्रदय दुखती हुई आंख है, जिसमें हवा से भी पीड़ा होती है। निर्मला बड़ी देर तक बैठी रोती रही। भाई–बहन, माता–पिता, सभी इसी भांति मुझे भूल जाऐंगे, सबकी आंखें फिर जाऐंगी, फिर शायद इन्हें देखने को भी तरस जाऊं।

बाग में फूल खिले हुए थे। मीठी–मीठी सुगन्ध आ रही थी। चौत की शीतल मन्द समीर चल रही थी। आकाश में तारे छिटके हुए थे। निर्मला इन्हीं शोकमय विचारों में पड़ी–पड़ी सो गई और आंख लगते ही उसका मन स्वप्न–देश में, विचरने लगा। क्या देखती है कि सामने एक नदी लहरें मार रही है और वह नदी के किनारे

नाव की बाठ देख रही है। सन्ध्या का समय है। अंधेरा किसी भयंकर जन्तु की भांति बढ़ता चला आता है। वह घोर चिन्ता में पड़ी हुई है कि कैसे यह नदी पार होगी, कैसे पहुंचूंगी! रो रही है कि कहीं रात न हो जाए, नहीं तो मैं अकेली यहां कैसे रहूंगी। एकाएक उसे एक सुन्दर नौका घाट की ओर आती दिखाई देती है। वह खुशी से उछल पड़ती है और ज्योही नाव घाट पर आती है, वह उस पर चढ़ने के लिए बढ़ती है, लेकिन ज्योंही नाव के पटरे पर पैर रखना चाहती है, उसका मल्लाह बोल उठता है—तेरे लिए यहां जगह नहीं है! वह मल्लाह की खुशामद करती है, उसके पैरों पड़ती है, रोती है, लेकिन वह यह कहे जाता है, तेरे लिए यहां जगह नहीं है। एक क्षण में नाव खुल जाती है। वह चिल्ला—चिल्लाकर रोने लगती है। नदी के निर्जन तट पर रात भर कैसे रहेगी, यह सोच वह नदी में कूद कर उस नाव को पकड़ना चाहती है कि इतने में कहीं से आवाज आती है—ठहरो, ठहरो, नदी गहरी है, डूब जाओगी। वह नाव तुम्हारे लिए नहीं है, मैं आता हूं, मेरी नाव में बैठ जाओ। मैं उस पार पहुंचा दूंगा। वह भयभीत होकर इधर—उधर देखती है कि यह आवाज कहां से आई? थोड़ी देर के बाद एक छोटी—सी डोंगी आती दिखाई देती है। उसमें न पाल है, न पतवार और न मस्तूल। पेंदा फटा हुआ है, तख्ते टूटे हुए, नाव में पानी भरा हुआ है और एक आदमी उसमें से पानी उलीच रहा है। वह उससे कहती है, यह तो टूटी हुई है, यह कैसे पार लगेगी? मल्लाह कहता है— तुम्हारे लिए यही भेजी गई है, आकर बैठ जाओ! वह एक क्षण सोचती है— इसमें बैठूं या न बैठूं? अन्त में वह निश्चय करती है— बैठ जाऊं। यहां अकेली पड़ी रहने से नाव में बैठ जाना फिर भी अच्छा है। किसी भयंकर जन्तु के पेट में जाने से तो यही अच्छा है कि नदी में डूब जाऊं। कौन जाने, नाव पार पहुंच ही जाए। यह सोचकर वह प्राणों की मुट्ठी में लिए हुए नाव पर बैठ जाती है। कुछ देर तक नाव डगमगाती हुई चलती है,

लेकिन प्रतिक्षण उसमें पानी भरता जाता है। वह भी मल्लाह के साथ दोनों हाथों से पानी उलीचने लगती है। यहां तक कि उनके हाथ रह जाते हैं, पर पानी बढ़ता ही चला जाता है, आखिर नाव चक्कर खाने लगती है, मालूम होती है– अब डूबी, अब डूबी। तब वह किसी अदृश्य सहारे के लिए दोनों हाथ फैलाती है, नाव नीचे जाती है और उसके पैर उखड़ जाते हैं। वह जोर से चिल्लाई और चिल्लाते ही उसकी आंखें खुल गई। देखा, तो माता सामने खड़ी उसका कन्धा पकड़कर हिला रही थी।

बाबू उदयभानुलाल का मकान बाजार बना हुआ है। बरामदे में सुनार के हथौड़े और कमरे में दर्जी की सुईयां चल रही हैं। सामने नीम के नीचे बढ़ई चारपाइयां बना रहा है। खपरैल में हलवाई के लिए भट्ठा खोदा गया है। मेहमानों के लिए अलग एक मकान ठीक किया गया है। यह प्रबन्ध किया जा रहा है कि हरेक मेहमान के लिए एक–एक चारपाई, एक–एक कुर्सी और एक–एक मेज हो। हर तीन मेहमानों के लिए एक–एक कहार रखने की तजवीज हो रही है। अभी बारात आने में एक महीने की देर है, लेकिन तैयारियां अभी से हो रही हैं। बारातियों का ऐसा सत्कार किया जाए कि किसी को जबान हिलाने का मौका न मिले। वे लोग भी याद करें कि किसी के यहां बारात में गये थे। पूरा मकान बर्तनों से भरा हुआ है। चाय के सेट हैं, नाश्ते की तश्तरियां, थाल, लोटे, गिलास। जो लोग नित्य खाट पर पड़े हुक्का पीते रहते थे, बड़ी तत्परता से काम में लगे हुए हैं। अपनी उपयोगिता सिद्ध करने का ऐसा अच्छा अवसर उन्हें फिर बहुत दिनों के बाद मिलेगा। जहां एक आदमी को जाना होता है, पांच दौड़ते हैं। काम कम होता है, हुल्लड़ अधिक। जरा–जरा सी बात पर घण्टों तर्क–वितर्क होता है और अन्त में वकील साहब को आकर निर्णय करना पड़ता है। एक कहता है, यह घी खराब है, दूसरा कहता है, इससे अच्छा बाजार में मिल जाए तो टांग की राह

से निकल जाऊं। तीसरा कहता है, इसमें तो हीक आती है। चौथा कहता है, तुम्हारी नाक ही सड़ गई है, तुम क्या जानो घी किसे कहते हैं। जब से यहां आये हो, घी मिलने लगा है, नहीं तो घी के दर्शन भी न होते थे! इस पर तकरार बढ़ जाती है और वकील साहब को झगड़ा चुकाना पड़ता है।

रात के नौ बजे थे। उदयभानुलाल अन्दर बैठे हुए खर्च का तखमीना लगा रहे थे। वह प्रायरू रोज ही तखमीना लगते थे पर रोज ही उसमें कुछ–न–कुछ परिवर्तन और परिवर्धन करना पड़ता था। सामने कल्याणी भौंहे सिकोड़े हुए खड़ी थी। बाबू साहब ने बड़ी देर के बाद सिर उठाया और बोले–दस हजार से कम नहीं होता, बल्कि शायद और बढ़ जाऐ।

कल्याणी–दस दिन में पांच से दस हजार हुए। एक महीने में तो शायद एक लाख नौबत आ जाऐ।

उदयभानु–क्या करूं, जग हंसाई भी तो अच्छी नहीं लगती। कोई शिकायत हुई तो लोग कहेंगे, नाम बड़े दर्शन थोड़े। फिर जब वह मुझसे दहेज एक पाई नहीं लेते तो मेरा भी कर्तव्य है कि मेहमानों के आदर–सत्कार में कोई बात उठा न रखूं।

कल्याणी– जब से ब्रह्मा ने सृष्टि रची, तब से आज तक कभी बारातियों को कोई प्रसन्न नहीं रख सकता। उन्हें दोष निकालने और निन्दा करने का कोई–न–कोई अवसर मिल ही जाता है। जिसे अपने घर सूखी रोटियां भी मयस्सर नहीं वह भी बारात में जाकर तानाशाह बन बैठता है। तेल खुशबूदार नहीं, साबुन टके सेर का जाने कहां से बटोर लाये, कहार बात नहीं सुनते, लालटेनेंधुआं देती हैं, कुर्सियों में खटमल है, चारपाइयां ढीली हैं, जनवासे की जगह हवादार नहीं। ऐसी–ऐसी हजारों शिकायतें होती रहती हैं। उन्हें आप कहां तक रोकियेगा? अगर यह मौका न मिला, तो और कोई ऐब

निकाल लिये जाएंगे। भई, यह तेल तो रंडियों के लगाने लायक है, हमें तो सादा तेल चाहिए। जनाब ने यह साबुन नहीं भेजा है, अपनी अमीरी की शान दिखाई है, मानो हमने साबुन देखा ही नहीं। ये कहार नहीं यमदूत हैं, जब देखिये सिर पर सवार! लालटेनें ऐसी भेजी हैं कि आंखें चमकने लगती हैं, अगर दस–पांच दिन इस रोशनी में बैठना पड़े तो आंखें फूट जाएं। जनवासा क्या है, अभागे का भाग्य है, जिस पर चारों तरफ से झोंके आते रहते हैं। मैं तो फिर यही कहूंगी कि बारतियों के नखरों का विचार ही छोड़ दो।

उदयभानु– तो आखिर तुम मुझे क्या करने को कहती हो?

कल्याणी–कह तो रही हूं, पक्का इरादा कर लो कि मैं पांच हजार से अधिक न खर्च करूंगा। घर में तो टका है नहीं, कर्ज ही का भरोसा ठहरा, तो इतना कर्ज क्यों लें कि जिन्दगी में अदा न हो। आखिर मेरे और बच्चे भी तो हैं, उनके लिए भी तो कुछ चाहिए।

उदयभानु– तो आज मैं मरा जाता हूं?

कल्याणी– जीने–मरने का हाल कोई नहीं जानता।

कल्याणी– इसमें बिगड़ने की तो कोई बात नहीं। मरना एक दिन सभी को है। कोई यहां अमर होकर थोड़े ही आया है। आंखें बन्द कर लेने से तो होने–वाली बात न टलेगी। रोज आंखों देखती हूं, बाप का देहान्त हो जाता है, उसके बच्चे गली–गली ठोकरें खाते फिरते हैं। आदमी ऐसा काम ही क्यों करे?

उदयभानु न जलकर कहा– जो अब समझ लूं कि मेरे मरने के दिन निकट आ गये, यही तुम्हारी भविष्यवाणी है! सुहाग से स्त्रियों का जी ऊबते नहीं सुना था, आज यह नई बात मालूम हुई। रंडापे में भी कोई सुख होगा ही!

कल्याणी–तुमसे दुनिया की कोई भी बात कही जाती है, तो जहर उगलने लगते हो। इसलिए न कि जानते हो, इसे कहीं टिकना

नहीं है, मेरी ही रोटियों पर पड़ी हुई है या और कुछ! जहां कोई बात कही, बस सिर हो गये, मानों मैं घर की लौंडी हूं, मेरा केवल रोटी और कपड़े का नाता है। जितना ही मैं दबती हूं, तुम और भी दबाते हो। मुफ्तखोर माल उड़ायें, कोई मुंह न खोले, शराब–कबाब में रूपये लुटें, कोई जबान न हिलाये। वे सारे कांटे मेरे बच्चों ही के लिए तो बोये जा रहे है।

उदयभानु लाल– तो मैं क्या तुम्हारा गुलाम हूं?

कल्याणी– तो क्या मैं तुम्हारी लौंडी हूं?

उदयभानु लाल– ऐसे मर्द और होंगे, जो औरतों के इशारों पर नाचते हैं।

कल्याणी– तो ऐसी स्त्रियों भी होंगी, जो मर्दों की जूतियां सहा करती हैं।

उदयभानु लाल–मैं कमाकर लाता हूं, जैसे चाहूं खर्च कर सकता हूं। किसी को बोलने का अधिकार नहीं।

कल्याणी– तो आप अपना घर संभलिये! ऐसे घर को मेरा दूर ही से सलाम है, जहां मेरी कोई पूछ नहीं घर में तुम्हारा जितना अधिकार है, उतना ही मेरा भी। इससे जौ भर भी कम नहीं। अगर तुम अपने मन के राजा हो, तो मैं भी अपने मन को रानी हूं। तुम्हारा घर तुम्हें मुबारक रहे, मेरे लिए पेट की रोटियों की कमी नहीं है। तुम्हारे बच्चे हैं, मारो या जिलाओ। न आंखों से देखूंगी, न पीड़ा होगी। आंखें फूटीं, पीर गई!

उदयभानु– क्या तुम समझती हो कि तुम न संभालेगी तो मेरा घर ही न संभलेगा? मैं अकेले ऐसे–ऐसे दस घर संभाल सकता हूं।

कल्याणी–कौन? अगर श्आज के महीने दिन मिट्टी में न मिल जाए, तो कहना कोई कहती थी!

यह कहते–कहते कल्याणी का चेहरा तमतमा उठा, वह झमककर उठी और कमरे के द्वार की ओर चली। वकील साहब मुकदमें में तो खूब मीन–मेख निकालते थे, लेकिन स्त्रियों के स्वभाव का उन्हें कुछ यों ही–सा ज्ञान था। यही एक ऐसी विद्या है, जिसमें आदमी बूढ़ा होने पर भी कोरा रह जाता है। अगर वे अब भी नरम पड़ जाते और कल्याणी का हाथ पकड़कर बिठा लेते, तो शायद वह रूक जाती, लेकिन आपसे यह तो हो न सका, उल्टे चलते–चलते एक और चरका दिया।

बोल–मैके का घमण्ड होगा?

कल्याणी ने द्वारा पर रूक कर पति की ओर लाल–लाल नेत्रों से देखा और बिफरकर बोल– मैके वाले मेरे तकदीर के साथी नहीं है और न मैं इतनी नीच हूं कि उनकी रोटियों पर जा पड़ूं।

उदयभानु–तब कहां जा रही हो?

कल्याणी–तुम यह पूछने वाले कौन होते हो? ईश्वर की सृष्टि में असंख्य प्राप्रियों के लिए जगह है, क्या मेरे ही लिए जगह नहीं है?

यह कहकर कल्याणी कमरे के बाहर निकल गई। आंगन में आकर उसने एक बार आकाश की ओर देखा, मानो तारागण को साक्षी दे रही है कि मैं इस घर में कितनी निर्दयता से निकाली जा रही हूं। रात के ग्यारह बज गये थे। घर में सन्नाटा छा गया था, दोनों बेटों की चारपाई उसी के कमरे में रहती थी। वह अपने कमरे में आई, देखा चन्द्रभानु सोया है, सबसे छोटा सूर्यभानु चारपाई पर उठ बैठा है। माता को देखते ही वह बोला–तुम तहां दई तीं अम्मां?

कल्याणी दूर ही से खड़े–खड़े बोली– कहीं तो नहीं बेटा, तुम्हारे बाबूजी के पास गई थी।

सूर्य–तुम तली दई, मुधे अतेले दर लदता था। तुम क्यों तली दई तीं, बताओ?

यह कहकर बच्चे ने गोद में चढ़ने के लिए दोनों हाथ फैला दिये। कल्याणी अब अपने को न रोक सकी। मातृ–स्नेह के सुधा–प्रवाह से उसका संतप्त ह्रदय परिप्लावित हो गया। ह्रदय के कोमल पौधे, जो क्रोध के ताप से मुरझा गये थे, फिर हरे हो गये। आंखें सजल हो गई। उसने बच्चे को गोद में उठा लिया और छाती से लगाकर बोली–तुमने पुकार क्यों न लिया, बेटा?

सूर्य–पुतालता तो ता, तुम थुनती न तीं, बताओ अब तो कबी न दाओगी।

कल्याणी–नहीं भैया, अब नहीं जाऊंगी।

यह कहकर कल्याणी सूर्यभानु को लेकर चारपाई पर लेटी। मां के ह्रदय से लिपटते ही बालक निरूशंक होकर सो गया, कल्याणी के मन में संकल्प–विकल्प होने लगे, पति की बातें याद आतीं तो मन होता–घर को तिलांजलि देकर चली जाऊं, लेकिन बच्चों का मुंह देखती, तो वासल्य से चित्त गद्रगद्र हो जाता। बच्चों को किस पर छोड़कर जाऊं? मेरे इन लालों को कौन पालेगा, ये किसके होकर रहेंगे? कौन प्रातरूकाल इन्हें दूध और हलवा खिलायेगा, कौन इनकी नींद सोयेगा, इनकी नींद जागेगा? बेचारे कौड़ी के तीन हो जाऐंगे। नहीं प्यारो, मैं तुम्हें छोड़कर नहीं जाऊंगी। तुम्हारे लिए सब कुछ सह लूंगी। निरादर–अपमान, जली–कटी, खोटी–खरी, घुड़की–झिड़की सब तुम्हारे लिए सहूंगी।

कल्याणी तो बच्चे को लेकर लेटी, पर बाबू साहब को नींद न आई उन्हें चोट करनेवाली बातें बड़ी मुश्किल से भूलती थी। उफ, यह मिजाज! मानों मैं ही इनकी स्त्री हूं। बात मुंह से निकालनी मुश्किल है। अब मैं इनका गुलाम होकर रहूं। घर में अकेली यह रहें और बाकी जितने अपने बेगाने हैं, सब निकाल दिये जाऐं। जला करती हैं। मनाती हैं कि यह किसी तरह मरें, तो मैं अकेली आराम

करूं। दिल की बात मुंह से निकल ही आती है, चाहे कोई कितना ही छिपाये। कई दिन से देख रहा हूं ऐसी ही जली–कटी सुनाया करती हैं। मैके का घमण्ड होगा, लेकिन वहां कोई भी न पूछेगा, अभी सब आवभगत करते हैं। जब जाकर सिर पड़ जाएंगी तो आटे–दाल का भाव मालूम हो जाएगा। रोती हुई जाएंगी। वाह रे घमण्ड! सोचती हैं–मैं ही यह गृहस्थी चलाती हूं। अभी चार दिन को कहीं चला जाऊं, तो मालूम हो जाएगा, सारी शेखी किरकिरी हो जाएगा। एक बार इनका घमण्ड तोड़ ही दूं। जरा वैधव्य का मजा भी चखा दूं। न जाने इनकी हिम्मत कैसे पड़ती है कि मुझे यों कोसने लगत हैं। मालूम होता है, प्रेम इन्हें छू नहीं गया या समझती हैं, यह घर से इतना चिमटा हुआ है कि इसे चाहे जितना कोसूं, टलने का नाम न लेगा। यही बात है, पर यहां संसार से चिमटनेवाले जीव नहीं हैं! जहन्नुम में जाए यह घर, जहां ऐसे प्राणियों से पाला पड़े। घर है या नरक? आदमी बाहर से थका–मांदा आता है, तो उसे घर में आराम मिलता है। यहां आराम के बदले कोसने सुनने पड़ते हैं। मेरी मृत्यु के लिए व्रत रखे जाते हैं। यह है पचीस वर्ष के दाम्पत्य जीवन का अन्त! बस, चल ही दूं। जब देख लूंगा इनका सारा घमण्डधूल में मिल गया और मिजाज ठण्डा हो गया, तो लौट आऊंगा। चार–पांच दिन काफी होंगे। लो, तुम भी याद करोगी किसी से पाला पड़ा था।

यही सोचते हुए बाबू साहब उठे, रेशमी चादर गले में डाली, कुछ रूपये लिये, अपना कार्ड निकालकर दूसरे कुर्ते की जेब में रखा, छड़ी उठाई और चुपके से बाहर निकले। सब नौकर नींद में मस्त थे। कुत्ता आहट पाकर चौंक पड़ा और उनके साथ हो लिया।

पर यह कौन जानता था कि यह सारी लीला विधि के हाथों रची जा रही है। जीवन–रंगशाला का वह निर्दय सूत्रधार किसी अगम गुप्त स्थान पर बैठा हुआ अपनी जटिल क्रूर क्रीड़ा दिखा रहा

है। यह कौन जानता था कि नकल असल होने जा रही है, अभिनय सत्य का रूप ग्रहण करने वाला है।

निशा ने इन्दू को परास्त करके अपना साम्राज्य स्थापित कर लिया था। उसकी पैशाचिक सेना ने प्रकृति पर आतंक जमा रखा था। सद्रवृत्तियां मुंह छिपाये पड़ी थीं और कुवृत्तियां विजय–गर्व से इठलाती फिरती थीं। वन में वन्यजन्तु शिकार की खोज में विचार रहे थे और नगरों में नर–पिशाच गलियों में मंडराते फिरते थे।

बाबू उदयभानुलाल लपके हुए गंगा की ओर चले जा रहे थे। उन्होंने अपना कुर्त्ता घाट के किनारे रखकर पांच दिन के लिए मिर्जापुर चले जाने का निश्चय किया था। उनके कपड़े देखकर लोगों को डूब जाने का विश्वास हो जाऐगा, कार्ड कुर्ते की जेब में था। पता लगाने में कोई दिक्कत न हो सकती थी। दम–के–दम में सारे शहर में खबर मशहूर हो जाऐगी। आठ बजते–बजते तो मेरे द्व ार पर सारा शहर जमा हो जाऐगा, तब देखूं, देवी जी क्या करती हैं?

यही सोचते हुए बाबू साहब गलियों में चले जा रहे थे, सहसा उन्हें अपने पीछे किसी दूसरे आदमी के आने की आहट मिली, समझे कोई होगा। आगे बढ़े, लेकिन जिस गली में वह मुड़ते उसी तरफ यह आदमी भी मुड़ता था। तब बाबू साहब को आशंका हुई कि यह आदमी मेरा पीछा कर रहा है। ऐसा आभास हुआ कि इसकी नीयत साफ नहीं है। उन्होंने तुरन्त जेबी लालटेन निकाली और उसके प्रकाश में उस आदमी को देखा। एक बरिष्ठ मनुष्य कन्धे पर लाठी रखे चला आता था। बाबू साहब उसे देखते ही चौंक पड़े। यह शहर का छटा हुआ बदमाश था। तीन साल पहले उस पर डाके का अभियोग चला था। उदयभानु ने उस मुकदमे में सरकार की ओर से पैरवी की थी और इस बदमाश को तीन साल की सजा दिलाई थी। सभी से वह इनके खून का प्यासा हो रहा था। कल ही वह छूटकर

आया था। आज दैवात् साहब अकेले रात को दिखाई दिये, तो उसने सोचा यह इनसे दाव चुकाने का अच्छा मौका है। ऐसा मौका शायद ही फिर कभी मिले। तुरन्त पीछे हो लिया और वार करने की घात ही में था कि बाबू साहब ने जेबी लालटेन जलाई। बदमाश जरा ठिठककर बोला—क्यों बाबूजी पहचानते हो? मैं हूं मतई।

बाबू साहब ने डपटकर कहा— तुम मेरे पिछे—पिछे क्यों आरहे हो?

मतई— क्यों, किसी को रास्ता चलने की मनाही है? यह गली तुम्हारे बाप की है?

बाबू साहब जवानी में कुश्ती लड़े थे, अब भी हृष्ट—पुष्ट आदमी थे। दिल के भी कच्चे न थे। छड़ी संभालकर बोले—अभी शायद मन नहीं भरा। अबकी सात साल को जाओगे।

मतई—मैं सात साल को जाऊंगा या चौदह साल को, पर तुम्हें जिद्दा न छोड़ूंगा। हां, अगर तुम मेरे पैरों पर गिरकर कसम खाओ कि अब किसी को सजा न कराऊंगा, तो छोड़ दूं। बोलो मंजूर है?

उदयभानु—तेरी शामत तो नहीं आई?

मतई—शामत मेरी नहीं आई, तुम्हारी आई है। बोलो खाते हो कसम—एक!

उदयभानु—तुम हटते हो कि मैं पुलिसमैन को बुलाऊं।

मतई—दो!

उदयभानु—(गरजकर) हट जा बादशाह, सामने से!

मतई—तीन!

मुंह से 'तीन' शब्द निकालते ही बाबू साहब के सिर पर लाठी का ऐसा तुला हाथ पड़ा कि वह अचेत होकर जमीन पर गिर पड़े। मुंह से केवल इतना ही निकला—हाय! मार डाला!

मतई ने समीप आकर देखा, तो सिर फट गया था और खून की घार निकल रही थी। नाड़ी का कहीं पता न था। समझ गया कि काम तमाम हो गया। उसने कलाई से सोने की घड़ी खोल ली, कुर्ते से सोने के बटन निकाल लिये, उंगली से अंगूठी उतारी और अपनी राह चला गया, मानो कुछ हुआ ही नहीं। हां, इतनी दया की कि लाश रास्ते से घसीटकर किनारे डाल दी। हाय, बेचारे क्या सोचकर चले थे, क्या हो गया! जीवन, तुमसे ज्यादा असार भी दुनिया में कोई वस्तु है? क्या वह उस दीपक की भांति ही क्षणभंगुर नहीं है, जो हवा के एक झोंके से बुझ जाता है! पानी के एक बुलबुले को देखते हो, लेकिन उसे टूटते भी कुछ देर लगती है, जीवन में उतना सार भी नहीं। सांस का भरोसा ही क्या और इसी नश्वरता पर हम अभिलाषाओ के कितने विशाल भवन बनाते हैं! नहीं जानते, नीचे जानेवाली सांस ऊपर आयेगी या नहीं, पर सोचते इतनी दूर की हैं, मानो हम अमर हैं।

दूसरा अध्याय

विवाह का विलाप और अनाथों का रोना सुनाकर हम पाठकों का दिल न दुखायेंगे। जिसके ऊपर पड़ती है, वह रोता है, विलाप करता है, पछाड़ें खाता है। यह कोई नयी बात नहीं। हां, अगर आप चाहें तो कल्याणी की उस घोर मानसिक यातना का अनुमान कर सकते हैं, जो उसे इस विचार से हो रही थी कि मैं ही अपने प्राणाधार की घातिका हूं। वे वाक्य जो क्रोध के आवेश में उसके असंयत मुख से निकले थे, अब उसके हृदय को वाणों की भांति छेद रहे थे। अगर पति ने उसकी गोद में कराह–कराहकर प्राण–त्याग दिए होते, तो उसे संतोष होता कि मैंने उनके प्रति अपने कर्तव्य का पालन किया। शोकाकुल हृदय को इससे ज्यादा सान्त्वना और किसी बात से नहीं होती। उसे इस विचार से कितना संतोष होता कि मेरे स्वामी मुझसे प्रसन्न गये, अन्तिम समय तक उनके हृदय में मेरा प्रेम बना रहा। कल्याणी को यह सन्तोष न था। वह सोचती थी–हा! मेरी पचीस बरस की तपस्या निष्फल हो गई। मैं अन्त समय अपने प्राणपति के प्रेम के वंचित हो गयी। अगर मैंने उन्हें ऐसे कठोर शब्द न कहे होते, तो वह कदापि रात को घर से न जाते।न जाने उनके मन में क्या–क्या विचार आये हों? उनके मनोभावों की कल्पना करके और अपने अपराध को बढ़ा–बढ़ाकर वह आठों पहर कुढ़ती

रहती थी। जिन बच्चों पर वह प्राण देती थी, अब उनकी सूरत से चिढ़ती। इन्हीं के कारण मुझे अपने स्वामी से रार मोल लेनी पड़ी। यही मेरे शत्रु हैं। जहां आठों पहर कचहरी–सी लगी रहती थी, वहां अब खाक उड़ती है। वह मेला ही उठ गया। जब खिलानेवाला ही न रहा, तो खानेवाले कैसे पड़े रहते।धीरे–धीरे एक महीने के अन्दर सभी भांजे–भतीजे बिदा हो गये। जिनका दावा था कि हम पानी की जगह खून बहानेवालों में हैं, वे ऐसा सरपट भागे कि पीछे फिरकर भी न देखा। दुनिया ही दूसरी हो गयी। जिन बच्चों को देखकर प्यार करने को जी चाहता था उनके चेहरे पर अब मक्खियां भिनभिनाती थीं। न जाने वह कांति कहां चली गई?

शोक का आवेग कम हुआ, तो निर्मला के विवाह की समस्या उपस्थित हुई। कुछ लोगों की सलाह हुई कि विवाह इस साल रोक दिया जाऐ, लेकिन कल्याणी ने कहा– इतनी तैयरियों के बाद विवाह को रोक देने से सब किया–धरा मिट्टी में मिल जाऐगा और दूसरे साल फिर यही तैयारियां करनी पड़ेंगी, जिसकी कोई आशा नहीं। विवाह कर ही देना अच्छा है। कुछ लेना–देना तो है ही नहीं। बारातियों के सेवा–सत्कार का काफी सामान हो चुका है, विलम्ब करने में हानि–ही–हानि है। अतएव महाशय भालचन्द्र को शक–सूचन के साथ यह सन्देश भी भेज दिया गया। कल्याणी ने अपने पत्र में लिखा–इस अनाथिनी पर दया कीजिए और डूबती हुई नाव को पार लगाइये। स्वामीजी के मन में बड़ी–बड़ी कामनाएं थीं, किंतु ईश्वर को कुछ और ही मंजूर था। अब मेरी लाज आपके हाथ है। कन्या आपकी हो चुकी। मैं लोगों के सेवा–सत्कार करने को अपना सौभाग्य समझती हूं, लेकिन यदि इसमें कुछ कमी हो, कुछ त्रुटि पड़े, तो मेरी दशा का विचार करके क्षमा कीजियेगा। मुझे विश्वास है कि आप इस अनाथिनी की निन्दा न होने देंगे, आदि।

कल्याणी ने यह पत्र डाक से न भेजा, बल्कि पुरोहित से कहा–आपको कष्ट तो होगा, पर आप स्वयं जाकर यह पत्र दीजिए और मेरी ओर से बहुत विनय के साथ कहियेगा कि जितने कम आदमी आयें, उतना ही अच्छा। यहां कोई प्रबन्ध करनेवाला नहीं है।

पुरोहित मोटेराम यह सन्देश लेकर तीसरे दिन लखनऊ जा पहुँचे।

संध्या का समय था। बाबू भालचन्द्र दीवानखाने के सामने आरामकुर्सी पर नंग–धड़ंग लेटे हुए हुक्का पी रहे थे। बहुत ही स्थूल, ऊंचे कद के आदमी थे। ऐसा मालूम होता था कि काला देव है या कोई हब्शी अफ्रीका से पकड़कर आया है। सिर से पैर तक एक ही रंग था–काला। चेहरा इतना स्याह था कि मालूम न होता था कि माथे का अंत कहां है सिर का आरम्भ कहां। बस, कोयले की एक सजीव मूर्ति थी। आपको गर्मी बहुत सताती थी। दो आदमी खड़े पंखा झल रहे थे, उस पर भी पसीने का तार बंधा हुआ था। आप आबकारी के विभाग में एक ऊंचे ओहदे पर थे। पांच सौ रूपये वेतन मिलता था। ठेकेदारों से खूब रिश्वत लेते थे। ठेकेदार शराब के नाम पानी बेचें, चौबीसों घंटे दुकान खुली रखें, आपको केवल खुश रखना काफी था। सारा कानून आपकी खुशी थी। इतनी भयंकर मूर्ति थी कि चांदनी रात में लोग उन्हें देख कर सहसा चौंक पड़ते थे–बालक और स्त्रियां ही नहीं, पुरूष तक सहम जाते थे। चांदनी रात इसलिए कहा गया कि अंधेरी रात में तो उन्हें कोई देख ही न सकता था–श्यामलता अन्धकार में विलीन हो जाती थी। केवल आंखों का रंग लाल था। जैसे पक्का मुसलमान पांच बार नमाज पढ़ता है, वैसे ही आप भी पांच बार शराब पीते थे, मुफ्त की शराब तो काजी को हलाल है, फिर आप तो शराब के अफसर ही थे, जितनी चाहें पियें, कोई हाथ पकड़ने वाला न था। जब प्यास लगती

शराब पी लेते । जैसे कुछ रंगों में परस्पर सहानुभूति है, उसी तरह कुछ रंगों में परस्पर विरोध है। लालिमा के संयोग से कालिमा और भी भयंकर हो जाती है।

बाबू साहब ने पंडितजी को देखते ही कुर्सी से उठकर कहा–अख्खाह! आप हैं? आइए–आइए।धन्य भाग! अरे कोई है। कहां चले गये सब–के–सब, झगड़ू, गुरदीन, छकौड़ी, भवानी, रामगुलाम कोई है? क्या सब–के–सब मर गये! चलो रामगुलाम, भवानी, छकौड़ी, गुरदीन, झगड़ू। कोई नहीं बोलता, सब मर गये! दर्जन–भर आदमी हैं, पर मौके पर एक की भी सूरत नहीं नजर आती, न जाने सब कहां गायब हो जाते हैं। आपके वास्ते कुर्सी लाओ।

बाबू साहब ने ये पांचों नाम कई बार दुहराये, लेकिन यह न हुआ कि पंखा झलनेवाले दोनों आदमियों में से किसी को कुर्सी लाने को भेज देते। तीन–चार मिनट के बाद एक काना आदमी खांसता हुआ आकर बोला–सरकार, ईतना की नौकरी हमार कीन न होई ! कहां तक उधार–बाढ़ी लै–लै खाई मांगत–मांगत थेथर होय गयेना।

भाल– बको मत, जाकर कुर्सी लाओ। जब कोई काम करने की कहा गया, तो रोने लगता है। कहिए पडितजी, वहां सब कुशल है?

मोटेराम–क्या कुशल कहूं बाबूजी, अब कुशल कहां? सारा घर मिट्टी में मिल गया।

इतने में कहार ने एक टूटा हुआ चीड़ का सन्दूक लाकर रख दिया और बोला–कर्सी–मेज हमारे उठाये नाहीं उठत है।

पंडितजी शर्माते हुए डरते–डरते उस पर बैठे कि कहीं टूट न जाए और कल्याणी का पत्र बाबू साहब के हाथ में रख दिया।

भाल–अब और कैसे मिट्टी में मिलेगा? इससे बड़ी और कौन विपत्ति पड़ेगी? बाबू उदयभानु लाल से मेरी पुरानी दोस्ती थी। आदमी नहीं, हीरा था! क्या दिल था, क्या हिम्मत थी, (आंखें पोंछकर) मेरा

तो जैसे दाहिना हाथ ही कट गया। विश्वास मानिए, जबसे यह खबर सुनी है, आंखों में अंधेरा–सा छा गया है। खाने बैठता हूं, तो कौर मुंह में नहीं जाता। उनकी सूरत आंखों के सामने खड़ी रहती है। मुंह जूठा करके उठ जाता हूं। किसी काम में दिल नहीं लगता। भाई के मरने का रंज भी इससे कम ही होता है। आदमी नहीं, हीरा था!

मोटे– सरकार, नगर में अब ऐसा कोई रईस नहीं रहा।

भाल– मैं खूब जानता हूं, पंडितजी, आप मुझसे क्या कहते हैं। ऐसा आदमी लाख–दो–लाख में एक होता है। जितना मैं उनको जानता था, उतना दूसरा नहीं जान सकता। दो–ही–तीन बार की मुलाकात में उनका भक्त हो गया और मरने दम तक रहूंगा। आप समधिन साहब से कह दीजिएगा, मुझे दिली रंज है।

मोटे–आपसे ऐसी ही आशा थी! आज–जैसे सज्जनों के दर्शन दुर्लभ हैं। नहीं तो आज कौन बिना दहेज के पुत्र का विवाह करता है।

भाल–महाराज, देहज की बातचीत ऐसे सत्यवादी पुरूषों से नहीं की जाती। उनसे सम्बन्ध हो जाना ही लाख रूपये के बराबर है। मैं इसी को अपना अहोभाग्य समझता हूं। हा! कितनी उदार आमत्मा थी। रूपये को तो उन्होंने कुछ समझा ही नहीं, तिनके के बराबर भी परवाह नहीं की। बुरा रिवाज है, बेहद बुरा! मेरा बस चले, तो दहेज लेनेवालों और दहेज देनेवालों दोनों ही को गोली मार दूं, हां साहब, साफ गोली मार दूं, फिर चाहे फांसी ही क्यों न हो जाए! पूछो, आप लड़के का विवाह करते हैं कि उसे बेचते हैं? अगर आपको लड़के के शादी में दिल खोलकर खर्च करने का अरमान है, तो शौक के खर्च कीजिए, लेकिन जो कुछ कीजिए, अपने बल पर। यह क्या कि कन्या के पिता का गला रेतिए। नीचता है, घोर नीचता! मेरा बस चले, तो इन पाजियों को गोली मार दूं।

मोटे–धन्य हो सरकार! भगवान् ने आपको बड़ी बुद्धि दी है। यहधर्म का प्रताप है। मालकिन की इच्छा है कि विवाह का मुहूर्त वही रहे और तो उन्होंने सारी बातें पत्र में लिख दी हैं। बस, अब आप ही उबारें तो हम उबर सकते हैं। इस तरह तो बारात में जितने सज्जन आयेंगे, उनकी सेवा–सत्कार हम करेंगे ही, लेकिन परिस्थिति अब बहुत बदल गयी है सरकार, कोई करने–धरनेवाला नहीं है। बस ऐसी बात कीजिए कि वकील साहब के नाम पर बट्टा न लगे।

भालचन्द्र एक मिनट तक आंखें बन्द किये बैठे रहे, फिर एक लम्बी सांस खींच कर बोले–ईश्वर को मंजूर ही न था कि वह लक्ष्मी मेरे घर आती, नहीं तो क्या यह वज्र गिरता? सारे मनसूबे खाक में मिल गये। फूला न समाता था कि वह शुभ–अवसर निकट आ रहा है, पर क्या जानता था कि ईश्वर के दरबार में कुछ और षड्यन्त्र रचा जा रहा है। मरनेवाले की याद ही रूलाने के लिए काफी है। उसे देखकर तो जख्म और भी हरा जो जाएगा। उस दशा में न जाने क्या कर बैठूं। इसे गुण समझिए, चाहे दोष कि जिससे एक बार मेरी घनिष्ठता हो गयी, फिर उसकी याद चित्त से नहीं उतरती। अभी तो खैर इतना ही है कि उनकी सूरत आंखों के सामने नाचती रहती है, लेकिन यदि वह कन्या घर में आ गयी, तब मेरा जिन्दा रहना कठिन हो जाएगा। सच मानिए, रोते–रोते मेरी आंखें फूट जाएंगी। जानता हूं, रोना–धोना व्यर्थ है। जो मर गया वह लौटकर नहीं आ सकता। सब्र करने के सिवाय और कोई उपाय नहीं है, लेकिन दिल से मजबूर हूं। उस अनाथ बालिका को देखकर मेरा कलेजा फट जाएगा।

मोटे– ऐसा न कहिए सरकार! वकील साहब नहीं तो क्या, आप तो हैं। अब आप ही उसके पिता–तुल्य हैं। वह अब वकील साहब की कन्या नहीं, आपकी कन्या है। आपके हृदय के भाव तो कोई जानता नहीं, लोग समझेंगे, वकील साहब का देहान्त हो जाने के कारण

आप अपने वचन से फिर गये। इसमें आपकी बदनामी है। चित्त को समझाइए और हंस–खुशी कन्या का पाणिग्रहण करा लीजिए। हाथी मरे तो नौ लाख का। लाख विपत्ति पड़ी है, लेकिन मालकिन आप लोगों की सेवा–सत्कार करने में कोई बात न उठा रखेंगी।

बाबू साहब समझ गये कि पंडित मोटेराम कोरे पोथी के ही पंडित नहीं, वरन व्यवहार–नीति में भी चतुर हैं। बोले–पंडितजी, हलफ से कहता हूं, मुझे उस लड़की से जितना प्रेम है, उतना अपनी लड़की से भी नहीं है, लेकिन जब ईश्वर को मंजूर नहीं है, तो मेरा क्या बस है? वह मृत्यु एक प्रकार की अमंगल सूचना है, जो विधाता की ओर से हमें मिली है। यह किसी आनेवाली मुसीबत की आकाशवाणी है विधाता स्पष्ट रीति से कह रहा है कि यह विवाह मंगलमय न होगा। ऐसी दशा में आप ही सोचिये, यह संयोग कहां तक उचित है। आप तो विद्वान आदमी हैं। सोचिए, जिस काम का आरम्भ ही अमंगल से हो, उसका अंत अमंगलमय हो सकता है? नहीं, जानबूझकर मक्खी नहीं निगली जाती। समधिन साहब को समझाकर कह दीजिएगा, मैं उनकी आज्ञापालन करने को तैयार हूं, लेकिन इसका परिणाम अच्छा न होगा। स्वार्थ के वंश में होकर मैं अपने परम मित्र की सन्तान के साथ यह अन्याय नहीं कर सकता।

इस तर्क ने पडितजी को निरुत्तर कर दिया। वादी ने यह तीर छोड़ा था, जिसकी उनके पास कोई काट न थी। शत्रु ने उन्हीं के हथियार से उन पर वार किया था और वह उसका प्रतिकार न कर सकते थे। वह अभी कोई जवाब सोच ही रहे थे, कि बाबू साहब ने फिर नौकरों को पुकारना शुरू किया– अरे, तुम सब फिर गायब हो गये– झगड़ू, छकौड़ी, भवानी, गुरूदीन, रामगुलाम! एक भी नहीं बोलता, सब–के–सब मर गये। पंडितजी के वास्ते पानी–वानी की फिक्र है? ना जाने इन सबों को कोई कहां तक समझये। अक्ल छू

तक नहीं गयी। देख रहे हैं कि एक महाशय दूर से थके–मांदे चले आ रहे हैं, पर किसी को जरा भी परवाह नहीं। लाओं, पानी–वानी रखो। पडितजी, आपके लिए शर्बत बनवाऊं या फलाहारी मिठाई मंगवा दूं।

मोटेरामजी मिठाइयों के विषय में किसी तरह का बन्धन न स्वीकार करते थे। उनका सिद्धान्त था कि घृत से सभी वस्तुएं पवित्र हो जाती हैं। रसगुल्ले और बेसन के लड्डू उन्हें बहुत प्रिय थे, पर शर्बत से उन्हें रुचि न थी। पानी से पेट भरना उनके नियम के विरुद्ध था। सकुचाते हुए बोले–शर्बत पीने की तो मुझे आदत नहीं, मिठाई खा लूंगा।

भाल– फलाहारी न?

मोटे– इसका मुझे कोई विचार नहीं।

भाल– है तो यही बात। छूत–छात सब ढकोसला है। मैं स्वयं नहीं मानता। अरे, अभी तक कोई नहीं आया? छकौड़ी, भवानी, गुरुदीन, रानगुलाम, कोई तो बोले!

अबकी भी वही बूढ़ा कहार खांसता हुआ आकर खड़ा हो गया और बोला–सरकार, मोर तलब दै दीन जाए। ऐसी नौकरी मोसे न होई। कहां लो दौरी दौरत–दौरत गोड़ पिराय लागत है।

भाल–काम कुछ करो या न करो, पर तलब पहिले चहिए! दिन भर पड़े–पड़े खांसा करो, तलब तो तुम्हारी चढ़ रही है। जाकर बाजार से एक आने की ताजी मिठाई ला। दौड़ता हुआ जा।

कहार को यह हुक्म देकर बाबू साहब घर में गये और स्त्री से बोले–वहां से एक पंडितजी आये हैं। यह खत लाये हैं, जरा पढ़ो तो।

पत्नी जी का नाम रंगीलीबाई था। गोरे रंग की प्रसन्न–मुख महिला थीं। रूप और यौवन उनसे विदा हो रहे थे, पर किसी प्रेमी

मित्र की भांति मचल–मचल कर तीस साल तक जिसके गले से लगे रहे, उसे छोड़ते न बनता था।

रंगीलीबाई बैठी पान लगा रही थीं। बोली–कह दिया न कि हमें वहां ब्याह करना मंजूर नहीं।

भाल–हां, कह तो दिया, पर मारे संकोच के मुंह से शब्द न निकलता था। झूठ–मूठ का होला करना पड़ता।

रंगीली–साफ बात करने में संकोच क्या? हमारी इच्छा है, न।

तीसरा अध्याय

निर्मला का विवाह हो गया। ससुराल आ गयी। वकील साहब का नाम था मुंशी तोताराम। सांवले रंग के मोटे–ताजे आदमी थे। उम्र तो अभी चालीस से अधिक न थी, पर वकालत के कठिन परिश्रम ने सिर के बाल पका दिये थे। व्यायाम करने का उन्हें अवकाश न मिलता था। वहां तक कि कभी कहीं घूमने भी न जाते, इसलिए तोंद निकल आई थी। देह के स्थून होते हुए भी आये दिन कोई–न–कोई शिकायत रहती थी। मंदग्नि और बवासीर से तो उनका चिरस्थायी सम्बन्ध था। अतएव बहुत फूंक–फूंककर कदम रखते थे। उनके तीन लड़के थे। बड़ा मंसाराम सोहल वर्ष का था, मंझला जियाराम बारह और सियाराम सात वर्ष का। तीनों अंग्रेजी पढ़ते थे। घर में वकील साहब की विधवा बहिन के सिवा और कोई औरत न थी। वही घर की मालकिन थी। उनका नाम था रुकमिणी और अवस्था पचास के ऊपर थी। ससुराल में कोई न था। स्थायी रीति से यहीं रहती थीं।

तोताराम दम्पति–विज्ञान में कुशल थे। निर्मला के प्रसन्न रखने के लिए उनमें जो स्वाभाविक कमी थी, उसे वह उपहारों से पूरी करना चाहते थे। यद्यपि वह बहु ही मितव्ययी पुरूष थे, पर निर्मला के लिए कोई–न–कोई तोहफा रोज लाया करते। मौके परधन की

परवाइ न करते थे। लड़के के लिए थोड़ा दूध आता था, पर निर्मला के लिए मेवे, मुरब्बे, मिठाइयां–किसी चीज की कमी न थी। अपनी जिन्दगी में कभी सैर–तमाशे देखने न गये थे, पर अब छुट्टियों में निर्मला को सिनेमा, सरकस, एटर, दिखाने ले जाते थे। अपने बहुमूल्य समय का थोडा–सा हिस्सा उसके साथ बैंठकर ग्रामोफोन बजाने में व्यतीत किया करते थे।

लेकिन निर्मला को न जाने क्यों तोताराम के पास बैठने और हंसने–बोलने में संकोच होता था। इसका कदाचित् यह कारण था कि अब तक ऐसा ही एक आदमी उसका पिता था, जिसके सामने वह सिर–झुकाकर, देह चुराकर निकलती थी, अब उनकी अवस्था का एक आदमी उसका पति था। वह उसे प्रेम की वस्तु नहीं सम्मान की वस्तु समझती थी। उनसे भागती फिरती, उनको देखते ही उसकी प्रफुल्लता पलायन कर जाती थी।

वकील साहब को नके दम्पत्ति–विज्ञान न सिखाया था कि युवती के सामने खूब प्रेम की बातें करनी चाहिये। दिल निकालकर रख देना चहिये, यही उसके वशीकरण का मुख्य मंत्र है। इसलिए वकील साहब अपने प्रेम–प्रदर्शन में कोई कसर न रखते थे, लेकिन निर्मला को इन बातों से घृणा होती थी। वही बातें, जिन्हें किसी युवक के मुख से सुनकर उनका हृदय प्रेम से उन्मत्त हो जाता, वकील साहब के मुंह से निकलकर उसके हृदय पर शर के समान आघात करती थीं। उनमें रस न था उल्लास न था, उन्माद न था, हृदय न था, केवल बनावट थी, घोखा था और शुष्क, नीरस शब्दाडम्बर। उसे इत्र और तेल बुरा न लगता, सैर–तमाशे बुरे न लगते, बनाव–सिंगार भी बुरा न लगता था, बुरा लगता था, तो केवल तोताराम के पास बैठना। वह अपना रूप और यौवन उन्हें न दिखाना चाहती थी, क्योंकि वहां देखने वाली आंखें न थीं। वह उन्हें इन रसों

का आस्वादन लेने योग्य न समझती थी। कली प्रभात–समीर ही के सपर्श से खिलती है। दोनों में समान सारस्य है। निर्मला के लिए वह प्रभात समीर कहां था?

पहला महीना गुजरते ही तोताराम ने निर्मला को अपना खजांची बना लिया कचहरी से आकर दिन–भर की कमाई उसे दे देते। उनका ख्याल था कि निर्मला इन रूपयों को देखकर फूली न समाएगी। नेर्मला बड़े शौक से इस पद का काम अंजाम देती। एक–एक पैसे का हिसाब लिखती, अगर कभी रूपये कम मिलते, तो पूछती आज कम क्यों हैं। गृहस्थी के सम्बन्ध में उनसे खूब बातें करती। इन्हों बातों के लायक वह उनको समझती थी। ज्योंही कोई विनोद की बात उनके मुंह से निकल जाती, उसका मुख लिन हो जाता था।

निर्मला जब वस्त्राभूष्णों से अलंकृत होकर आइने के सामने खड़ी होती और उसमें अपने सौन्दर्य की सुषमापूर्ण आभा देखती, तो उसका हृदय एक सतृष्ण कामना से तड़प उठता था। उस वक्त उसके हृदय में एक ज्वाला–सी उठती। मन में आता इस घर में आग लगा दूं। अपनी माता पर क्रोध आता, पर सबसे अधिक क्रोध बेचारे निरपराध तोताराम पर आता। वह सदैव इस ताप से जला करती। बांका सवार लद्रदू–टट्टू पर सवार होना कब पसन्द करेगा, चाहे उसे पैदल ही क्यों न चलना पड़े? निर्मला की दशा उसी बांके सवार की–सी थी। वह उस पर सवार होकर उड़ना चाहती थी, उस उल्लासमयी विद्यत् गति का आनन्द उठाना चाहती थी, टट्टू के हिनहिनाने और कनौतियां खड़ी करने से क्या आशा होती? संभव था कि बच्चों के साथ हंसने–खेलने से वह अपनी दशा को थोड़ी देर के लिए भूल जाती, कुछ मन हरा हो जाता, लेकिन रुकमिणी देवी लड़कों को उसके पास फटकने तक न देतीं, मानो वह कोई

पिशाचिनी है, जो उन्हें निगल जाऐगी। रुकमिणी देवी का स्वभाव सारे संसार से निराला था, यह पता लगाना कठिन था कि वह किस बात से खुश होती थीं और किस बात से नाराज। एक बार जिस बात से खुश हो जाती थीं, दूसरी बार उसी बात से जल जाती थी। अगर निर्मला अपने कमरे में बैठी रहती, तो कहतीं कि न जाने कहां की मनहूसिन है! अगर वह कोठे पर चढ़ जाती या महरियों से बातें करती, तो छाती पीटने लगतीं–न लाज है, न शरम, निगोड़ी ने हया भून खाई! अब क्या कुछ दिनों में बाजार में नाचेगी! जब से वकील साहब ने निर्मला के हाथ में रुपये–पैसे देने शुरू किये, रुकमिण ी उसकी आलोचना करने पर आरूढ़ हो गयी। उन्हें मालूम होता था। कि अब प्रलय होने में बहुत थोड़ी कसर रह गयी है। लड़कों को बार–बार पैसों की जरूरत पड़ती। जब तक खुद स्वामिनी थीं, उन्हें बहला दिया करती थीं। अब सीधे निर्मला के पास भेज देतीं। निर्मला को लड़कों के चटोरापन अच्छा न लगता था। कभी–कभी पैसे देने से इन्कार कर देती। रुकमिणी को अपने वाग्बाण सर करने का अवसर मिल जाता–अब तो मालकिन हुई है, लड़के काहे को जियेंगे। बिना मां के बच्चे को कौन पूछे? रूपयों की मिठाइयां खा जाते थे, अबधेले–धेले को तरसते हैं। निर्मला अगर चिढ़कर किसी दिन बिना कुछ पूछे–ताछे पैसे दे देती, तो देवीजी उसकी दूसरी ही आलोचना करतीं–इन्हें क्या, लड़के मरे या जियें, इनकी बला से, मां के बिना कौन समझाये कि बेटा, बहुत मिठाइयां मत खाओ। आयी–गयी तो मेरे सिर जाऐगी, इन्हें क्या? यहीं तक होता, तो निर्मला शायद जब्त कर जाती, पर देवीजी तो खुफिया पुलिस से सिपाही की भांति निर्मला का पीछा करती रहती थीं। अगर वह कोठे पर खड़ी है, तो अवश्य ही किसी पर निगाह डाल रही होगी, महरी से बातें करती है, तो अवश्य ही उनकी निन्दा करती होगी। बाजार से कुछ मंगवाती है, तो अवश्य कोई विलास वस्तु होगी। यह बराबर

उसके पत्र पढ़ने की चेष्टा किया करती। छिप–छिपकर बातें सुना करती। निर्नला उनकी दोधरी तलवार से कांपती रहती थी। यहां तक कि उसने एक दिन पति से कहा–आप जरा जीजी को समझा दीजिए, क्यों मेरे पीछे पड़ रहती हैं?

तोताराम ने तेज होकर कह– तुम्हें कुछ कहा है, क्या?

'रोज ही कहती हैं। बात मुंह से निकालना मुश्किल है। अगर उन्हें इस बात की जलन हो कि यह मालकिन क्यों बनी हुई है, तो आप उन्हीं को रूपये–पैसे दीजिये, मुझे न चाहिये, यही मालकिन बनी रहें। मैं तो केवल इतना चाहती हूं कि कोई मुझे ताने–मेहने न दिया करे।'

यह कहते–कहते निर्मला की आंखों से आंसू बहने लगे। तोताराम को अपना प्रेम दिखाने का यह बहुत ही अच्छा मौका मिला। बोले–मैं आज ही उनकी खबर लूंगा। साफ कह दूंगा, मुंह बन्द करके रहना है, तो रहो, नहीं तो अपनी राह लो। इस घर की स्वामिनी वह नहीं है, तुम हो। वह केवल तुम्हारी सहायता के लिए हैं। अगर सहायता करने के बदले तुम्हें दिक करती हैं, तो उनके यहां रहने की जरूरत नहीं। मैंने सोचा था कि विधवा हैं, अनाथ हैं, पाव भर आटा खायेंगी, पड़ी रहेंगी। जब और नौकर–चाकर खा रहे हैं, तो वह तो अपनी बहिन ही है। लड़कों की देखभाल के लिए एक औरत की जरूरत भी थी, रख लिया, लेकिन इसके यह माने नहीं कि वह तुम्हारे ऊपर शासन करें।

निर्मला ने फिर कहा–लड़कों को सिखा देती हैं कि जाकर मां से पैसे मांगे, कभी कुछ–कभी कुछ। लड़के आकर मेरी जान खाते हैं। घड़ी भर लेटना मुश्किल हो जाता है। डांटती हूं, तो वह आखें लाल–पीली करके दौड़ती हैं। मुझे समझती हैं कि लड़कों को देखकर जलती है। ईश्वर जानते होंगे कि मैं बच्चों को कितना

प्यार करती हूं। आखिर मेरे ही बच्चे तो हैं। मुझे उनसे क्यों जलन होने लगी?

तोताराम क्रोध से कांप उठे। बोल—तुम्हें जो लड़का दिक करे, उसे पीट दिया करो। मैं भी देखता हूं कि लौंडे शरीर हो गये हैं। मंसाराम को तो में बोर्डिंग हाउस में भेज दूंगा। बाकी दोनों को तो आज ही ठीक किये देता हूं।

उस वक्त तोताराम कचहरी जा रहे थे, डांट—डपट करने का मौका न था, लेकिन कचहरी से लौटते ही उन्होंने घर में रुक्मिणी से कहा—क्यों बहिन, तुम्हें इस घर में रहना है या नहीं? अगर रहना है, शान्त होकर रहो। यह क्या कि दूसरों का रहना मुश्किल कर दो।

रुक्मिणी समझ गयीं कि बहू ने अपना वार किया, पर वह दबने वाली औरत न थीं। एक तो उम्र में बड़ी तिस पर इसी घर की सेवा में जिन्दगी काट दी थी। किसकी मजाल थी कि उन्हें बेदखल कर दे! उन्हें भाई की इस क्षुद्रता पर आश्चर्य हुआ। बोलीं—तो क्या लौंडी बनाकर रखेगे? लौंडी बनकर रहना है, तो इस घर की लौंडी न बनूंगी। अगर तुम्हारी यह इच्छा हो कि घर में कोई आग लगा दे और मैं खड़ी देखा करूं, किसी को बेराह चलते देखूंय तो चुप साध लूं, जो जिसके मन में आये करे, मैं मिट्टी की देवी बनी रहूं, तो यह मुझसे न होगा। यह हुआ क्या, जो तुम इतना आपे से बाहर हो रहे हो? निकल गयी सारी बुद्धिमानी, कल की लौंडिया चोटी पकड़कर नचाने लगी? कुछ पूछना न ताछना, बस, उसने तार खींचा और तुम काठ के सिपाही की तरह तलवार निकालकर खड़े हो गये।

तोता—सुनता हूं, कि तुम हमेशा खुचर निकालती रहती हो, बात—बात पर ताने देती हो। अगर कुछ सीख देनी हो, तो उसे प्यार से, मीठे शब्दों में देनी चाहिये। तानों से सीख मिलने के बदले उलटा और जी जलने लगता है।

रुक्मिगी–तो तुम्हारी यह मर्जी है कि किसी बात में न बोलूं, यही सही, किन फिर यह न कहना, कि तुम घर में बैठी थीं, क्यों नहीं सलाह दी। जब मेरी बातें जहर लगती हैं, तो मुझे क्या कुत्ते ने काटा है, जो बोलूं? मसल है– श्नाटों खेती, बहुरियों घर।श मैं भी देखूं, बहुरिया कैसे कर चलाती है!

इतने में सियाराम और जियाराम स्कूल से आ गये। आते ही आते दोनों बुआजी के पास जाकर खाने को मांगने लगे।

रुक्मिगी ने कहा–जाकर अपनी नयी अम्मां से क्यों नहीं मांगते, मुझे बोलने का हुक्म नहीं है।

तोता–अगर तुम लोगों ने उस घर में कदम रखा, तो टांग तोड़ दूंगा। बदमाशी पर कमर बांधी है।

जियाराम जरा शोख था। बोला–उनको तो आप कुछ नहीं कहते, हमीं कोधमकाते हैं। कभी पैसे नहीं देतीं।

सियाराम ने इस कथन का अनुमोदन किया–कहती हैं, मुझे दिक करोगे तो कान काट लूंगी। कहती है कि नहीं जिया?

निर्मला अपने कमरे से बोली–मैंने कब कहा था कि तुम्हारे कान काट लूंगी अभी से झूठ बोलने लगे?

इतना सुनना था कि तोताराम ने सियाराम के दोनों कान पकड़कर उठा लिया। लड़का जोर से चीख मारकार रोने लगा।

रुक्मिगी ने दौड़कर बच्चे को मुंशीजी के हाथ से छुड़ा लिया और बोलीं– बस, रहने भी दो, क्या बच्चे को मार डालोगे? हाय–हाय! कान लाल हो गया। सच कहा है, नयी बीवी पाकर आदमी अन्धा हो जाता है। अभी से यह हाल है, तो इस घर के भगवान ही मालिक हैं।

निर्मला अपनी विजय पर मन–ही–मन प्रसन्न हो रही थी, लेकिन जब मुंशी जी ने बच्चे का कान पकड़कर उठा लिया, तो

उससे न रहा गया। छुड़ाने को दौड़ी, पर रुक्मिणी पहले ही पहुंच गयी थीं। बोलीं–पहले आग लगा दी, अब बुझाने दौड़ी हो। जब अपने लड़के होंगे, तब आंखें खुलेंगी। पराई पीर क्या जानो?

निर्मला– खड़े तो हैं, पूछ लो न, मैंने क्या आग लगा दी? मैंने इतना ही कहा था कि लड़के मुझे पैसों के लिए बार–बार दिक करते हैं, इसके सिवाय जो मेरे मुंह से कुछ निकला हो, तो मेरे आंखें फूट जाऐं।

तोता–मैं खुद इन लौंडों की शरारत देखा करता हूं, अन्धा थोड़े ही हूं। तीनों जिद्दी और शरीर हो गये हैं। बड़े मियां को तो मैं आज ही होस्टल में भेजता हूं।

रुक्मिणी–अब तक तुम्हें इनकी कोई शरारत न सूझी थी, आज आंखें क्यों इतनी तेज हो गयीं?

तोताराम– तुम्हीं न इन्हें इतना शोख कर रखा है।

रुकमिणी– तो मैं ही विष की गांठ हूं। मेरे ही कारण तुम्हारा घर चौपट हो रहा है। लो मैं जाती हूं, तुम्हारे लड़के हैं, मारो चाहे काटो, न बोलूंगी।

यह कहकर वह वहां से चली गयीं। निर्मला बच्चे को रोते देखकर विह्वल हो उठी। उसने उसे छाती से लगा लिया और गोद में लिए हुए अपने कमरे में लाकर उसे चुमकारने लगी, लेकिन बालक और भी सिसक–सिसक कर रोने लगा। उसका अबोध हृदय इस प्यार में वह मातृ–स्नेह न पाता था, जिससे दैव ने उसे वंचित कर दिया था। यह वात्सल्य न था, केवल दया थी। यह वह वस्तु थी, जिस पर उसका कोई अधिकार न था, जो केवल भिक्षा के रूप में उसे दी जा रही थी। पिता ने पहले भी दो–एक बार मारा था, जब उसकी मां जीवित थी, लेकिन तब उसकी मां उसे छाती से लगाकर रोती न थी। वह अप्रसन्न होकर उससे बोलना छोड़ देती, यहां तक

कि वह स्वयं थोड़ी ही देर के बाद कुछ भूलकर फिर माता के पास दौड़ा जाता था। शरारत के लिए सजा पाना तो उसकी समझ में आता था, लेकिन मार खाने पार चुमकारा जाना उसकी समझ में न आता था। मातृ–प्रेम में कठोरता होती थी, लेकिन मृदुलता से मिली हुई। इस प्रेम में करूणा थी, पर वह कठोरता न थी, जो आत्मीयता का गुप्त संदेश है। स्वस्थ अंग की पारवाह कौन करता है? लेकिन वही अंग जब किसी वेदना से टपकने लगता है, तो उसे ठेस और धक्के से बचाने का यत्न किया जाता है। निर्मला का करूण रोदन बालक को उसके अनाथ होने की सूचना दे रहा था। वह बड़ी देर तक निर्मला की गोद में बैठा रोता रहा और रोते–रोते सो गया। निर्मला ने उसे चारपाई पर सुलाना चाहा, तो बालक ने सुषुप्तावस्था में अपनी दोनों कोमल बाहें उसकी गर्दन में डाल दीं और ऐसा चिपट गया, मानो नीचे कोई गढ़ा हो। शंका और भय से उसका मुख विकृत हो गया। निर्मला ने फिर बालक को गोद में उठा लिया, चारपाई पर न सुला सकी। इस समय बालक को गोद में लिये हुए उसे वह तुष्टि हो रही थी, जो अब तक कभी न हुई थी, आज पहली बार उसे आत्मवेदना हुई, जिसके ना आंख नहीं खुलती, अपना कर्त्तव्य–मार्ग नहीं समझता। वह मार्ग अब दिखायी देने लगा।

उस दिन अपने प्रगाढ़ प्रणय का सबल प्रमाण देने के बाद मुंशी तोताराम को आशा हुई थी कि निर्मला के मर्म–स्थल पर मेरा सिक्का जम जाऐगा, लेकिन उनकी यह आशा लेशमात्र भी पूरी न हुई बल्कि पहले तो वह कभी–कभी उनसे हंसकर बोला भी करती थी, अब बच्चों ही के लालन–पालन में व्यस्त रहने लगी। जब घर आते, बच्चों को उसके पास बैठे पाते। कभी देखते कि उन्हें ला रही है, कभी कपड़े पहना रही है, कभी कोई खेल, खेला रही है और कभी कोई कहानी कह रही है। निर्मला का तृषित हृदय प्रणय की ओर से निराश होकर इस अवलम्ब ही को गनीमत समझने लगा,

बच्चों के साथ हंसने–बोलने में उसकी मातृ–कल्पना तृप्त होती थीं। पति के साथ हंसने–बोलने में उसे जो संकोच, जो अरुचि तथा जो अनिच्छा होती थी, यहां तक कि वह उठकर भाग जाना चाहती, उसके बदले बालकों के सच्चे, सरल स्नेह से चित्त प्रसन्न हो जाता था। पहले मंसाराम उसके पास आते हुए झिझकता था, लेकिन मानसिक विकास में पांच साल छोटा। हॉकी और फुटबाल ही उसका संसार, उसकी कल्पनाओं का मुक्त–क्षेत्र तथा उसकी कामनाओं का हरा–भरा बाग था। इकहरे बदन का छरहरा, सुन्दर, हंसमुख, लज्जशील बालक था, जिसका घर से केवल भोजन का नाता था, बाकी सारे दिन न जाने कहां घूमा करता। निर्मला उसके मुंह से खेल की बातें सुनकर थोड़ी देर के लिए अपनी चिन्ताओं को भूल जाती और चाहती थी एक बार फिर वही दिन आ जाते, जब वह गुड़िया खेलती और उसके ब्याह रचाया करती थी और जिसे अभी थोड़े आह, बहुत ही थोड़े दिन गुजरे थे।

मुंशी तोताराम अन्य एकान्त–सेवी मनुष्यों की भांति विषयी जीव थे। कुछ दिनों तो वह निर्मला को सैर–तमाशे दिखाते रहे, लेकिन जब देखा कि इसका कुछ फल नहीं होता, तो फिर एकान्त–सेवन करने लगे। दिन–भर के कठिन मासिक परिश्रम के बाद उनका चित्त आमोद–प्रमोद के लिए लालयित हो जाता, लेकिन जब अपनी विनोद–वाटिका में प्रवेश करते और उसके फूलों को मुरझाया, पौधों को सूखा और क्यारियों सेधूल उड़ती हुई देखते, तो उनका जी चाहता–क्यों न इस वाटिका को उजाड़ दूं? निर्मला उनसे क्यों विरक्त रहती है, इसका रहस्य उनकी समझ में न आता था। दम्पति शास्त्र के सारे मन्त्रों की परीक्षा कर चुके, पर मनोरथ पूरा न हुआ। अब क्या करना चाहिये, यह उनकी समझ में न आता था।

एक दिन वह इसी चिंता में बैठे हुए थे कि उनके सहपाठी मित्र नयनसुखराम आकर बैठ गये और सलाम–वलाम के बाद मुस्कराकर

बोले–आजकल तो खूब गहरी छनती होगी। नयी बीवी का आलिंगन करके जवानी का मजा आ जाता होगा? बड़े भाग्यवान हो! भई रूठी हुई जवानी को मनाने का इससे अच्छा कोई उपाय नहीं कि नया विवाह हो जाऐ। यहां तो जिन्दगी बवाल हो रही है। पत्नी जी इस बुरी तरह चिमटी हैं कि किसी तरह पिण्ड ही नहीं छोड़ती। मैं तो दूसरी शादी की फिक्र में हूं। कहीं डौल हो, तो ठीक–ठाक कर दो। दस्तूरी में एक दिन तुम्हें उसके हाथ के बने हुए पान खिला देंगे।

तोताराम ने गम्भीर भाव से कहा–कहीं ऐसी हिमाकत न कर बैठना, नहीं तो पछताओगे। लौंडियां तो लौंडों से ही खुश रहती हैं। हम तुम अब उस काम के नहीं रहे। सच कहता हूं मैं तो शादी करके पछता रहा हूं, बुरी बला गले पड़ी! सोचा था, दो–चार साल और जिन्दगी का मजा उठा लूं, पर उलटी आंतें गले पड़ीं।

नयनसुख–तुम क्या बातें करते हो। लौडियों को पंजों में लाना क्या मुश्किल बात है, जरा सैर–तमाशे दिखा दो, उनके रूप–रंग की तारीफ कर दो, बस, रंग जम गया।

तोता–यह सब कुछ कर–धरके हार गया।

नयन–अच्छा, कुछ इत्र–तेल, फूल–पत्ते, चाट–वाट का भी मजा चखाया?

तोता–अजी, यह सब कर चुका। दम्पत्ति–शास्त्र के सारे मन्त्रों का इम्तहान ले चुका, सब कोरी गप्पे हैं।

नयन–अच्छा, तो अब मेरी एक सलाह मानो, जरा अपनी सूरत बनवा लो। आजकल यहां एक बिजली के डॉक्टर आये हुए हैं, जो बुढ़ापे के सारे निशान मिटा देते हैं। क्या मजाल कि चेहरे पर एक झुर्रीया या सिर का बाल पका रह जाऐ। न जाने क्या जादू कर देते हैं कि आदमी का चोला ही बदल जाता है।

तोता–फीस क्या लेते हैं?

नयन–फीस तो सुना है, शायद पांच सौ रूपये!

तोता–अजी, कोई पाखण्डी होगा, बेवकूफों को लूट रहा होगा। कोई रोगन लगाकर दो–चार दिन के लिए जरा चेहरा चिकना कर देता होगा। इश्तहारी डॉक्टरों पर तो अपना विश्वास ही नहीं। दस–पांच की बात होती, तो कहता, जरा दिल्लगी ही सही। पांच सौ रूपये बड़ी रकम है।

नयन–तुम्हारे लिए पांच सौ रूपये कौन बड़ी बात है। एक महीने की आमदनी है। मेरे पास तो भाई पांच सौ रूपये होते, तो सबसे पहला काम यही करता। जवानी के एक घण्टे की कीमत पांच सौ रूपये से कहीं ज्यादा है।

तोता–अजी, कोई सस्ता नुस्खा बताओ, कोई फकीरी जुड़ी–बूटी जो कि बिना हर्र–फिटकरी के रंग चीखा हो जाए। बिजली और रेडियम बड़े आदमियों के लिए रहने दो। उन्हीं को मुबारक हो।

नयन–तो फिर रंगीलेपन का स्वांग रचो। यह ढीला–ढाला कोट फेंकों, तंजेब की चुस्त अचकन हो, चुन्नटदार पाजामा, गले में सोने की जंजीर पड़ी हुई, सिर पर जयपुरी साफा बांधा हुआ, आंखों में सुरमा और बालों में हिना का तेल पड़ा हुआ। तोंद का पिचकना भी जरूरी है। दोहरा कमरबन्द बांधे। जरा तकलीफ तो होगी, पार अचकन सज उठेगी। खिजाब मैं ला दूंगा। सौ–पचास गजलें याद कर लो और मौके–मौके से शेर पढ़ी। बातों में रस भरा हो। ऐसा मालूम हो कि तुम्हें दीन और दुनिया की कोई फिक्र नहीं है, बस, जो कुछ है, प्रियतमा ही है। जवांमर्दी और साहस के काम करने का मौका ढूंढते रहो। रात को झूठ–मूठ शोर करो–चोर–चोर और तलवार लेकर अकेले पिल पड़ो। हां, जरा मौका देख लेना, ऐसा न हो कि सचमुच कोई चोर आ जाए और तुम उसके पीछे दौड़ो, नहीं

तो सारी कलई खुल जाएगी और मुफ्त के उल्लू बनोगे। उस वक्त तो जवांमर्दी इसी में है कि दम साधे खड़े रहो, जिससे वह समझे कि तुम्हें खबर ही नहीं हुई, लेकिन ज्योंही चोर भाग खड़ा हो, तुम भी उछलकर बाहर निकलो और तलवार लेकर श्कहां? कहां?श कहते दौड़ो। ज्यादा नहीं, एक महीना मेरी बातों का इम्तहान करके देखें। अगर वह तुम्हारी दम न भरने लगे, तो जो जुर्माना कहो, वह दूं।

तोताराम ने उस वक्त तो यह बातें हंसी में उड़ा दीं, जैसा कि एक व्यवहार कुशल मनुष्य को करना चहिए था, लेकिन इसमें की कुछ बातें उसके मन में बैठ गयी। उनका असर पड़ने में कोई संदेह न था।धीरे–धीरे रंग बदलने लगे, जिसमें लोग खटक न जाएं। पहले बालों से शुरू किया, फिर सुरमे की बारी आयी, यहां तक कि एक–दो महीने में उनका कलेवर ही बदल गया। गजलें याद करने का प्रस्ताव तो हास्यास्पद था, लेकिन वीरता की डींग मारने में कोई हानि न थी।

उस दिन से वह रोज अपनी जवांमर्दी का कोई–न–कोई प्रसंग अवश्य छेड़ देते। निर्मला को सन्देह होने लगा कि कहीं इन्हें उन्माद का रोग तो नहीं हो रहा है। जो आदमी मूंग की दाल और मोटे आटे के दो फुलके खाकर भी नमक सुलेमानी का मुहताज हो, उसके छैलेपन पर उन्माद का सन्देह हो, तो आश्चर्य ही क्या? निर्मला पर इस पागलपन का और क्या रंग जमता? हों उसे उन पार दया आजे लगी। क्रोध और घृणा का भाव जाता रहा। क्रोध और घृणा उन पर होतो है, जो अपने होश में हो, पागल आदमी तो दया ही का पात्र है। वह बात–बात में उनकी चुटकियां लेती, उनका मजाक उड़ाती, जैसे लोग पागलों के साथ किया करते हैं। हां, इसकाध्यान रखती थी कि वह समझ न जाएं। वह सोचती, बेचारा अपने पाप का प्रायश्चित कर रहा है। यह सारा स्वांग केवल इसलिए तो है कि मैं

अपना दुरूख भूल जाऊं। आखिर अब भाग्य तो बदल सकता नहीं, इस बेचारे को क्यों जलाऊं?

एक दिन रात को नौ बजे तोताराम बांके बने हुए सैर करके लौटे और निर्मला से बोले—आज तीन चोरों से सामना हो गया। जरा शिवपुर की तरफ चला गया था। अंधेरा था ही। ज्योंही रेल की सड़क के पास पहुंचा, तो तीन आदमी तलवार लिए हुए न जाने किधर से निकल पड़े। यकीन मानो, तीनों काले देव थे। मैं बिल्कुल अकेला, पास में सिर्फ यह छड़ी थी। उधर तीनों तलवार बांधे हुए, होश उड़ गये। समझ गया कि जिन्दगी का यहीं तक साथ था, मगर मैंने भी सोचा, मरता ही हूं, तो वीरों की मौत क्यों न मरुं। इतने में एक आदमी ने ललकार कर कहा—रख दे तेरे पास जो कुछ हो और चुपके से चला जा।

मैं छड़ी संभालकर खड़ा हो गया और बोला—मेरे पास तो सिर्फ यह छड़ी है और इसका मूल्य एक आदमी का सिर है।

मेरे मुंह से इतना निकलना था कि तीनों तलवार खींचकर मुझ पर झपट पड़े और मैं उनके वारों को छड़ी पर रोकने लगा। तीनों झल्ला—झल्लाकर वार करते थे, खटाके की आवाज होती थी और मैं बिजली की तरह झपटकर उनके तारों को काट देता था। कोई दस मिनट तक तीनों ने खूब तलवार के जौहर दिखाये, पर मुझ पर रेफ तक न आयी। मजबूरी यही थी कि मेरे हाथ में तलवार न थी। यदि कहीं तलवार होती, तो एक को जीता न छोड़ता। खैर, कहां तक बयान करुं। उस वक्त मेरे हाथों की सफाई देखने काबिल थी। मुझे खुद आश्चर्य हो रहा था कि यह चपलता मुझमें कहां से आ गयी। जब तीनों ने देखा कि यहां दाल नहीं गलने की, तो तलवार म्यान में रख ली और पीठ ठोककर बोले—जवान, तुम—सा वीर आज तक नहीं देखा। हम तीनों तीन सौ पर भारी गांव—के—गांव ढोल बजाकर

लूटते हैं, पर आज तुमने हमें नीचा दिखा दिया। हम तुम्हारा लोहा मान गए। यह कहकर तीनों फिर नजरों से गायब हो गए।

निर्मला ने गम्भीर भाव से मुस्कराकर कहा—इस छड़ी पर तो तलवार के बहुत से निशान बने हुए होंगे?

मुंशीजी इस शंका के लिए तैयार न थे, पर कोई जवाब देना आवश्यक था, बोले—मैं वारों को बराबर खाली कर देता। दो—चार चोटें छड़ी पर पड़ीं भी, तो उचटती हुई, जिनसे कोई निशान नहीं पड़ सकता था।

अभी उनके मुंह से पूरी बात भी न निकली थी कि सहसा रुक्मिणी देवी बदहवास दौड़ती हुई आयीं और हांफते हुए बोलीं—तोता है कि नहीं? मेरे कमरे में सांप निकल आया है। मेरी चारपाई के नीचे बैठा हुआ है। मैं उठकर भागी। मुआ कोई दो गज का होगा। फन निकाले फुफ्कार रहा है, जरा चलो तो। डंडा लेते चलना।

तोताराम के चेहरे का रंग उड़ गया, मुंह पर हवाइयां छुटने लगीं, मगर मन के भावों को छिपाकर बोले—सांप यहां कहां? तुम्हेंधोखा हुआ होगा। कोई रस्सी होगी।

रुक्मिणी—अरे, मैंने अपनी आंखों देखा है। जरा चलकर देख लो न। हैं, हैं। मर्द होकर डरते हो?

मुंशीजी घर से तो निकले, लेकिन बरामदे में फिर ठिठक गये। उनके पांव ही न उठते थे कलेजाधड़—धड़ कर रहा था। सांप बड़ा क्रोधी जानवर है। कहीं काट ले तो मुफ्त में प्राण से हाथधोना पड़े। बोले—डरता नहीं हूं। सांप ही तो है, शेर तो नहीं, मगर सांप पर लाठी नहीं असर करती, जाकर किसी को भेजूं, किसी के घर से भाला लाये।

यह कहकर मुंशीजी लपके हुए बाहर चले गये। मंसाराम बैठा खाना खा रहा था। मुंशीजी तो बाहर चले गये, इधर वह खाना छोड़,

अपनी हॉकी का डंडा हाथ में ले, कमरे में घुस ही तो पड़ा और तुरंत चारपाई खींच ली। सांप मस्त था, भागने के बदले फन निकालकर खड़ा हो गया। मंसाराम ने चटपट चारपाई की चादर उठाकर सांप के ऊपर फेंक दी और ताबड़तोड़ तीन–चार डंडे कसकर जमाये। सांप चादर के अंदर तड़प कर रह गया। तब उसे डंडे पर उठाये हुए बाहर चला। मुंशीजी कई आदमियों को साथ लिये चले आ रहे थे। मंसाराम को सांप लटकाये आते देखा, तो सहसा उनके मुंह से चीख निकल पड़ी, मगर फिर संभल गये और बोले–मैं तो आ ही रहा था, तुमने क्यों जल्दी की? दे दो, कोई फेंक आए।

यह कहकर बहादुरी के साथ रुक्मिणी के कमरे के द्वार पर जाकर खड़े हो गये और कमरे को खूब देखभाल कर मूंछों पर ताव देते हुए निर्मला के पास जाकर बोले–मैं जब तक आऊं–जाऊं, मंसाराम ने मार डाला। बेसमझ् लड़का डंडा लेकर दौड़ पड़ा। सांप हमेशा भाले से मारना चाहिए। यही तो लड़कों में ऐब है। मैंने ऐसे–ऐसे कितने सांप मारे हैं। सांप को खिला–खिलाकर मारता हूं। कितनों ही को मुट्ठी से पकड़कर मसल दिया है।

रुक्मिणी ने कहा–जाओ भी, देख ली तुम्हारी मर्दानगी।

मुंशीजी झेंपकर बोले–अच्छा जाओ, मैं डरपोक ही सही, तुमसे कुछ इनाम तो नहीं मांग रहा हूं। जाकर महाराज से कहा, खाना निकाले।

मुंशीजी तो भोजन करने गये और निर्मला द्वार की चौखट पर खड़ी सोच रही थी–भगवान्। क्या इन्हें सचमुच कोई भीषण रोग हो रहा है? क्या मेरी दशा को और भी दारुण बनाना चाहते हो? मैं इनकी सेवा कर सकती हूं, सम्मान कर सकी हूं, अपना जीवन इनके चरणों पर अर्पण कर सकती हूं, लेकिन वह नहीं कर सकती, जो मेरे किये नहीं हो सकता। अवस्था का भेद मिटाना मेरे वश की बात

नहीं । आखिर यह मुझसे क्या चाहते हैं–समझ् गयी। आह यह बात पहले ही नहीं समझी थी, नहीं तो इनको क्यों इतनी तपस्या करनी पड़ती क्यों इतने स्वांग भरने पड़ते।

चौथा अध्याय

उस दिन से निर्मला का रंग–ढंग बदलने लगा। उसने अपने को कर्त्तव्य पर मिटा देने का निश्चय कर दिया। अब तक नैराश्य के संताप में उसने कर्त्तव्य परध्यान ही न दिया था उसके हृदय में विप्लव की ज्वाला–सी दहकती रहती थी, जिसकी असह्य वेदना ने उसे संज्ञाहीन–सा कर रखा था। अब उस वेदना का वेग शांत होने लगा। उसे ज्ञात हुआ कि मेरे लिए जीवन का कोई आंनद नहीं। उसका स्वप्न देखकर क्यों इस जीवन को नष्ट करुं। संसार में सब–के–सब प्राणी सुख–सेज ही पर तो नहीं सोते। मैं भी उन्हीं अभागों में से हूं। मुझे भी विधाता ने दुख की गठरी ढोने के लिए चुना है। वह बोझ सिर से उतर नहीं सकता। उसे फेंकना भी चाहूं, तो नहीं फेंक सकती। उस कठिन भार से चाहे आंखों में अंधेरा छा जाए, चाहे गर्दन टूटने लगे, चाहे पैर उठाना दुस्तर हो जाए, लेकिन वह गठरी ढोनी ही पड़ेगी ? उम्र भर का कैदी कहां तक रोयेगा? रोये भी तो कौन देखता है? किसे उस पर दया आती है? रोने से काम में हर्ज होने के कारण उसे और यातनाएं ही तो सहनी पड़ती हैं।

दूसरे दिन वकील साहब कचहरी से आये तो देखा–निर्मला की सहास्य मूर्ति अपने कमरे के द्वार पर खड़ी है। वह अनिन्द्य छवि देखकर उनकी आंखें तृप्त हा गयीं। आज बहुत दिनों के बाद

उन्हें यह कमल खिला हुआ दिखलाई दिया। कमरे में एक बड़ा–सा आईना दीवार में लटका हुआ था। उस पर एक परदा पड़ा रहता था। आज उसका परदा उठा हुआ था। वकील साहब ने कमरे में कदम रखा, तो शीशे पर निगाह पड़ी। अपनी सूरत साफ–साफ दिखाई दी। उनके हृदय में चोट–सी लग गयी। दिन भर के परिश्रम से मुख की कांति मलिन हो गयी थी, भांति–भांति के पौष्टिक पदार्थ खाने पर भी गालों की झुर्रियां साफ दिखाई दे रही थीं। तोंद कसी होने पर भी किसी मुंहजोर घोड़े की भांति बाहर निकली हुई थी। आईने के ही सामने किन्तू दूसरी ओर ताकती हुई निर्मला भी खड़ी हुई थी। दोनों सूरतों में कितना अंतर था। एक रत्न जटित विशाल भवन, दूसरा टूटा–फूटा खंडहर। वह उस आईने की ओर न देख सके। अपनी यह हीनावस्था उनके लिए असह्य थी। वह आईने के सामने से हट गये, उन्हें अपनी ही सूरत से घृणा होने लगी। फिर इस रूपवती

कामिनी का उनसे घृणा करना कोई आश्चर्य की बात न थी। निर्मला की ओर ताकने का भी उन्हें साहस न हुआ। उसकी यह अनुपम छवि उनके हृदय का शूल बन गयी।

निर्मला ने कहा–आज इतनी देर कहां लगायी? दिन भर राह देखते–देखते आंखे फूट जाती हैं।

तोताराम ने खिड़की की ओर ताकते हुए जवाब दिया–मुकदमों के मारे दम मारने की छुट्टी नहीं मिलती। अभी एक मुकदमा और था, लेकिन मैं सिरदर्द का बहाना करके भाग खड़ा हुआ।

निर्मला–तो क्यों इतने मुकदमे लेते हो? काम उतना ही करना चाहिए जितना आराम से हो सके। प्राण देकर थोड़े ही काम किया जाता है। मत लिया करो, बहुत मुकदमे। मुझे रुपयों का लालच नहीं। तुम आराम से रहोगे, तो रुपये बहुत मिलेंगे।

तोताराम–भई, आती हुई लक्ष्मी भी तो नहीं ठुकराई जाती।

निर्मला–लक्ष्मी अगर रक्त और मांस की भेंट लेकर आती है, तो उसका न आना ही अच्छा। मैंधन की भूखी नहीं हूं।

इस वक्त मंसाराम भी स्कूल से लौटा।धूप में चलने के कारण मुख पर पसीने की बूंदे आयी हुई थीं, गोरे मुखड़े पर खून की लाली दौड़ रही थी, आंखों से ज्योति–सी निकलती मालूम होती थी। द्वार पर खड़ा होकर बोला–अम्मां जी, लाइए, कुछ खाने का निकालिए, जरा खेलने जाना है।

निर्मला जाकर गिलास में पानी लाई और एक तश्तरी में कुछ मेवे रखकर मंसाराम को दिए। मंसाराम जब खाकर चलने लगा, तो निर्मला ने पूछा–कब तक आओगे?

मंसाराम–कह नहीं सकता, गोरों के साथ हॉकी का मैच है। बारक यहां से बहुत दूर है।

निर्मला–भई, जल्द आना। खाना ठण्डा हो जाएगा, तो कहोगे मुझे भूख नहीं है।

मंसाराम ने निर्मला की ओर सरल स्नेह भाव से देखकर कहा–मुझे देर हो जाऐ तो समझ लीजिएगा, वहीं खा रहा हूं। मेरे लिए बैठने की जरुरत नहीं।

वह चला गया, तो निर्मला बोली–पहले तो घर में आते ही न थे, मुझसे बोलते शर्माते थे। किसी चीज की जरुरत होती, तो बाहर से ही मंगवा भेजते। जब से मैंनें बुलाकर कहा, तब से आने लगे हैं।

तोताराम ने कुछ चिढ़कर कहा–यह तुम्हारे पास खाने–पीने की चीजें मांगने क्यों आता है? दीदी से क्यों नही कहता?

निर्मला ने यह बात प्रशंसा पाने के लोभ से कही थी। वह यह दिखाना चाहती थी कि मैं तुम्हारे लड़कों को कितना चाहती हूं। यह

कोई बनावटी प्रेम न था। उसे लड़कों से सचमुच स्नेह था। उसके चरित्र में अभी तक बाल-भाव ही प्रधान था, उसमें वही उत्सुकता, वही चंचलता, वही विनोदप्रियता विद्यमान थी और बालकों के साथ उसकी ये बालवृत्तियां प्रस्फुटित होती थीं। पत्नी-सुलभ ईर्ष्या अभी तक उसके मन में उदय नहीं हुई थी, लेकिन पति के प्रसन्न होने के बदले नाक-भौं सिकोड़ने का आशय न समझकर बोली-मैं क्या जानूं, उनसे क्यों नहीं मांगते? मेरे पास आते हैं, तो दुत्कार नहीं देती। अगर ऐसा करूं, तो यही होगा कि यह लड़कों को देखकर जलती है।

मुंशीजी ने इसका कुछ जवाब न दिया, लेकिन आज उन्होंने मुवक्किलों से बातें नहीं कीं, सीधे मंसाराम के पास गये और उसका इम्तहान लेने लगे। यह जीवन में पहला ही अवसर था कि इन्होंने मंसाराम या किसी लड़के की शिक्षोन्नति के विषय में इतनी दिलचस्पी दिखायी हो। उन्हें अपने काम से सिर उठाने की फुरसत ही न मिलती थी। उन्हें इन विषयों को पढ़े हुए चालीस वर्ष के लगभग हो गये थे। तब से उनकी ओर आंख तक न उठायी थी। वह कानूनी पुस्तकों और पत्रों के सिवा और कुछ पड़ते ही न थे। इसका समय ही न मिलता, पर आज उन्हीं विषयों में मंसाराम की परीक्षा लेने लगे। मंसाराम जहीन था और इसके साथ ही मेहनती भी था। खेल में भी टीम का कैप्टन होने पर भी वह क्लास में प्रथम रहता था। जिस पाठ को एक बार देख लेता, पत्थर की लकीर हो जाती थी। मुंशीजी को उतावली में ऐसे मार्मिक प्रश्न तो सूझे नहीं, जिनके उत्तर देने में चतुर लड़के को भी कुछ सोचना पड़ता और ऊपरी प्रश्नों को मंसारान से चुटकियों में उड़ा दिया। कोई सिपाही अपने शत्रु पर वार खाली जाते देखकर जैसे झल्ला-झल्लाकर और भी तेजी से वार करता है, उसी भांति मंसाराम के जवाबों को सुन-सुनकर वकील साहब भी झल्लाते थे। वह कोई ऐसा प्रश्न करना चाहते थे,

जिसका जवाब मंसाराम से न बन पड़े। देखना चाहते थे कि इसका कमजोर पहलू कहां है। यह देखकर अब उन्हें संतोष न हो सकता था कि वह क्या करता है। वह यह देखना चाहते थे कि यह क्या नहीं कर सकता। कोई अभ्यस्त परीक्षक मंसाराम की कमजोरियों को आसानी से दिखा देता, पर वकील साहब अपनी आधी शताब्दी की भूली हुई शिक्षा के आधार पर इतने सफल कैसे होते? अंत में उन्हें अपना गुस्सा उतारने के लिए कोई बहाना न मिला तो बोले—मैं देखता हूं, तुम सारे दिन इधर-उधर मटरगश्ती किया करते हो, मैं तुम्हारे चरित्र को तुम्हारी बुद्धि से बढ़कर समझता हूं और तुम्हारा यों आवारा घूमना मुझे कभी गवारा नहीं हो सकता।

मंसाराम ने निर्भीकता से कहा—मैं शाम को एक घण्टा खेलने के लिए जाने के सिवा दिन भर कहीं नहीं जाता। आप अम्मां या बुआजी से पूछ लें। मुझे खुद इस तरह घूमना पसंद नहीं। हां, खेलने के लिए हेड मास्टर साहब से आग्रह करके बुलाते हैं, तो मजबूरन जाना पड़ता है। अगर आपको मेरा खेलने जाना पसंद नहीं है, तो कल से न जाऊंगा।

मुंशीजी ने देखा कि बातें दूसरी ही रुख पर जा रही हैं, तो तीव्र स्वर में बोले—मुझे इस बात का इतमीनान क्योंकर हो कि खेलने के सिवा कहीं नहीं घूमने जाते? मैं बराबर शिकायतें सुनता हूं।

मंसाराम ने उत्तेजित होकर कहा—किन महाशय ने आपसे यह शिकायत की है, जरा मैं भी तो सुनूं?

वकील—कोई हो, इससे तुमसे कोई मतलब नहीं। तुम्हें इतना विश्वास होना चाहिए कि मैं झूठा आक्षेप नहीं करता।

मंसाराम—अगर मेरे सामने कोई आकर कह दे कि मैंने इन्हें कहीं घूमते देखा है, तो मुंह न दिखाऊं।

वकील—किसी को ऐसी क्या गरज पड़ी है कि तुम्हारी मुंह पर तुम्हारी शिकायत करे और तुमसे बैर मोल ले? तुम अपने दो-चार

साथियों को लेकर उसके घर की खपरैल फोड़ते फिरो। मुझसे इस किस्म की शिकायत एक आदमी ने नहीं, कई आदमियों ने की है और कोई वजह नहीं है कि मैं अपने दोस्तों की बात पर विश्वास न करुं। मैं चाहता हूं कि तुम स्कूल ही में रहा करो।

मंसाराम ने मुंह गिराकर कहा—मुझे वहां रहने में कोई आपत्ति नहीं है, जब से कहिये, चला जाऊं।

वकील— तुमने मुंह क्यों लटका लिया? क्या वहां रहना अच्छा नहीं लगता? ऐसा मालूम होता है, मानों वहां जाने के भय से तुम्हारी नानी मरी जा रही है। आखिर बात क्या है, वहां तुम्हें क्या तकलीफ होगी?

मंसाराम छात्रालय में रहने के लिए उत्सुक नहीं था, लेकिन जब मुंशीजी ने यही बात कह दी और इसका कारण पूछा, सो वह अपनी झेंप मिटाने के लिए प्रसन्नचित्त होकर बोला—मुंह क्यों लटकाऊं? मेरे लिए जैसे बोर्डिंग हाउस। तकलीफ भी कोई नहीं, और हो भी तो उसे सह सकता हूं। मैं कल से चला जाऊंगा। हां अगर जगह न खाली हुई तो मजबूरी है।

मुंशीजी वकील थे। समझ गये कि यह लौंडा कोई ऐसा बहाना ढूंढ रहा है, जिसमें मुझे वहां जाना भी न पड़े और कोई इल्जाम भी सिर पर न आये। बोले—सब लड़कों के लिए जगह है, तुम्हारे ही लिये जगह न होगी?

मंसाराम— कितने ही लड़कों को जगह नहीं मिली और वे बाहर किराये के मकानों में पड़े हुए हैं। अभी बोर्डिंग हाउस में एक लड़के का नाम कट गया था, तो पचास अर्जियां उस जगह के लिए आयी थीं।

वकील साहब ने ज्यादा तर्क—वितर्क करना उचित नहीं समझा। मंसाराम को कल तैयार रहने की आज्ञा देकर अपनी बग्घी तैयार

करायी और सैर करने चल गये। इधर कुछ दिनों से वह शाम को प्रायरू सैर करने चले जाएा करते थे। किसी अनुभवी प्राणी ने बतलाया था कि दीर्घ जीवन के लिए इससे बढ़कर कोई मंत्र नहीं है। उनके जाने के बाद मंसाराम आकर रुक्मिणी से बोला बुआजी, बाबूजी ने मुझे कल से स्कूल में रहने को कहा है।

रुक्मिणी ने विस्मित होकर पूछा–क्यों?

मंसाराम–मैं क्या जानू? कहने लगे कि तुम यहां आवारों की तरह इधर–उधर फिरा करते हो।

रुक्मिणी–तूने कहा नहीं कि मैं कहीं नहीं जाता।

मंसाराम–कहा क्यों नहीं, मगर वह जब मानें भी।

रुक्मिणी–तुम्हारी नयी अम्मा जी की कृपा होगी और क्या?

मंसाराम–नहीं, बुआजी, मुझे उन पर संदेह नहीं है, वह बेचारी भूल से कभी कुछ नहीं कहतीं। कोई चीज मांगने जाता हूं, तो तुरन्त उठाकर दे देती हैं।

रुक्मिणी–तू यह त्रिया–चरित्र क्या जाने, यह उन्हीं की लगाई हुई आग है। देख, मैं जाकर पूछती हूं।

रुक्मिणी झल्लाई हुई निर्मला के पास जा पहुंची। उसे आड़े हाथों लेने का, कांटों में घसीटने का, तानों से छेदने का, रुलाने का सुअवसर वह हाथ से न जाने देती थी। निर्मला उनका आदर करती थी, उनसे दबती थी, उनकी बातों का जवाब तक न देती थी। वह चाहती थी कि यह सिखावन की बातें कहें, जहां मैं भूलूं वहां सुधारें, सब कामों की देख–रेख करती रहें, पर रुक्मिणी उससे तनी ही रहती थी।

निर्मला चारपाई से उठकर बोली–आइए दीदी, बैठिए।

रुक्मिणी ने खड़े–खड़े कहा–मैं पूछती हूं क्या तुम सबको घर से निकालकर अकेले ही रहना चाहती हो?

निर्मला ने कातर भाव से कहा–क्या हुआ दीदी जी? मैंने तो किसी से कुछ नहीं कहा।

रुक्मिणी–मंसाराम को घर से निकाले देती हो, तिस पर कहती हो, मैंने तो किसी से कुछ नहीं कहा। क्या तुमसे इतना भी देखा नहीं जाता?

निर्मला–दीदी जी, तुम्हारे चरणों को छूकर कहती हूं, मुझे कुछ नहीं मालूम। मेरी आंखे फूट जाऐं, अगर उसके विषय में मुंह तक खोला हो।

रुक्मिणी–क्यों व्यर्थ कसमें खाती हो। अब तक तोताराम कभी लड़के से नहीं बोलते थे। एक हफ्ते के लिए मंसाराम ननिहाल चला गया था, तो इतने घबराए कि खुद जाकर लिवा लाए। अब इसी मंसाराम को घर से निकालकर स्कूल में रखे देते हैं। अगर लड़के का बाल भी बांका हुआ, तो तुम जानोगी। वह कभी बाहर नहीं रहा, उसे न खाने की सुध रहती है, न पहनने की–जहां बैठता, वहीं सो जाता है। कहने को तो जवान हो गया, पर स्वभाव बालकों–सा है। स्कूल में उसकी मरन हो जाएगी। वहां किसे फिक्र है कि इसने खोया या नहीं, कहां कपड़े उतारे, कहां सो रहा है। जब घर में कोई पूछने वाला नहीं, तो बाहर कौन पूछेगा मैंने तुम्हें चेता दिया, आगे तुम जानो, तुम्हारा काम जाने।

यह कहकर रुक्मिणी वहां से चली गयी।

वकील साहब सैर करके लौटे, तो निर्मला न तुरंत यह विषय छेड़ दिया–मंसाराम से वह आजकल थोड़ी अंग्रेजी पढ़ती थी। उसके चले जाने पर फिर उसके पढ़ने का हरज न होगा? दूसरा कौन पढ़ायेगा? वकील साहब को अब तक यह बात न मालूम थी। निर्मला ने सोचा था कि जब कुछ अभ्यास हो जाएगा, तो वकील साहब को एक दिन अंग्रेजी में बातें करके चकित कर दूंगी। कुछ थोड़ा–सा

ज्ञान तो उसे अपने भाइयों से ही हो गया था। अब वह नियमित रूप से पढ़ रही थी। वकील साहब की छाती पर सांप–सा लोट गया, त्योरियां बदलकर बोले–वे कब से पढ़ा रहा है, तुम्हें। मुझसे तुमने कभी नही कहा।

निर्मला ने उनका यह रूप केवल एक बार देखा था, जब उन्होने सियाराम को मारते–मारते बेदम कर दिया था। वही रूप और भी विकराल बनकर आज उसे फिर दिखाई दिया। सहमती हुई बोली–उनके पढ़ने में तो इससे कोई हरज नहीं होता, मैं उसी वक्त उनसे पढ़ती हूं जब उन्हें फुरसत रहती है। पूछ लेती हूं कि तुम्हारा हरज होता हो, तो जाओ। बहुधा जब वह खेलने जाने लगते हैं, तो दस मिनट के लिए रोक लेती हूं। मैं खुद चाहती हूं कि उनका नुकसान न हो।

बात कुछ न थी, मगर वकील साहब हताश से होकर चारपाई पर गिर पड़े और माथे पर हाथ रखकर चिंता में मग्न हो गये। उन्होंनं जितना समझा था, बात उससे कहीं अधिक बढ़ गयी थी। उन्हें अपने ऊपर क्रोध आया कि मैंने पहले ही क्यों न इस लौंडे को बाहर रखने का प्रबंध किया। आजकल जो यह महारानी इतनी खुश दिखाई देती हैं, इसका रहस्य अब समझ में आया। पहले कभी कमरा इतना सजा–सजाया न रहता था, बनाव–चुनाव भी न करती थीं, पर अब देखता हूं कायापलट–सी हो गयी है। जी में तो आया कि इसी वक्त चलकर मंसाराम को निकाल दें, लेकिन प्रौढ़ बुद्धि ने समझाया कि इस अवसर पर क्रोध की जरूरत नहीं। कहीं इसने भांप लिया, तो गजब ही हो जाएगा। हां, जरा इसके मनोभावों को टटोलना चाहिए। बोले–यह तो मैं जानता हूं कि तुम्हें दो–चार मिनट पढ़ाने से उसका हरज नहीं होता, लेकिन आवारा लड़का है, अपना काम न करने का उसे एक बहाना तो मिल जाता है। कल अगर फेल हो गया, तो साफ कह देगा–मैं तो दिन भर पढ़ाता रहता था।

मैं तुम्हारे लिए कोई मिस नौकर रख दूंगा। कुछ ज्यादा खर्च न होगा। तुमने मुझसे पहले कहा ही नहीं। यह तुम्हें भला क्या पढ़ाता होगा, दो–चार शब्द बताकर भाग जाता होगा। इस तरह तो तुम्हें कुछ भी न आयेगा।

निर्मला ने तुरन्त इस आक्षेप का खण्डन किया–नहीं, यह बात तो नहीं। वह मुझे दिल लगा कर पढ़ाते हैं और उनकी शैली भी कुछ ऐसी है कि पढ़ने में मन लगता है। आप एक दिन जरा उनका समझाना देखिए। मैं तो समझती हूं कि मिस इतनेध्यान से न पढ़ायेगी।

मुंशीजी अपनी प्रश्न–कुशलता पर मूंछों पर ताव देते हुए बोले–दिन में एक ही बार पढ़ाता है या कई बार?

निर्मला अब भी इन प्रश्नों का आशय न समझी। बोली–पहले तो शाम ही को पढ़ा देते थे, अब कई दिनों से एक बार आकर लिखना भी देख लेते हैं। वह तो कहते हैं कि मैं अपने क्लास में सबसे अच्छा हूं। अभी परीक्षा में इन्हीं को प्रथम स्थान मिला था, फिर आप कैसे समझते हैं कि उनका पढ़ने में जी नहीं लगता? मैं इसलिए और भी कहती हूं कि दीदी समझेंगी, इसी ने यह आग लगाई है। मुफ्त में मुझे ताने सुनने पड़ेंगे। अभी जरा ही देर हुई, धमकाकर गयी हैं।

मुंशीजी ने दिल में कहा–खूब समझता हूं। तुम कल की छोकरी होकर मुझे चराने चलीं। दीदी का सहारा लेकर अपना मतलब पूरा करना चाहती हैं। बोले–मैं नहीं समझता, बोर्डिंग का नाम सुनकर क्यों लौंडे की नानी मरती है। और लड़के खुश होते हैं कि अब अपने दोस्तों में रहेंगे, यह उलटे रो रहा है। अभी कुछ दिन पहले तक यह दिल लगाकर पढ़ता था, यह उसी मेहनत का नतीजा है कि अपने क्लास में सबसे अच्छा है, लेकिन इधर कुछ दिनों से इसे सैर–सपाटे

का चस्का पड़ चला है। अगर अभी से रोकथाम न की गयी, तो पीछे करते–धरते न बन पड़ेगा। तुम्हारे लिए मैं एक मिस रख दूंगा।

दूसरे दिन मुंशीजी प्रातरूकाल कपड़े–लत्ते पहनकर बाहर निकले। दीवानखाने में कई मुवक्किल बैठे हुए थे। इनमें एक राजा साहब भी थे, जिनसे मुंशीजी को कई हजार सालाना मेहनताना मिलता था, मगर मुंशीजी उन्हें वहीं बैठे छोड़ दस मिनट में आने का वादा करके बग्घी पर बैठकर स्कूल के हेडमास्टर के यहां जा पहुँचे। हेडमास्टर साहब बड़े सज्जन पुरुष थे। वकील साहब का बहुत आदर–सत्कार किया, पर उनके यहा एक लड़के की भी जगह खाली न थी। सभी कमरे भरे हुए थे। इंस्पेक्टर साहब की कड़ी ताकीद थी कि मुफस्सिल के लड़कों को जगह देकर तब शहर के लड़कों को दिया जाऐ। इसीलिए यदि कोई जगह खाली भी हुई, तो भी मंसाराम को जगह न मिल सकेगी, क्योंकि कितने ही बाहरी लड़कों के प्रार्थना–पत्र रखे हुए थे। मुंशीजी वकील थे, रात दिन ऐसे प्राणियों से साबिका रहता था, जो लोभवश असंभव का भी संभव, असाध्य को भी साध्य बना सकते हैं। समझे शायद कुछ दे–दिलाकर काम निकल जाऐ, दफ्तर क्लर्क से ढंग की कुछ बातचीत करनी चाहिए, पर उसने हंसकर कहा– मुंशीजी यह कचहरी नहीं, स्कूल है, हैडमास्टर साहब के कानों में इसकी भनक भी पड़ गयी, तो जामे से बाहर हो जाऐंगे और मंसाराम को खड़े–खड़े निकाल देंगे। संभव है, अफसरों से शिकायत कर दें। बेचारे मुंशीजी अपना–सा मुंह लेकर रह गये। दस बजते–बजते झुंझलाये हुए घर लौटे। मंसाराम उसी वक्त घर से स्कूल जाने को निकला मुंशीजी ने कठोर नेत्रों से उसे देखा, मानो वह उनका शत्रु हो और घर में चले गये।

इसके बाद दस–बारह दिनों तक वकील साहब का यही नियम रहा कि कभी सुबह कभी शाम, किसी–न–किसी स्कूल के हेडमास्टर से मिलते और मंसाराम को बोर्डिंग हाउस में दाखिल करने कल

चेष्टा करते, पर किसी स्कूल में जगह न थी। सभी जगहों से कोरा जवाब मिल गया। अब दो ही उपाय थे—या तो मंसाराम को अलग किराये के मकान में रख दिया जाए या किसी दूसरे स्कूल में भर्ती करा दिया जाए। ये दोनों बातें आसान थीं। मुफस्सिल के स्कूलों में जगह अक्सर खाली रहेती थी, लेकिन अब मुंशीजी का शंकित हृदय कुछ शांत हो गया था। उस दिन से उन्होंने मंसाराम को कभी घर में जाते न देखा। यहां तक कि अब वह खेलने भी न जाता था। स्कूल जाने के पहले और आने के बाद, बराबर अपने कमरे में बैठा रहता। गर्मी के दिन थे, खुले हुए मैदान में भी देह से पसीने कीधारें निकलती थीं, लेकिन मंसाराम अपने कमरे से बाहर न निकलता। उसका आत्माभिमान आवारापन के आक्षेप से मुक्त होने के लिए विकल हो रहा था। वह अपने आचरण से इस कलंक को मिटा देना चाहता था।

एक दिन मुंशीजी बैठे भोजन कर रहे थे, कि मंसाराम भी नहाकर खाने आया, मुंशीजी ने इधर उसे महीनों से नंगे बदन न देखा था। आज उस पर निगाह पड़ी, तो होश उड़ गये। हड्डियों का ढांचा सामने खड़ा था। मुख पर अब भी ब्रह्मचर्य का तेज था, पर देह घुलकर कांटा हो गयी थी। पूछा—आजकल तुम्हारी तबीयत अच्छी नहीं है, क्या? इतने दुर्बल क्यों हो?

मंसाराम नेधोती ओढ़कर कहा—तबीयत तो बिल्कुल अच्छी है।

मुंशीजी—फिर इतने दुर्बल क्यों हो?

मंसाराम— दुर्बल तो नहीं हूं। मैं इससे ज्यादा मोटा कब था?

मुंशीजी—वाह, आधी देह भी नहीं रही और कहते हो, मैं दुर्बल नहीं हूं? क्यों दीदी, यह ऐसा ही था?

रुक्मिणी आंगन में खड़ी तुलसी को जल चढ़ा रही थी, बोली—दुबला क्यों होगा, अब तो बहुत अच्छी तरह लालन—पालन हो

रहा है। मैं गंवारिन थी, लडकों को खिलाना–पिलाना नहीं जानती थी। खोमचा खिला–खिलाकर इनकी आदत बिगाड़ देते थी। अब तो एक पढ़ी–लिखी, गृहस्थी के कामों में चतुर औरत पान की तरह फेर रही है न। दुबला हो उसका दुश्मन।

मुंशीजी–दीदी, तुम बड़ा अन्याय करती हो। तुमसे किसने कहा कि लड़कों को बिगाड़ रही हो। जो काम दूसरों के किये न हो सके, वह तुम्हें खुद करने चाहिए। यह नहीं कि घर से कोई नाता न रखो। जो अभी खुद लड़की है, वह लड़कों की देख–रेख क्या करेगी? यह तुम्हारा काम है।

रुक्मिणी–जब तक अपना समझती थी, करती थी। जब तुमने गैर समझ लिया, तो मुझे क्या पड़ी है कि मैं तुम्हारे गले से चिपटूं? पूछो, कै दिन से दूध नहीं पिया? जाके कमरे में देख आओ, नाश्ते के लिए जो मिठाई भेजी गयी थी, वह पड़ी सड़ रही है। मालकिन समझती हैं, मैंने तो खाने का सामान रख दिया, कोई न खाये तो क्या मैं मुंह में डाल दूं? तो भैया, इस तरह वे लड़के पलते होंगे, जिन्होंने कभी लाड़–प्यार का सुख नहीं देखा। तुम्हारे लड़के बराबर पान की तरह फेरे जाते रहे हैं, अब अनाथों की तरह रहकर सुखी नहीं रह सकते। मैं तो बात साफ कहती हूं। बुरा मानकर ही कोई क्या कर लेगा? उस पर सुनती हूं कि लड़के को स्कूल में रखने का प्रबंध कर रहे हो। बेचारे को घर में आने तक की मनाही है। मेरे पास आते भी डरता है, और फिर मेरे पास रखा ही क्या रहता है, जो जाकर खिलाऊंगी।

इतने में मंसाराम दो फुलके खाकर उठ खड़ा हुआ। मुंशीजी ने पूछा–क्या दो ही फुलके तो लिये थे। अभी बैठे एक मिनट से ज्यादा नहीं हुआ। तुमने खाया क्या, दो ही फुलके तो लिये थे।

मंसाराम ने सकुचाते हुए कहा–दाल और तरकारी भी तो थी।

ज्यादा खा जाता हूं, तो गला जलने लगता है, खट्टी डकारें आने लगतीं हैं।

मुंशीजी भोजन करके उठे तो बहुत चिंतित थे। अगर यों ही दुबला होता गया, तो उसे कोई भंयकर रोग पकड़ लेगा। उन्हें रुक्मिणी पर इस समय बहुत क्रोध आ रहा था। उन्हें यही जलन है कि मैं घर की मालकिन नहीं हूं। यह नहीं समझतीं कि मुझे घर की मालकिन बनने का क्या अधिकार है? जिसे रुपया· का हिसाब तक नहीं अता, वह घर की स्वामिनी कैसे हो सकती है? बनीं तो थीं साल भर तक मालकिन, एक पाई की बचत न होती थी। इस आमदनी में रूपकला दो–ढाई सौ रुपये बचा लेती थी। इनके राज में वही आमदनी खर्च को भी पूरी न पड़ती थी। कोई बात नहीं, लाड़–प्यार ने इन लडकों को चौपट कर दिया। इतने बड़े–बड़े लड़कों को इसकी क्य जरूरत कि जब कोई खिलाये तो खायें। इन्हें तो खुद अपनी फिक्र करनी चाहिए। मुंशी जी दिनभर उसी उधेड़–बुन में पड़े रहे। दो–चार मित्रों से भी जिक्र किया। लोगों ने कहा–उसके खेल–कूद में बाधा न डालिए, अभी से उसे कैद न कीजिए, खुली हवा में चरित्र के भ्रष्ट होने की उससे कम संभावना है, जितना बन्द कमरे में। कुसंगत से जरूर बचाइए, मगर यह नहीं कि उसे घर से निकलने ही न दीजिए। युवावस्था में एकान्तवास चरित्र के लिए बहुत ही हानिकारक है। मुंशीजी को अब अपनी गलती मालूम हुई। घर लौटकर मंसाराम के पास गये। वह अभी स्कूल से आया था और बिना कपड़े उतारे, एक किताब सामने खोलकर, सामने खिड़की की ओर ताक रहा था। उसकी दृष्टि एक भिखारिन पर लगी हुई थी, जो अपने बालक को गोद में लिए भिक्षा मांग रही थी। बालक माता की गोद में बैठा ऐसा प्रसन्न था, मानो वह किसी राजसिंहासन पर बैठा हो। मंसाराम उस बालक को देखकर रो पड़ा। यह बालक क्या मुझसे अधिक सुखी नहीं है? इस अन्नत विश्व में ऐसी कौन–सी वस्तु

है, जिसे वह इस गोद के बदले पाकर प्रसन्न हो? ईश्वर भी ऐसी वस्तु की सृष्टि नहीं कर सकते। ईश्वर ऐसे बालकों को जन्म ही क्यों देते हो, जिनके भाग्य में मातृ–वियोग का दुख भोगना बडा? आज मुझ–सा अभागा संसार में और कौन है? किसे मेरे खाने–पीने की, मरने–जीने की सुध है। अगर मैं आज मर भी जाऊं, तो किसके दिल को चोट लगेगी। पिता को अब मुझे रुलाने में मजा आता है, वह मेरी सूरत भी नहीं देखना चाहते, मुझे घर से निकाल देने की तैयारियां हो रही हैं। आह माता। तुम्हारा लाड़ला बेटा आज आवारा कहां जा रहा है। वही पिताजी, जिनके हाथ में तुमने हम तीनों भाइयों के हाथ पकड़ाये थे, आज मुझे आवारा और बदमाश कह रहे हैं। मैं इस योग्य भी नहीं कि इस घर में रह सकूं। यह सोचते–सोचते मंसाराम अपार वेदना से फूट–फूटकर रोने लगा।

उसी समय तोताराम कमरे में आकर खड़े हो गये। मंसाराम ने चटपट आंसू पोंछ डाले और सिर झुकाकर खड़ा हो गया। मुंशीजी ने शायद यह पहली बार उसके कमरे में कदम रखा था। मंसाराम का दिलधड़धड़ करने लगा कि देखें आज क्या आफत आती है। मुंशीजी ने उसे रोते देखा, तो एक क्षण के लिए उनका वात्सल्य घेर निद्रा से चौंक पड़ा घबराकर बोले–क्यों, रोते क्यों हो बेटा। किसी ने कुछ कहा है?

मंसाराम ने बड़ी मुश्किल से उमड़ते हुए आंसुओं को रोककर कहा– जी नहीं, रोता तो नहीं हूं।

मुंशीजी–तुम्हारी अम्मां ने तो कुछ नहीं कहा?

मंसाराम–जी नहीं, वह तो मुझसे बोलती ही नहीं।

मुंशीजी–क्या करुं बेटा, शादी तो इसलिए की थी कि बच्चों को मां मिल जाएगी, लेकिन वह आशा पूरी नहीं हुई, तो क्या बिल्कुल नहीं बोलतीं?

मंसाराम–जी नहीं, इधर महीनों से नहीं बोलीं।

मुंशीजी–विचित्र स्वभाव की औरत है, मालूम ही नहीं होता कि क्या चाहती है? मैं जानता कि उसका ऐसा मिजाज होगा, तो कभी शादी न करता रोज एक–न–एक बात लेकर उठ खड़ी होती है। उसी ने मुझसे कहा था कि यह दिन भर न जाने कहां गायब रहता है। मैं उसके दिल की बात क्या जानता था? समझा, तुम कुसंगत में पड़कर शायद दिनभर घूमा करते हो। कौन ऐसा पिता है, जिसे अपने प्यारे पुत्र को आवारा फिरते देखकर रंज न हो? इसीलिए मैंने तुम्हें बोर्डिंग हाउस में रखने का निश्चय किया था। बस, और कोई बात नहीं थी, बेटा। मैं तुम्हारा खेलन–कूदना बंद नहीं करना चाहता था। तुम्हारी यह दशा देखकर मेरे दिल के टुकड़े हुए जाते हैं। कल मुझे मालूम हुआ मैं भ्रम में था। तुम शौक से खेलो, सुबह–शाम मैदान में निकल जाए करो। ताजी हवा से तुम्हें लाभ होगा। जिस चीज की जरूरत हो मुझसे कहो, उनसे कहने की जरूरत नहीं। समझ लो कि वह घर में है ही नहीं। तुम्हारी माता छोड़कर चली गयी तो मैं तो हूं।

बालक का सरल निष्कपट हृदय पितृ–प्रेम से पुलकित हो उठा। मालूम हुआ कि साक्षात् भगवान् खड़े हैं। नैराश्य और क्षोभ से विकल होकर उसने मन में अपने पिता का निष्ठुर और न जाने क्या–क्या समझ रखा। विमाता से उसे कोई गिला न था। अब उसे ज्ञात हुआ कि मैंने अपने देवतुल्य पिता के साथ कितना अन्याय किया है। पितृ–भक्ति की एक तरंग–सी हृदय में उठी, और वह पिता के चरणों पर सिर रखकर रोने लगा। मुंशीजी करुणा से विह्वल हो गये। जिस पुत्र को क्षण भर आंखों से दूर देखकर उनका हृदय व्यग्र हो उठता था, जिसके शील, बुद्धि और चरित्र का अपने–पराये सभी बखान करते थे, उसी के प्रति उनका हृदय इतना कठोर क्यों हो गया? वह अपने ही प्रिय पुत्र को शत्रु समझने लगे, उसको निर्वासन

देने को तैयार हो गये। निर्मला पुत्र और पिता के बी में दीवार बनकर खड़ी थी। निर्मला को अपनी ओर खींचने के लिए पीछे हटना पड़ता था, और पिता तथा पुत्र में अंतर बढ़ता जाता था। फलतरू आज यह दशा हो गयी है कि अपने अभिन्न पुत्र उन्हें इतना छल करना पड़ रहा है। आज बहुत सोचने के बाद उन्हें एक एक ऐसी युक्ति सूझी है, जिससे आशा हो रही है कि वह निर्मला को बीच से निकालकर अपने दूसरे बाजू को अपनी तरफ खींच लेंगे। उन्होंने उस युक्ति का आरंभ भी कर दिया है, लेकिन इसमें अभीष्ट सिद्ध होगा या नहीं, इसे कौन जानता है।

जिस दिन से तोतोराम ने निर्मला के बहुत मिन्नत–समाजत करने पर भी मंसाराम को बोर्डिंग हाउस में भेजने का निश्चय किया था, उसी दिन से उसने मंसाराम से पढ़ना छोड़ दिया। यहां तक कि बोलती भी न थी। उसे स्वामी की इस अविश्वासपूर्ण तत्परता का कुछ–कुछ आभास हो गया था। ओफ्फोह। इतना शक्की मिजाज। ईश्वर ही इस घर की लाज रखें। इनके मन में ऐसी–ऐसी दुर्भावनाएं भरी हुई हैं। मुझे यह इतनी गयी–गुजरी समझते हैं। ये बातें सोच–सोचकर वह कई दिन रोती रही। तब उसने सोचना शूरू किया, इन्हें क्या ऐसा संदेह हो रहा है? मुझ में ऐसी कौन–सी बात है, जो इनकी आंखों में खटकती है। बहुत सोचने पर भी उसे अपने में कोई ऐसी बात नजर न आयी। तो क्या उसका मंसाराम से पढ़ना, उससे हंसना–बोलना ही इनके संदेह का कारण है, तो फिर मैं पढ़ना छोड़ दूंगी, भूलकर भी मंसाराम से न बोलूंगी, उसकी सूरत न दखूंगी।

लेकिन यह तपस्या उसे असाध्य जान पड़ती थी। मंसाराम से हंसने–बोलने में उसकी विलासिनी कल्पना उत्तेजित भी होती थी और तृप्त भी। उसे बातें करते हुए उसे अपार सुख का अनुभव

होता था, जिसे वह शब्दों में प्रकट न कर सकती थी। कुवासना की उसके मन में छाया भी न थी। वह स्वप्न में भी मंसाराम से कलुषित प्रेम करने की बात न सोच सकती थी। प्रत्येक प्राणी को अपने हमजोलियों के साथ, हंसने–बोलने की जो एक नैसर्गिक तृष्णा होती है, उसी की तृप्ति का यह एक अज्ञात साधन था। अब वह अतृप्त तृष्णा निर्मला के हृदय में दीपक की भांति जलने लगी। रह–रहकर उसका मन किसी अज्ञात वेदना से विकल हो जाता। खोयी हुई किसी अज्ञात वस्तु की खोज में इधर–उधर घूमती–फिरती, जहां बैठती, वहां बैठी ही रह जाती, किसी काम में जी न लगता। हां, जब मुंशीजी आ जाते, वह अपनी सारी तृष्णाओं को नैराश्य में डुबाकर, उनसे मुस्कराकर इधर–उधर की बातें करने लगती।

कल जब मुंशीजी भोजन करके कचहरी चले गये, तो रुक्मिणी ने निर्मला को खुब तानों से छेदा–जानती तो थी कि यहां बच्चों का पालन–पोषण करना पड़ेगा, तो क्यों घरवालों से नहीं कह दिया कि वहां मेरा विवाह न करो? वहां जाती जहां पुरुष के सिवा और कोई न होता। वही यह बनाव–चुनाव और छवि देखकर खुश होता, अपने भाग्य को सराहता। यहां बुड्ढा आदमी तुम्हारे रंग–रूप, हाव–भाव पर क्या लट्टू होगा? इसने इन्हीं बालकों की सेवा करने के लिए तुमसे विवाह किया है, भोग–विलास के लिए नहीं वह बड़ी देर तक घाव पर नमक छिड़कती रही, पर निर्मला ने चूं तक न की। वह अपनी सफाई तो पेश करना चाहती थी, पर न कर सकती थी। अगर कहे कि मैं वही कर रही हूं, जो मेरे स्वामी की इच्छा है तो घर का भण्डा फूटता है। अगर वह अपनी भूल स्वीकार करके उसका सुधार करती है, तो भय है कि उसका न जाने क्या परिणाम हो? वह यों बड़ी स्पष्टवादिनी थी, सत्य कहने में उसे संकोच या भय न होता था, लेकिन इस नाजुक मौके पर उसे चुप्पी साधनी पड़ी। इसके सिवा दूसरा उपाय न था। वह देखती थी मंसाराम बहुत विरक्त और उदास

रहता है, यह भी देखती थी कि वह दिन–दिन दुर्बल होता जाता है, लेकिन उसकी वाणी और कर्म दोनों ही पर मोहर लगी हुई थी। चोर के घर चोरी हो जाने से उसकी जो दशा होती है, वही दशा इस समय निर्मला की हो रही थी।

जब कोई बात हमारी आशा के विरुद्ध होती है, तभी दुख होता है। मंसाराम को निर्मला से कभी इस बात की आशा न थी कि वे उसकी शिकायत करेंगी। इसलिए उसे घोर वेदना हो रही थी। वह क्यों मेरी शिकायत करती है? क्या चाहती है? यही न कि वह मेरे पति की कमाई खाता है, इसके पढ़ान–लिखाने में रुपये खर्च होते हैं, कपड़ा पहनता है। उनकी यही इच्छा होगी कि यह घर में न रहे। मेरे न रहने से उनके रुपये बच जाऐंगे। वह मुझसे बहुत प्रसन्नचित्त रहती हैं। कभी मैंने उनके मुंह से कटु शब्द नहीं सुने। क्या यह सब कौशल है? हो सकता है? चिडि□या को जाल में फंसाने के पहले शिकारी दाने बिखेरता है। आह। मैं नहीं जानता था कि दाने के नीचे जाल है, यह मातृ–स्नेह केवल मेरे निर्वासन की भूमिका है।

अच्छा, मेरा यहां रहना क्यों बुरा लगता है? जो उनका पति है, क्या वह मेरा पिता नहीं है? क्या पिता–पुत्र का संबंध स्त्री–पुरुष के संबंध से कुछ कम घनिष्ट है? अगर मुझे उनके संपूर्ण आधिपत्य से ईर्ष्या नहीं होती, वह जो चाहे करें, मैं मुंह नहीं खोल सकता, तो वह मुझे एक अगुंल भर भूमि भी देना नहीं चाहतीं। आप पक्के महल में रहकर क्यों मुझे वृक्ष की छाया में बैठा नहीं देख सकतीं।

हां, वह समझती होंगी कि वह बड़ा होकर मेरे पति की सम्पत्ति का स्वामी हो जाएगा, इसलिए अभी से निकाल देना अच्छा है। उनको कैसे विश्वास दिलाऊं कि मेरी ओर से यह शंका न करें। उन्हें क्योंकर बताऊं कि मंसाराम विष खाकर प्राण दे देगा, इसके पहले कि उनका अहित कर। उसे चाहे कितनी ही कठिनाइयां सहनी पडें

वह उनके हृदय का शूल न बनेगा। यों तो पिताजी ने मुझे जन्म दिया है और अब भी मुझ पर उनका स्नेह कम नहीं है, लेकिन क्या मैं इतना भी नहीं जानता कि जिस दिन पिताजी ने उनसे विवाह किया, उसी दिन उन्होंने हमें अपने हृदय से बाहर निकाल दिया? अब हम अनाथों की भांति यहां पड़े रह सकते हैं, इस घर पर हमारा कोई अधिकार नहीं है। कदाचित् पूर्व संस्कारों के कारण यहां अन्य अनाथों से हमारी दशा कुछ अच्छी है, पर हैं अनाथ ही। हम उसी दिन अनाथ हुए, जिस दिन अम्मां जी परलोक सिधारीं। जो कुछ कसर रह गयी थी, वह इस विवाह ने पूरी कर दी। मैं तो खुद पहले इनसे विशेष संबंध न रखता था। अगर, उन्हीं दिनों पिताजी से मेरी शिकायत की होती, तो शायद मुझे इतना दुख न होता। मैं तो उसे आघात के लिए तैयार बैठा था। संसार में क्या मैं मजदूरी भी नहीं कर सकता? लेकिन बुरे वक्त में इन्होंने चोट की। हिंसक पशु भी आदमी को गाफिल पाकर ही चोट करते हैं। इसीलिए मेरी आवभगत होती थी, खाना खाने के लिए उठने में जरा भी देर हो जाती थी, तो बुलावे पर बुलावे आते थे, जलपान के लिए प्रातरू हलुआ बनाया जाता था, बार–बार पूछा जाता था–रुपयों की जरूरत तो नहीं है? इसीलिए वह सौ रुपयों की घड़ी मंगवाई थी।

मगर क्या इन्हें क्या दूसरी शिकायत न सूझी, जो मुझे आवारा कहा? आखिर उन्होंने मेरी क्या आवारगी देखी? यह कह सकती थीं कि इसका मन पढ़ने–लिखने में नहीं लगता, एक–न–एक चीज के लिए नित्य रुपये मांगता रहता है। यही एक बात उन्हें क्यों सूझी? शायद इसीलिए कि यही सबसे कठोर आघात है, जो वह मुझ पर कर सकती हैं। पहली ही बार इन्होंने मुझे पर अग्नि–बाण चला दिया, जिससे कहीं शरण नहीं। इसीलिए न कि वह पिता की नजरों से गिर जाएं? मुझे बोर्डिंग–हाउस में रखने का तो एक बहाना था। उद्देश्य यह था कि इसे दूध की मक्खी की तरह निकाल दिया जाए।

दो–चार महीने के बाद खर्च–वर्च देना बंद कर दिया जाऐ, फिर चाहे मरे या जिये। अगर मैं जानता कि यह प्रेरणा इनकी ओर से हुई है, तो कहीं जगह न रहने पर भी जगह निकाल लेता। नौकरों की कोठरियों में तो जगह मिल जाती, बरामदे में पड़े रहने के लिए बहुत जगह मिल जाती। खैर, अब सबेरा है। जब स्नेह नहीं रहा, तो केवल पेट भरने के लिए यहां पड़े रहना बेहयाई है, यह अब मेरा घर नहीं। इसी घर में पैदा हुआ हूं, यही खेला हूं, पर यह अब मेरा नहीं। पिताजी भी मेरे पिता नहीं हैं। मैं उनका पुत्र हूं, पर वह मेरे पिता नहीं हैं। संसार के सारे नाते स्नेह के नाते हैं। जहां स्नेह नहीं, वहां कुछ नहीं। हाय, अम्मांजी, तुम कहां हो?

यह सोचकर मंसाराम रोने लगा। ज्यों–ज्यों मातृ स्नेह की पूर्व–स्मृतियां जागृत होती थीं, उसके आंसू उमड़ते आते थे। वह कई बार अम्मां–अम्मां पुकार उठा, मानो वह खड़ी सुन रही हैं। मातृ–हीनता के दुरूख का आज उसे पहली बार अनुभव हुआ। वह आत्माभिमानी था, साहसी था, पर अब तक सुख की गोद में लालन–पालन होने के कारण वह इस समय अपने आप को निराधार समझ रहा था।

रात के दस बज गये थे। मुंशीजी आज कहीं दावत खाने गये हुए थे। दो बार महरी मंसाराम को भोजन करने के लिए बुलाने आ चुकी थी। मंसाराम ने पिछली बार उससे झुंझलाकर कह दिया था–मुझे भूख नहीं है, कुछ न खाऊंगा। बार–बार आकर सिर पर सवार हो जाती है। इसीलिए जब निर्मला ने उसे फिर उसी काम के लिए भेजना चाहा, तो वह न गयी।

बोली–बहूजी, वह मेरे बुलाने से न आवेंगे।

निर्मला–आयेंगे क्यों नहीं? जाकर कह दे खाना ठण्डा हुआ जाता है। दो चार कौर खा लें।

महरी–मैं यह सब कह के हार गयी, नहीं आते।

निर्मला–तूने यह कहा था कि वह बैठी हुई हैं।

महरी–नहीं बहूजी, यह तो मैंने नहीं कहा, झूठ क्यों बोलूं।

निर्मला–अच्छा, तो जाकर यह कह देना, वह बैठी तुम्हारी राह देख रही हैं। तुम न खाओगे तो वह रसोई उठाकर सो रहेंगी। मेरी भूंगी, सुन, अबकी और चली जा। (हंसकर) न आवें, तो गोद में उठा लाना।

भूंगी नाक–भौं सिकोड़ते गयी, पर एक ही क्षण में आकर बोली–अरे बहूजी, वह तो रो रहे हैं। किसी ने कुछ कहा है क्या?

निर्मला इस तरह चौककर उठी और दो–तीन पग आगे चली, मानो किसी माता ने अपने बेटे के कुएं में गिर पड़ने की खबर पायी हो, फिर वह ठिठक गयी और भूंगी से बोली–रो रहे हैं? तूने पूछा नहीं क्यों रो रहे हैं?

भूंगी– नहीं बहूजी, यह तो मैंने नहीं पूछा। झूठ क्यों बोलूं?

वह रो रहे हैं। इस निस्तबध रात्रि में अकेले बैठै हुए वह रो रहे हैं। माता की याद आयी होगी? कैसे जाकर उन्हें समझाऊं? हाय, कैसे समझाऊं? यहां तो छींकते नाक कटती है। ईश्वर, तुम साक्षी हो अगर मैंने उन्हें भूल से भी कुछ कहा हो, तो वह मेरे गे आये। मैं क्या करूं? वह दिल में समझते होंगे कि इसी ने पिताजी से मेरी शिकायत की होगी। कैसे विश्वास दिलाऊं कि मैंने कभी तुम्हारे विरुद्ध एक शब्द भी मुंह से नहीं निकाला? अगर मैं ऐसे देवकुमार के–से चरित्र रखने वाले युवक का बुरा चेतूं, तो मुझसे बढ़कर राक्षसी संसार में न होगी।

निर्मला देखती थी कि मंसाराम का स्वास्थ्य दिन–दिन बिगड़ता जाता है, वह दिन–दिन दुर्बल होता जाता है, उसके मुख की

निर्मल कांति दिन–दिन मलिन होती जाती है, उसका सहास बदन संकुचित होता जाता है। इसका कारण भी उससे छिपा न था, पर वह इस विषय में अपने स्वामी से कुछ न कह सकती थी। यह सब देख–देखकर उसका हृदय विदीर्ण होता रहता था, पर उसकी जबान न खुल सकती थी। वह कभी–कभी मन में झुंझलाती कि मंसाराम क्यों जरा–सी बात पर इतना क्षोभ करता है? क्या इनके आवारा कहने से वह आवारा हो गया? मेरी और बात है, एक जरा–सा शक मेरा सर्वनाश कर सकता है, पर उसे ऐसी बातों की इतनी क्या परवाह?

सके जी में प्रबल इच्छा हुई कि चलकर उन्हें चुप कराऊं और लाकर खाना खिला दूं। बेचारे रात–भर भूखे पड़े रहेंगे। हाय। मैं इस उपद्रव की जड़ हूं। मेरे आने के पहले इस घर में शांति का राज्य था। पिता बालकों पर जान देता था, बालक पिता को प्यार करते थे। मेरे आते ही सारी बाधाएं आ खड़ी हुईं। इनका अंत क्या होगा? भगवान् ही जाने। भगवान् मुझे मौत भी नहीं देते। बेचारा अकेले भूखों पड़ा है। उस वक्त भी मुंह जुठा करके उठ गया था। और उसका आहार ही क्या है, जितना वह खाता है, उतना तो साल–दो–साल के बच्चे खा जाते हैं।

निर्मला चली। पति की इच्छा के विरुद्ध चली। जो नाते में उसका पुत्र होता था, उसी को मनाने जाते उसका हृदय कांप रहा था। उसने पहले रुक्मिणी के कमरे की ओर देखा, वह भोजन करके बेखबर सो रही थीं, फिर बाहर कमरे की ओर गयी। वहां सन्नाटा था। मुंशी अभी न आये थे। यह सब देख–भालकर वह मंसाराम के कमरे के सामने जा पहुंची। कमरा खुला हुआ था, मंसाराम एक पुस्तक सामने रखे मेज पर सिर झुकाये बैठा हुआ था, मानो शोक और चिन्ता की सजीव मूर्ति हो। निर्मला ने पुकारना चाहा पर उसके कंठ से आवाज न निकली।

सहसा मंसाराम ने सिर उठाकर द्वार की ओर देखा। निर्मला को देखकर अंधेरे में पहचान न सका। चौंककर बोला–कौन?

निर्मला ने कांपते हुए स्वर में कहा–मैं तो हूं। भोजन करने क्यों नहीं चल रहे हो? कितनी रात गयी।

मंसाराम ने मुंह फेरकर कहा–मुझे भूख नहीं है।

निर्मला–यह तो मैं तीन बार भूंगी से सुन चुकी हूं।

मंसाराम–तो चौथी बार मेरे मुंह से सुन लीजिए।

निर्मला–शाम को भी तो कुछ नहीं खाया था, भूख क्यों नहीं लगी?

मंसाराम ने व्यंग्य की हंसी हंसकर कहा–बहुत भूख लगेगी, तो आयेग कहां से?

यह कहते–कहते मंसाराम ने कमरे का द्वार बंद करना चाहा, लेकिन निर्मला किवाड़ों को हटाकर कमरे में चली आयी और मंसाराम का हाथ पकड़ सजल नेत्रों से विनय–मधुर स्वर में बोली–मेरे कहने से चलकर थोड़ा–सा खा लो। तुम न खाओगे, तो मैं भी जाकर सो रहूंगी। दो ही कौर खा लेना। क्या मुझे रात–भर भूखों मारना चाहते हो?

मंसाराम सोच में पड़ गया। अभी भोजन नहीं किया, मेरे ही इंतजार में बैठी रहीं। यह स्नेह, वात्सल्य और विनय की देवी हैं या ईर्ष्या और अमंगल की मायाविनी मूर्ति? उसे अपनी माता का स्मरण हो आया। जब वह रुठ जाता था, तो वे भी इसी तरह मनाने आ करती थीं और जब तक वह न जाता था, वहां से न उठती थीं। वह इस विनय को अस्वीकार न कर सका। बोला–मेरे लिए आपको इतना कष्ट हुआ, इसका मुझे खेद है। मैं जानता कि आप मेरे इंतजार में भूखी बैठी हैं, तो तभी खा आया होता।

निर्मला ने तिरस्कार–भाव से कहा–यह तुम कैसे समझ सकते थे कि तुम भूखे रहोगे और मैं खाकर सो रहूंगी? क्या विमाता का नाता होने से ही मैं ऐसी स्वार्थिनी हो जाऊंगी?

सहसा मर्दाने कमरे में मुंशीजी के खांसने की आवाज आयी। ऐसा मालूम हुआ कि वह मंसाराम के कमरे की ओर आ रहे हैं। निर्मला के चेहरे का रंग उड़ गया। वह तुरंत कमरे से निकल गयी और भीतर जाने का मौका न पाकर कठोर स्वर में बोली–मैं लौंडी नहीं हूं कि इतनी रात तक किसी के लिए रसोई के द्वार पर बैठी रहूं। जिसे न खाना हो, वह पहले ही कह दिया करे।

मुंशीजी ने निर्मला को वहां खड़े देखा। यह अनर्थ। यह यहां क्या करने आ गयी? बोले–यहां क्या कर रही हो?

निर्मला ने कर्कश स्वर में कहा–कर क्या रही हूं, अपने भाग्य को रो रही हूं। बस, सारी बुराइयों की जड़ मैं ही हूं। कोई इधर रुठा है, कोई उधर मुंह फुलाये खड़ा है। किस–किस को मनाऊं और कहां तक मनाऊं।

मुंशीजी कुछ चकित होकर बोले–बात क्या है?

निर्मला–भोजन करने नहीं जाते और क्या बात है? दस दफे महरी को भे, आखिर आप दौड़ी आयी। इन्हें तो इतना कह देना आसान है, मुझे भूख नहीं है, यहां तो घर भर की लौंडी हूं, सारी दुनिया मुंह में कालिख पोतने को तैयार। किसी को भूख न हो, पर कहने वालों को यह कहने से कौन रोकेगा कि पिशाचिनी किसी को खाना नहीं देती।

मुंशीजी ने मंसाराम से कहा–खाना क्यों नहीं खा लेते जी? जानते हो क्या वक्त है?

मंसाराम स्त्म्भित–सा खड़ा था। उसके सामने एक ऐसा रहस्य हो रहा था, जिसका मर्म वह कुछ भी न समझ सकताथा। जिन

नेत्रों में एक क्षण पहले विनय के आंसू भरे हुए थे, उनमें अकस्मात् ईर्ष्या की ज्वाला कहां से आ गयी? जिन अधरों से एक क्षण पहले सुधा–वृष्टि हो रही थी, उनमें से विष प्रवाह क्यों होने लगा? उसी अर्ध चेतना की दशा में बोला–मुझे भूख नहीं है।

मुंशीजी ने घुड़ककर कहा–क्यों भूख नहीं है? भूख नहीं थी, तो शाम को क्यों न कहला दिया? तुम्हारी भूख के इंतजार में कौन सारी रात बैठा रहे? तुममें पहले तो यह आदत न थी। रुठना कब से सीख ल़िया? जाकर खा लो।

मंसाराम–जी नहीं, मुझे जरा भी भूख नहीं है।

तोताराम–ने दांत पीसकर कहा–अच्छी बात है, जब भूख लगे तब खाना। यह कहते हुए एवह अंदर चले गये। निर्मला भी उनके पीछे ही चली गयी। मुंशीजी तो लेटने चले गये, उसने जाकर रसोई उठा दी और कुल्लाकर, पान खा मुस्कराती हुई आ पहुंची। मुंशीजी ने पूछा–खाना खा लिया न?

निर्मला–क्या करती, किसी के लिए अन्न–जल छोड़ दूंगी?

मुंशीजी–इसे न जाने क्या हो गया है, कुछ समझ में नहीं आता? दिन–दिन घुलता चला जाता है, दिन भर उसी कमरे में पड़ा रहता है।

निर्मला कुछ न बोली। वह चिंता के अपार सागर में डुबकियां खा रही थी। मंसाराम ने मेरे भाव–परिवर्तन को देखकर दिल में क्या–क्या समझा होगा? क्या उसके मन में यह प्रश्न उठा होगा कि पिताजी को देखते ही इसकी त्योरियं क्यों बदल गयीं? इसका कारण भी क्या उसकी समझ में आ गया होगा? बेचारा खाने आ रहा था, तब तक यह महाशय न जाने कहां से फट पड़े? इस रहस्य को उसे कैसे समझाऊं समझाना संभव भी है? मैं किस विपत्ति में फंस गयी?

सवेरे वह उठकर घर के काम–धंधे में लगी। सहसा नौ बजे भूंगी ने आकर कहा–मंसा बाबू तो अपने कागज–पत्तर सब इक्के पर लाद रहे हैं।

भूंगी–मैंने पूछा तो बोले, अब स्कूल में ही रहूंगा।

मंसाराम प्रातरूकाल उठकर अपने स्कूल के हेडमास्टर साहब के पास गया था और अपने रहने का प्रबंध कर आया था। हेडमास्टर साहब ने पहले तो कहा–यहां जगह नहीं है, तुमसे पहले के कितने ही लड़कों के प्रार्थना–पत्र पडे हुए हैं, लेकिन जब मंसाराम ने कहा–मुझे जगह न मिलेगी, तो कदाचित् मेरा पढ़ना न हो सके और मैं इम्तहान में शरीक न हो सकूं, तो हेडमास्टर साहब को हार माननी पड़ी। मंसाराम के प्रथम श्रेणी में पास होने की आशा थी। अध्यापकों को विश्वास था कि वह उस शाला की कीर्ति को उज्जवल करेगा। हेडमास्टर साहब ऐसे लड़कों को कैसे छोड़ सकते थे? उन्होने अपने दफ्तर का कमरा खाली करा दिया। इसीलिए मंसाराम वहां से आते ही अपना सामान इक्के पर लादने लगा।

मुंशीजी ने कहा–अभी ऐसी क्या जल्दी है? दो–चार दिन में चले जाना। मैं चाहता हूं, तुम्हारे लिए कोई अच्छा सा रसोइया ठीक कर दूं।

मंसाराम–वहां का रसोइया बहुत अच्छा भोजन पकाता है।

मुंशीजी–अपने स्वास्थ्य काध्यान रखना। ऐसा न हो कि पढ़ने के पीछे स्वास्थ्य खो बैठो।

मंसाराम–वहां नौ बजे के बाद कोई पढ़ने नहीं पाता और सबको नियम के साथ खेलना पड़ता है।

मुंशी जी–बिस्तर क्यों छोड़ देते हो? सोओगे किस पर?

मंसाराम–कंबल लिए जाता हूं। बिस्तर जरुरत नहीं।

मुंशी जी–कहार जब तक तुम्हारा सामान रख रहा है, जाकर कुछ खा लो। रात भी तो कुछ नहीं खाया था।

मंसाराम–वहीं खा लूंगा। रसोइये से भोजन बनाने को कह आया हूं यहां खाने लगूंगा तो देर होगी।

घर में जियाराम और सियाराम भी भाई के साथ जाने के जिद कर रहे थे निर्मला उन दोनों के बहला रही थी–बेटा, वहां छोटे नहीं रहते, सब काम अपने ही हाथ से करना पड़ता है।

एकाएक रुक्मिणी ने आकर कहा–तुम्हारा वज्र का हृदय है, महारान। लड़के ने रात भी कुछ नहीं खाया, इस वक्त भी बिना खाय–पीये चला जा रहा है और तुम लड़को के लिए बातें कर रही हो? उसको तुम जानती नहीं हो। यह समझ लो कि वह स्कूल नहीं जा रहा है, बनवास ले रहा है, लौटकर फिर न आयेगा। यह उन लड़कों में नहीं है, जो खेल में मार भूल जाते हैं। बात उसके दिल पर पत्थर की लकीर हो जाती है।

निर्मला ने कातर स्वर में कहा–क्या करुं, दीदीजी? वह किसी की सुनते ही नहीं। आप जरा जाकर बुला लें। आपके बुलाने से आ जाऐंगे।

रुक्मिणी– आखिर हुआ क्या, जिस पर भागा जाता है? घर से उसका जी कभ उचाट न होता था। उसे तो अपने घर के सिवा और कहीं अच्छा ही न लगता था। तुम्हीं ने उसे कुछ कहा होगा, या उसकी कुछ शिकायत की होगी। क्यों अपने लिए कांटे बो रही हो? रानी, घर को मिट्टी में मिलाकर चौन से न बैठने पाओगी।

निर्मला ने रोकर कहा–मैंने उन्हें कुछ कहा हो, तो मेरी जबान कट जाऐ। हां, सौतेली मां होने के कारण बदनाम तो हूं ही। आपके हाथ जोड़ती हूं जरा जाकर उन्हें बुला लाइये।

रुक्मिणी ने तीव्र स्वर में कहा– तुम क्यों नहीं बुला लातीं? क्या छोटी हो जाओगी? अपना होता, तो क्या इसी तरह बैठी रहती?

निर्मला की दशा उस पंखहीन पक्षी की तरह हो रही थी, जो सर्प को अपनी ओर आते देख कर उड़ना चाहता है, पर उड़ नहीं सकता, उछलता है और गिर पड़ता है, पंख फड़फड़ाकर रह जाता है। उसका हृदय अंदर ही अंदर तड़प रहा था, पर बाहर न जा सकती थी।

इतने में दोनों लड़के आकर बोले–भैयाजी चले गये।

निर्मला मूर्तिवत् खड़ी रही, मानो संज्ञाहीन हो गयी हो। चले गये? घर में आये तक नहीं, मुझसे मिले तक नहीं चले गये। मुझसे इतनी घृणा। मैं उनकी कोई न सही, उनकी बुआ तो थीं। उनसे तो मिलने आना चाहिए था? मैं यहां थी न। अंदर कैसे कदम रखते? मैं देख लेती न। इसीलिए चले गये।

पाँचवा अध्याय

मंसाराम के जाने से घर सूना हो गया। दोनों छोटे लड़के उसी स्कूल में पढ़ते थे। निर्मला रोज उनसे मंसाराम का हाल पूछती। आशा थी कि छुट्टी के दिन वह आयेगा, लेकिन जब छुट्टी के दिन गुजर गये और वह न आया, तो निर्मला की तबीयत घबराने लगी। उसने उसके लिए मूंग के लड्डू बना रखे थे। सोमवार को प्रातरू भूंगी का लड्डू देकर मदरसे भेजा। नौ बजे भूंगी लौट आयी। मंसाराम ने लड्डू ज्यों–के–त्यों लौटा दिये थे।

निर्मला ने पूछा–पहले से कुछ हरे हुए हैं, रे?

भूंगी–हरे–वरे तो नहीं हुए, और सूख गये हैं।

निर्मला– क्या जी अच्छा नहीं है?

भूंगी–यह तो मैंने नहीं पूछा बहूजी, झूठ क्यों बोलूं? हां, वहां का कहार मेरा देवर लगता है । वह कहता था कि तुम्हारे बाबूजी की खुराक कुछ नहीं है। दो फुलकियां खाकर उठ जाते हैं, फिर दिन भर कुछ नहीं खाते। हरदम पढ़ते रहते हैं।

निर्मला–तूने पूछा नहीं, लड्डू क्यों लौटाये देते हो?

भूंगी– बहूजी, झूठ क्यों बोलूं? यह पूछने की तो मुझे सुध ही न रही। हां, यह कहते थे कि अब तू यहां कभी न आना, न मेरे

लिए कोई चीज लाना और अपनी बहूजी से कह देना कि मेरे पास कोई चिट्ठी–पत्तरी न भेजें। लड़कों से भी मेरे पास कोई संदेशा न भेजें और एक ऐसी बात कही कि मेरे मुंह से निकल नहीं सकती, फिर रोने लगे।

निर्मला–कौन बात थी कह तो?

भूंगी–क्या कहूं कहते थे मेरे जीने कोधीक्कार है? यही कहकर रोने लगे।

निर्मला के मुंह से एक ठंडी सांस निकल गयी। ऐसा मालूम हुआ, मानो कलेजा बैठा जाता है। उसका रोम–रोम आर्तनाद करने लगा। वह वहां बैठी न रह सकी। जाकर बिस्तर पर मुंह ढांपकर लेट रही और फूट–फूटकर रोने लगी। श्वह भी जान गयेश। उसके अन्तरूकरण में बार–बार यही आवाज गूंजने लगी–श्वह भी जान गयेश। भगवान् अब क्या होगा? जिस संदेह की आग में वह भस्म हो रही थी, अब शतगुण वेग सेधधकने लगी। उसे अपनी कोई चिंता न थी। जीवन में अब सुख की क्या आशा थी, जिसकी उसे लालसा होती? उसने अपने मन को इस विचार से समझाया था कि यह मेरे पूर्व कर्मों का प्रायश्चित है। कौन प्राणी ऐसा निर्लज्ज होगा, जो इस दशा में बहुत दिन जी सके? कर्त्तव्य की वेदी पर उसने अपना जीवन और उसकी सारी कामनाएं होम कर दी थीं। हृदय रोता रहता था, पर मुख पर हंसी का रंग भरना पड़ता था। जिसका मुंह देखने को जी न चाहता था, उसके सामने हंस–हंसकर बातें करनी पड़ती थीं। जिस देह का स्पर्श उसे सर्प के शीतल स्पर्श के समान लगता था, उससे आलिंगित होकर उसे जितनी घृणा, जितनी मर्मवेदना होती थी, उसे कौन जान सकता है? उस समय उसकी यही इच्छा थी किधरती फट जाए और मैं उसमें समा जाऊं। लेकिन सारी विडम्बना अब तक अपने ही तक थी। अपनी चिंता उसन छोड़ दी

थी, लेकिन वह समस्या अब अत्यंत भयंकर हो गयी थी। वह अपनी आंखों से मंसाराम की आत्मपीड़ा नहीं देख सकती थी। मंसाराम जैसे मनस्वी, साहसी युवक पर इस आक्षेप का जो असर पड़ सकता था, उसकी कल्पना ही से उसके प्राण कांप उठते थे। अब चाहे उस पर कितने ही संदेह क्यों न हों, चाहे उसे आत्महत्या ही क्यों न करनी पड़े, पर वह चुप नहीं बैठ सकती। मंसाराम की रक्षा करने के लिए वह विकल हो गयी। उसने संकोच और लज्जा की चादर उतारकर फेंक देने का निश्चय कर लिया।

वकील साहब भोजन करके कचहरी जाने के पहले एक बार उससे अवश्य मिल लिया करते थे। उनके आने का समय हो गया था। आ ही रहे होंगे, यह सोचकर निर्मला द्वार पर खड़ी हो गयी और उनका इंतजार करने लगी लेकिन यह क्या? वह तो बाहर चले जा रहे है। गाड़ी जुतकर आ गयी, यह हुक्म वह यहीं से दिया करते थे। तो क्या आज वह न आयेंगे, बाहर–ही–बाहर चले जाएंगे। नहीं, ऐसा नहीं होने पायेगा। उसने भूंगी से कहा–जाकर बाबूजी को बुला ला। कहना, एक जरुरी काम है, सुन लीजिए।

मुंशीजी जाने को तैयार ही थे। यह संदेशा पाकर अंदर आये, पर कमरे में न आकर दूर से ही पूछा–क्या बात है भाई? जल्दी कह दो, मुझे एक जरुरी काम से जाना है। अभी थोड़ी देर हुई, हेडमास्टर साहब का एक पत्र आया है कि मंसाराम को ज्वर आ गया है, बेहतर हो कि आप घर ही पर उसका इलाज करें। इसलिए उधर ही से हाता हुआ कचहरी जाऊंगा। तुम्हें कोई खास बात तो नहीं कहनी है।

निर्मला पर मानो वज्र गिर पड़ा। आंसुओं के आवेग और कंठ–स्वर में घोर संग्राम होने लगा। दोनों पहले निकलने पर तुले हुए थे। दो में से कोई एक कदम भी पीछे हटना नहीं चाहता था। कंठ–स्वर की दुर्बलता और आंसुओं की सबलता देखकर यह निश्चय

करना कठिन नहीं था कि एक क्षण यही संग्राम होता रहा तो मैदान किसके हाथ रहेगा। अखीर दोनों साथ–साथ निकले, लेकिन बाहर आते ही बलवान ने निर्बल को दबा लिया। केवल इतना मुंह से निकला–कोई खास बात नहीं थी। आप तो उधर जा ही रहे हैं।

मुंशीजी– मैंने लड़कों पूछा था, तो वे कहते थे, कल बैठे पढ़ रहे थे, आज न जाने क्या हो गया।

निर्मला ने आवेश से कांपते हुए कहा–यह सब आप कर रहे हैं

मुंशीजी ने त्योरियां बदलकर कहा–मैं कर रहा हूं? मैं क्या कर रहा हूं?

निर्मला–अपने दिल से पूछिए।

मुंशीजी–मैंने तो यही सोचा था कि यहां उसका पढ़ने में जी नहीं लगता, वहां और लड़कों के साथ खामाख्वह पढ़ेगा ही। यह तो बुरी बात न थी और मैंने क्या किया?

निर्मला–खूब सोचिए, इसीलिए आपने उन्हें वहां भेजा था? आपके मन में और कोई बात न थी।

मुंशीजी जरा हिचकिचाए और अपनी दुर्बलता को छिपाने के लिए मुस्कराने की चेष्टा करके बोले–और क्या बात हो सकती थी? भला तुम्हीं सोचो।

निर्मला–खैर, यही सही। अब आप कृपा करके उन्हें आज ही लेते आइयेगा, वहां रहने से उनकी बीमारी बढ़ जाने का भय है। यहां दीदीजी जितनी तीमारदारी कर सकती हैं, दूसरा नहीं कर सकता।

एक क्षण के बाद उसने सिर नीचा करके कहा–मेरे कारण न लाना चाहते हों, तो मुझे घर भेज दीजिए। मैं वहां आराम से रहूंगी।

मुंशीजी ने इसका कुछ जवाब न दिया। बाहर चले गये, और एक क्षण में गाड़ी स्कूल की ओर चली।

मन। तेरी गति कितनी विचित्र है, कितनी रहस्य से भरी हुई, कितनी दुर्भेद्य। तू कितनी जल्द रंग बदलता है? इस कला में तू निपुण है। आतिशबाजी की चर्खी को भी रंग बदलते कुछ देरी लगती है, पर तुझे रंग बदलने में उसका लक्षांश समय भी नहीं लगता। जहां अभी वात्सल्य था, वहां फिर संदेह ने आसन जमा लिया।

वह सोचते थे—कहीं उसने बहाना तो नहीं किया है?

मंसाराम दो दिन तक गहरी चिंता में डूबा रहा। बार—बार अपनी माता की याद आती, न खाना अच्छा लगता, न पढ़ने ही में जी लगता। उसकी कायापलट—सी हो गई। दो दिन गुजर गये और छात्रालय में रहते हुए भी उसने वह काम न किया, जो स्कूल के मास्टरों ने घर से कर लाने को दिया था। परिणाम स्वरुप उसे बेंच पर खड़ा रहना पड़ा। जो बात कभी न हुई थी, वह आज हो गई। यह असह्य अपमान भी उसे सहना पड़ा।

तीसरे दिन वह इन्हीं चिंताओं में मग्न हुआ अपने मन को समझा रहा था—कहा संसार में अकेले मेरी ही माता मरी है? विमाताएं तो सभी इसी प्रकार की होती हैं। मेरे साथ कोई नई बात नहीं हो रही है। अब मुझे पुरुषों की भांति द्विगुण परिश्रम से अपना म करना चाहिए, जैसे माता—पिता राजी रहें, वैसे उन्हें राजी रखना चाहिए। इस साल अगर छात्रवृति मिल गई, तो मुझे घर से कुछ लेने की जरुरत ही न रहेगी। कितने ही लड़के अपने ही बल पर बड़ी—बड़ी उपाधियां प्राप्त कर लेते हैं। भागय के नाम को रोने—कोसने से क्या होगा।

इतने में जियाराम आकर खड़ा हो गया।

मंसाराम ने पूछा—घर का क्या हाल है जिया? नई अम्मांजी तो बहुत प्रसन्न होंगी?

जियाराम—उनके मन का हाल तो मैं नहीं जानता, लेकिन जब से तुम आये हो, उन्होने एक जून भी खाना नहीं खाया। जब देखो,

तब रोया करती हैं। जब बाबूजी आते हैं, तब अलबत्ता हंसने लगती हैं। तुम चले आये तो मैंने भी शाम को अपनी किताबें संभाली। यहीं तुम्हारे साथ रहना चाहता था। भूंगी चुड़ैल ने जाकर अम्मांजी से कह दिया। बाबूजी बैठे थे, उनके सामने ही अम्मांजी ने आकर मेरी किताबें छीन लीं और रोकर बोलीं, तुम भी चले जाओगे, तो इस घर में कौन रहेगा? अगर मेरे कारण तुम लोग घर छोड़–छोड़कर भागे जा रहे तो लो, मैं ही कहीं चली जाती हूं। मैं तो झल्लाया हुआ था ही, वहां अब बाबूजी भी न थे, बिगड़कर बोला, आप क्यों कहीं चली जाऐंगी? आपका तो घर है, आप आराम से रहिए। गैर तो हमीं लोग हैं, हम न रहेंगे, तब तो आपको आराम–आराम ही होग।

मंसाराम–तुमने खूब कहा, बहुत ही अच्छा कहा। इस पर और भी झल्लाई होंगी और जाकर बाबूजी से शिकायत की होगी।

जियाराम–नहीं, यह कुछ नहीं हुआ। बेचारी जमीन पर बैठकर रोने लगीं। मुझे भी करुणा आ गयी। मैं भी रो पड़ा। उन्होने आंचल से मेरे आंसू पोंछे और बोलीं, जिया। मैं ईश्वर को साक्षी देकर कहती हूं कि मैंने तुम्हारे भैया केइविषय में तुम्हारे बाबूजी से एक शब्द भी नहीं कहा। मेरे भाग में कलंक लिखा हुआ है, वही भाग रही हूं। फिर और न जाने क्या–क्या कहा, जा मेरी समझ में नहीं आया। कुछ बाबुजी की बात थी।

मंसाराम ने उद्विग्नता से पूछा–बाबूजी के विषय में क्या कहा? कुछ याद है?

जियाराम–बातें तो भई, मुझे याद नहीं आती। मेरी श्मेमोरीश कौन बड़ी ते है, लेकिन उनकी बातों का मतलब कुछ ऐसा मालूम होता था कि उन्हें बाबूजी को प्रसन्न रखने के लिए यह स्वांग भरना पड़ रहा है। न जानेधर्म–अधर्म की कैसी बातें करती थीं जो मैं बिल्कुल न समझ सका। मुझे तो अब इसका विश्वास आ गया है कि उनकी इच्छा तुम्हें यहां भेजन की न थी।

मंसाराम– तुम इन चालों का मतलब नहीं समझ सकते। ये बड़ी गहरी चालें हैं।

जियाराम– तुम्हारी समझ में होंगी, मेरी समझ में नहीं हैं।

मंसाराम– जब तुम ज्योमेट्री नहीं समझ सकते, तो इन बातों को क्या समझ सकोगे? उस रात को जब मुझे खाना खाने के लिए बुलाने आयी थीं औरउनके आग्रह पर मैं जाने को तैयार भी हो गया था, उस वक्त बाबूजी को देखते ही उन्होंने जो कैंडा बदला, वह क्या मैं कभी भी भूल सकता हूं?

जियाराम–यही बात मेरी समझ में नहीं आती। अभी कल ही मैं यहां से गया, तो लगीं तुम्हारा हाल पूछने। मैंने कहा, वह तो कहते थे कि अब कभी इस घर में कदम न रखूंगा। मैंने कुछ झूठ तो कहा नहीं, तुमने मुझसे कहा ही था। इतना सुनना था कि फूट–फूटकर रोने लगीं मैं दिल में बहुत पछताया कि कहां–से–कहां मैंने यह बात कह दी। बार–बार यही कहती थीं, क्या वह मेरे कारण घर छोड़ देंगे? मुझसे इतने नाराज है।? चले गये और मझसे मिले तक नहीं। खाना तैयार था, खाने तक नहीं आये। हाय। मैं क्या बताऊं, किस विपत्ति में हूं। इतने में बाबूजी आ गये। बस तुरन्त आंखें पोंछकर मुस्कुराती हुई उनके पास चली गई। यह बात मेरी समझ में नहीं आती। आज मुझे बड़ी मिन्नत की कि उनको साथ लेते आना। आज मैं तुम्हें खींच ले चलूंगा। दो दिन में वह कितनी दुबली हो गयी हैं, तुम्हें यह देखकर उन पर दया आयी। तो चलोगे न?

मंसाराम ने कुछ जवाब न दिया। उसके पैर कांप रहे थे। जियाराम तो हाजिरी की घंटी सुनकर भागा, पर वह बेंच पर लेट गया और इतनी लम्बी सांस ली, मानो बहुत देर से उसने सांस ही नहीं ली है। उसके मुख से दुस्सह वेदना में डूबे हुए शब्द निकले–हाय ईश्वर। इस नाम के सिवा उसे अपना जीवन निराधार

मालूम होता था। इस एक उच्छवास में कितना नैराश्य था, कितनी संवेदना, कितनी करुणा, कितनी दीन–प्रार्थना भरी हुई थी, इसका कौन अनुमान कर सकता है। अब सारा रहस्य उसकी समझ में आ रहा था और बार–बार उसका पीड़ित हृदय आर्तनाद कर रहा था–हाय ईश्वर। इतना घोर कलंक।

क्या जीवन में इससे बड़ी विपत्ति की कल्पना की जा सकती है? क्या संसार में इससे घोरतम नीचता की कल्पना हो सकती है? आज तक किसी पिता ने अपने पुत्र पर इतना निर्दय कलंक न लगाया होगा। जिसके चरित्र की सभी प्रशंसा करते थे, जो अन्य युवकों के लिए आदर्श समझा जाता था, जिसने कभी अपवित्र विचारों को अपने पास नहीं फटकने दिया, उसी पर यह घोरतम कलंक। मंसाराम को ऐसा मालूम हुआ, मानों उसका दिल फटा जाता है।

दूसरी घंटी भी बज गई। लड़के अपने–अपने कमरे में गए, पर मंसाराम हथेली पर गाल रखे अनिमेष नेत्रों से भूमि की ओर देख रहा था, मानो उसका सर्वस्व जलमग्न हो गया हो, मानो वह किसी को मुंह न दिखा सकता हो। स्कूल में गैरहाजिरी हो जाएगी, जुर्माना हो जाएगा, इसकी उसे चिंता नहीं, जब उसका सर्वस्व लुट गया, तो अब इन छोटी–छोटी बातों का क्या भय? इतना बड़ा कलंक लगने पर भी अगर जीता रहूं, तो मेरे जीने को धिक्कार है।

उसी शोकातिरेक दशा में वह चिल्ला पड़ा–माताजी। तुम कहां हो? तुम्हारा बेटा, जिस पर तुम प्राण देती थीं, जिसे तुम अपने जीवन का आधार समझती थीं, आज घोर संकट में है। उसी का पिता उसकी गर्दन पर छुरी फेर रहा है। हाय, तुम हो?

मंसाराम फिर शांतचित्त से सोचने लगा–मुझ पर यह संदेह क्यों हो रहा है? इसका क्या कारण है? मुझमें ऐसी कौन–सी बात उन्होंने देखी, जिससे उन्हें यह संदेह हुआ? वह हमारे पिता हैं, मेरे शत्रु नहीं

है, जो अनायास ही मझ पर यह अपराध लगाने बैठ जाऐं। जरुर उन्होनें कोई–कोई बात देखी या सुनी है। उनका मुझ पर कितना स्नेह था। मेरे बगैर भोजन न करते थे, वही मेरे शत्रु हो जाऐं, यह बात अकारण नहीं हो सकती।

अच्छा, इस संदेह का बीजारोपण किस दिन हुआ? मुझे बोर्डिंग हाउस में ठहराने की बात तो पीछे की है। उस दिन रात को वह मेरे कमरे में आकर मेरी परीक्षा लेने लगे थे, उसी दिन उनकी त्योरियां बदली हुई थीं। उस दिन ऐसी कौन–सी बात हुई, जो अप्रिय लगी हो। मैं नई अम्मां से कुछ खाने को मांगने गया था। बाबूजी उस समय वहां बैठे थे। हां, अब याद आती है, उसी वक्त उनका चेहरा तमतमा गया था। उसी दिन से नई अम्मां ने मुझसे पढ़ना छोड़ दिया। अगर मैं जानता कि मेरा घर में आना–जाना, अम्मांजी से कुछ कहना–सुनना और उन्हें पढ़ाना–लिखाना पिताजी को बुरा लगता है, तो आज क्यों यह नौबत आती? और नई अम्मां। उन पर क्या बीत रही होगी?

मंसाराम ने अब तक निर्मला की ओरध्यान नहीं दिया था। निर्मला काध्यान आते ही उसके रोंये खड़े हो गये। हाय उनका सरल स्नेहशील ह्दय यह आघात कैसे सह सकेगा? आह। मैं कितने भ्रम में था। मैं उनके स्नेह को कौशल समझता था। मुझे क्या मालूम था कि उन्हें पिताजी का भ्रम शांत करने के लिए मेरे प्रति इतना कटु व्यवहार करना पड़ता है। आह। मैंने उन पर कितना अन्याय किया है। उनकी दशा तो मुझसे भी खराब हो रही होगी। मैं तो यहां चला आय, मगर वह कहां जाऐंगी? जिया कहता था, उन्होंने दो दिन से भोजन नहीं किया। हरदम रोया करती हैं। कैसे जाकर समझाऊं। वह इस अभागे के पीछे क्यों अपने सिर यह विपत्ति ले रही हैं? वह बार–बार मेरा हाल पूछती हैं? क्यों बार–बार मुझे बुलाती हैं? कैसे

कह दूं कि माता मुझे तुमसे जरा भी शिकायत नहीं, मेरा दिल तुम्हारी तरफ से साफ है।

वह अब भी बैठी रो रही होंगी। कितना बड़ा अनर्थ है। बाबूजी को यह क्या हो रहा है? क्या इसीलिए विवाह किया था? एक बालिका की हत्या करने के लिए ही उसे लाये थे? इस कोमल पुष्प को मसल डालने के लिए ही तोड़ा था।

उनका उद्धार कैसे होगा। उस निरपराधिनी का मुख कैस उज्जवल होगा? उन्हें केवल मेरे साथ स्नेह का व्यवहार करने के लिए यह दंड दिया जा रहा है। उनकी सज्जनता का उन्हें यह उपहार मिल रहा है। मैं उन्हें इस प्रकार निर्दय आघात सहते देखकर बैठा रहूंगा? अपनी मान–रक्षा के लिए न सही, उनकी आत्म–रक्षा के लिए इन प्राणों का बलिदान करना पड़ेगा। इसके सिवाय उद्धार का काई उपाय नहीं। आह। दिल में कैसे–कैसे अरमान थे। वे सब खाक में मिला देने होंगे। एक सती पर संदेह किया जा रहा है और मेरे कारण। मुझे अपनी प्राणों से उनकी रक्षा करनी होगी, यही मेरा कर्त्तव्य है। इसी में सच्ची वीरता है। माता, मैं अपने रक्त से इस कालिमा कोधो दूंगा। इसी में मेरा और तुम्हारा दोनों का कल्याण है।

वह दिन भर इन्हीं विचारों मे डूबा रहा। शाम को उसके दोनों भाई आकर घर चलने के लिए आग्रह करने लगे।

सियाराम–चलते क्यां नही? मेरे भैयाजी, चले चलो न।

मंसाराम–मुझे फुरसत नहीं है कि तुम्हारे कहने से चला चलूं।

जियाराम–आखिर कल तो इतवार है ही।

मंसाराम–इतवार को भी काम है।

जियाराम–अच्छा, कल आआगे न?

मंसाराम–नहीं, कल मुझे एक मैच में जाना है।

सियाराम–अम्मांजी मूंग के लड्डू बना रही हैं। न चलोगे तो एक भी पाआगे। हम तुम मिल के खा जाऐंगे, जिया इन्हें न देंगे।

जियराम–भैया, अगर तुम कल न गये तो शायद अम्मांजी यहीं चली आयें।

मंसाराम–सच। नहीं ऐसा क्यों करेंगी। यहां आयीं, तो बड़ी परेशानी होगी। तुम कह देना, वह कहीं मैच देखने गये हैं।

जियाराम–मैं झूठ क्यों बोलने लगा। मैं कह दूंगा, वह मुंह फुलाये बैठे थे। देख ले उन्हें साथ लाता हूं कि नहीं।

सियाराम–हम कह देंगे कि आज पढ़ने नहीं गये। पड़े–पड़े सोते रहे।

मंसाराम ने इन दूतों से कल आने का वादा करके गला छुड़ाया। जब दोनों चले गये, तो फिर चिंता में डूबा। रात–भर उसे करवटें बदलते गुजरी। छुट्टी का दिन भी बैठे–बैठे कट गया, उसे दिन भर शका होती रहती कि कहीं अम्मांजी सचमुच न चली आयें। किसी गाड़ी की खड़खड़ाहट सुनता, तो उसका कलेजाधकधक करने लगता। कहीं आ तो नहीं गयीं?

छात्रालय में एक छोटा–सा औषधालय था। एक डांक्टर साहब संध्या समय एक घण्टे के लिए आ जाएा करते थे। अगर कोई लड़का बीमार होता तो उसे दवा देते। आज वह आये तो मंसाराम कुछ सोचता हुआ उनके पास जाकर खड़ा हो गया। वह मंसाराम को अच्छी तरह जानते थे। उसे देखकर आश्चर्य से बोले–यह तुम्हारी क्या हालत है जी? तुम तो मानो गले जा रहे हो। कहीं बाजार का का चस्का तो नहीं पड़ गया? आखिर तुम्हें हुआ क्या? जरा यहां तो आओ।

मंसाराम ने मुस्कराकर कहा–मुझे जिन्दगी का रोग है। आपके पास इसकी भी तो कोई दवा है?

डाक्टर–मैं तुम्हारी परीक्षा करना चाहता हूं। तुम्हारी सूरत ही बदल गयी है, पहचाने भी नहीं जाते।

यह कहकर, उन्होने मंसाराम का हाथ पकड़ लिया और छाती, पीठ, आंखें, जीभ सब बारी–बारी से देखीं। तब चिंतित होकर बोले–वकील साहब से मैं आज ही मिलूंगा। तुम्हें थाइसिस हो रहा है। सारे लक्षण उसी के हैं।

मंसाराम ने बड़ी उत्सुकता से पूछा–कितने दिनों में काम तमाम हो जाएगा, डक्टर साहब?

डाक्टर–कैसी बात करते हो जी। मैं वकील साहब से मिलकर तुम्हें किसी पहाड़ी जगह भेजने की सलाद दूंगा। ईश्वर ने चाहा, तो बहुत जल्द अच्छे हो जाओगे। बीमारी अभी पहले स्टेज में है।

मंसाराम–तब तो अभी साल दो साल की देर मालूम होती है। मैं तो इतना इंतजार नहीं कर सकता। सुनिए, मुझे थायसिस–वायसिस कुछ नहीं है, न कोई दूसरी शिकायत ही है, आप बाबूजी को नाहक तरद्रदुद में न डालिएगा। इस वक्त मेरे सिर में दर्द है, कोई दवा दीजिए। कोई ऐसी दवा हो, जिससे नींद भी आ जाऐ। मुझे दो रात से नींद नहीं आती।

डॉक्टर ने जहरीली दवाइयों की आलमारी खोली और शीशी से थोड़ी सी दवा निकालकर मंसाराम को दी। मंसाराम ने पूछा–यह तो कोई जहर है भला इस कोई पी ले तो मर जाऐ?

डॉक्टर–नहीं, मर तो नहीं जाऐ, पर सिर में चक्कर जरूर आ जाऐ।

मंसाराम–कोई ऐसी दवा भी इसमें है, जिसे पीते ही प्राण निकल जाऐं?

डॉक्टर–ऐसी एक–दो नहीं कितनी ही दवाएं हैं। यह जो शीशी

देख रहे हो, इसकी एक बूंद भी पेट में चली जाए, तो जान न बचे। आनन–फानन में मौत हो जाए।

मंसाराम–क्यों डॉक्टर साहब, जो लोग जहर खा लेते हैं, उन्हें बड़ी तकलीफ होती होगी?

डॉक्टर–सभी जहरों में तकलीफ नहीं होती। बाज तो ऐसे हैं कि पीते ही आदमी ठंडा हो जाता है। यह शीशी इसी किस्म की है, इस पीते ही आदमी बेहोश हो जाता है, फिर उसे होश नहीं आता।

मंसाराम ने सोचा–तब तो प्राण देना बहुत आसान है, फिर क्यों लोग इतना डरते हैं? यह शीशी कैसे मिलेगी? अगर दवा का नाम पूछकर शहर के किसी दवा–फरोश से लेना चाहूं, तो वह कभी न देगा। ऊंह, इसे मिलने में कोई दिक्कत नहीं। यह तो मालूम हो गया कि प्राणों का अन्त बड़ी आसानी से किया जा सकता है। मंसाराम इतना प्रसन्न हुआ, मानो कोई इनाम पा गया हो। उसके दिल पर से बोझ–सा हट गया। चिंता की मेघ–राशि जो सिर पर मंडरा रही थी, छिन्न–भिन्न् हो गयी। महीनों बाद आज उसे मन में एक स्फूर्ति का अनुभव हुआ। लड़के थियेटर देखने जा रहे थे, निरीक्षक से आज्ञा ले ली थी। मंसाराम भी उनके साथ थियेटर देखने चला गया। ऐसा खुश था, मानो उससे ज्यादा सुखी जीव संसार में कोई नहीं है। थियेटर में नकल देखकर तो वह हंसते–हंसते लोट गया। बार–बार तालियां बजाने और श्वन्स मोरश की हांक लगाने में पहला नम्बर उसी का था। गाना सुनकर वह मस्त हो जाता था, और श्ओहो हो। करके चिल्ला उठता था। दर्शकों की निगाहें बार–बार उसकी तरफ उठ जाती थीं। थियेटर के पात्र भी उसी की ओर ताकते थे और यह जानने को उत्सुक थे कि कौन महाशय इतने रसिक और भावुक हैं। उसके मित्रों को उसकी उच्छृंखलता पर आश्चर्य हो रहा था। वह बहुत ही शांतचित्त, गम्भीर स्वभाव का युवक था। आज वह क्यों

इतना हास्यशील हो गया है, क्यों उसके विनोद का पारावार नहीं है।

दो बजे रात को थियेटर से लौटने पर भी उसका हास्योन्माद कम नहीं हुआ। उसने एक लड़के की चारपाई उलट दी, कई लड़कों के कमरे के द्वार बाहर से बंद कर दिये और उन्हें भीतर से खट–खट करते सुनकर हंसता रहा। यहां तक कि छात्रालय के अध्यक्ष महोदय करी नींद में भी शोरगुल सुनकर खुल गयी और उन्होंने मंसाराम की शरारत पर खेद प्रकट किया। कौन जानता है कि उसके अन्तरूस्थल में कितनी भीषण क्रांति हो रही है? संदेह के निर्दय आघात ने उसकी लज्जा और आत्मसम्मान को कुचल डाला है। उसे अपमान और तिरस्कार का लेशमात्र भी भय नहीं है। यह विनोद नहीं, उसकी आत्मा का करुण विलाप है। जब और सब लड़के सो गये, तो वह भी चारपाई पर लेटा, लेकिन उसे नींद नहीं आयी। एक क्षण के बाद वह बैठा और अपनी सारी पुस्तकें बांधकर संदूक में रख दीं। जब मरना ही है, तो पढ़कर क्या होगा? जिस जीवन में ऐसी–एसी बाधाएं हैं, ऐसी–ऐसी यातनाएं हैं, उससे मृत्यु कहीं अच्छी।

यह सोचते–सोचते तड़का हो गया। तीन रात से वह एक क्षण भी न सोया था। इस वक्त वह उठा तो उसके पैर थर–थर कांप रहे थे और सिर में चक्कर सा आ रहा था। आंखें जल रही थीं और शरीर के सारे अंग शिथिल हो रहे थे। दिन चढ़ता जाता था और उसमें इतनी शक्ति दिन चढ़ता जाता था और उसमें इतनी शक्ति भी न थी कि उठकर मुंह हाथधो डाले। एकाएक उसने भूंगी को रूमाल में कुछ लिए हुए एक कहार के साथ आते देखा। उसका कलेजा सन्न रह गया। हाय। ईश्वर वे आ गयीं। अब क्या होगा? भूंगी अकेले नहीं आयी होगी? बग्घी जरूर बाहर खड़ी होगी? कहां तो उससे उठा प्रश्न जाता था, कहां भूंगी को देखते ही दौड़ा और घबराई हुई आवाज में बोला–अम्मांजी भी आयी हैं, क्या रे? जब मालूम हुआ कि

अम्मांजी नहीं आयी, तब उसका चित्त शांत हुआ।

भूंगी ने कहा–भैया। तुम कल गये नही, बहूजी तुम्हारी राह देखती रह गयीं। उनसे क्यों रुठे हो भैया? कहती हैं, मैंने उनकी कुछ भी शिकायत नहीं की है। मुझसे आज रोकर कहने लगीं–उनके पास यह मिठाई लेती जा और कहना, मेरे कारण क्यों घर छोड़ दिया है? कहां रख दूं यह थाली?

मंसाराम ने रुखाई से कहा–यह थाली अपने सिर पर पटक दे चुड़ैल। वहां से चली है मिठाई लेकर। खबरदार, जो फिर कभी इधर आयी। सौगात लेकर चली है। जाकर कह देना, मुझे उनकी मिठाई नहीं चाहिए। जाकर कह देना, तुम्हारा घर है तुम रहो, वहां वे बड़े आराम से हैं। खूब खाते और मौज करते हैं। सुनती है, बाबूजी की मुंह पर कहना, समझ गयी? मुझे किसी का डर नहीं है, और जो करना चाहें, कर डालें, जिससे दिल में कोई अरमान न रह जाए। कहें तो इलाहाबाद, लखनऊ, कलकत्ता चला जाऊं। मेरे लिए जैसे बनारस वैसे दूसरा शहर। यहां क्या रखा है?

भूंगी–भैया, मिठाई रख लो, नहीं रो–रोकर मर जाएंगी। सच मानो रो–रोकर मर जाएंगी।

मंसाराम ने आंसुओं के उठते हुए वेग को दबाकर कहा–मर जाएंगी, मेरी बला से। कौन मुझे बड़ा सुख दे दिया है, जिसके लिए पछताऊं। मेरा तो उन्होंने सर्वनाश कर दिया। कह देना, मेरे पास कोई संदेशा न भेजें, कुछ जरूरत नहीं।

भूंगी– भैया, तुम तो कहते हो यहां खूब खाता हूं और मौज करता हूं, मगर देह तो आधी भी न रही। जैसे आये थे, उससे आधे भी न रहे।

मंसाराम–यह तेरी आंखों का फेर है। देखना, दो–चार दिन में मुटाकर कोल्हू हो जाता हूं कि नहीं। उनसे यह भी कह देना कि

रोना–धोना बंद करें। जो मैंने सुना कि रोती हैं और खाना नहीं खातीं, मुझसे बुरा कोई नहीं। मुझे घर से निकाला है, तो आप न से रहें। चली हैं, प्रेम दिखाने। मैं ऐसे त्रिया–चरित्र बहुत पढ़े बैठा हूं।

भूंगी चली गयी। मंसाराम को उससे बातें करते ही कुछ ठण्ड मालूम होने लगी थी। यह अभिनय करने के लिए उसे अपने मनोभावों को जितना दबाना पड़ा था, वह उसके लिए असाध्य था। उसका आत्म–सम्मान उसे इस कुटिल व्यवहार का जल्द–से–जल्द अंत कर देने के लिए बाध्य कर रहा था, पर इसका परिणाम क्या होगा? निर्मला क्या यह आघात सह सकेगी? अब तक वह मृत्यु की कल्पना करते समय किसी अन्य प्राणी का विचार न करता था, पर आज एकाएक ज्ञान हुआ कि मेरे जीवन के साथ एक और प्राणी का जीवन–सूत्र भी बंधा हुआ है। निर्मला यह समझेगी कि मेरी निष्ठुरता ही ने इनकी जान ली। यह समझकर उसका कोमल हृदय फट न जाएगा? उसका जीवन तो अब भी संकट में है। संदेह के कठोर पंजे में फंसी हुई अबला क्या अपने का हत्यारिणी समझकर बहुत दिन जीवित रह सकती है?

मंसाराम ने चारपाई पर लेटकर लिहाफ ओढ़ लिया, फिर भी सर्दी से कलेजा कांप रहा था। थोड़ी ही देर में उसे जोर से ज्वर चढ़ आया, वह बेहोश हो गया। इस अचेत दशा में उसे भांति–भांति के स्वप्न दिखाई देने लगे। थोड़ी–थोड़ी देर के बाद चौंक पड़ता, आंखें खुल जाती, फिर बेहोश हो जाता।

सहसा वकील साहब की आवाज सुनकर वह चौंक पड़ा। हां, वकील साहब की आवाज थी। उसने लिहाफ फेंक दिया और चारपाई से उतरकर नीचे खड़ा हो गया। उसके मन में एक आवेग हुआ कि इस वक्त इनके सामने प्राण दे दूं। उसे ऐसा मालूम हुआ कि मैं मर जाऊं, तो इन्हें सच्ची खुशी होगी। शायद इसीलिए वह देखने

आये हैं कि मेरे मरने में कितनी देर है। वकील साहब ने उसका हाथ पकड़ लिया, जिससे वह गिर न पड़े और पूछा—कैसी तबीयत है लल्लू। लेटे क्यों न रहे? लेट न जाओ, तुम खड़े क्यों हो गये?

मंसाराम—मेरी तबीयत तो बहुत अच्छी है। आपको व्यर्थ ही कष्ट हुआ। मुंशी जी ने कुछ जवाब न दिया। लड़के की दशा देखकर उनकी आंखों से आंसू निकल आये। वह हृष्ट—पुष्ट बालक, जिसे देखकर चित्त प्रसन्न हो जाता था, अब सूखकर कांटा हो गया था। पांच—छरू दिन में ही वह इतना दुबला हो गया था कि उसे पहचानना कठिन था। मुंशीजी ने उसे आहिस्ता से चारपाई पर लिटा दिया और लिहाफ अच्छी तरह उसे उढ़ाकर सोचने लगे कि अब क्या करना चाहिए। कहीं लड़का हाथ से तो नहीं जाएगा। यह ख्याल करके वह शोक विह्ववल हो गये और स्टूल पर बैठकर फूट—फूटकर रोने लगे। मंसाराम भी लिहाफ में मुंह लपेटे रो रहा था। अभी थोड़े ही दिनों पहले उसे देखकर पिता का हृदय गर्व से फूल उठता था, लेकिन आज उसे इस दारुण दशा में देखकर भी वह सोच रहे हैं कि इसे घर ले चलूं या नहीं। क्या यहां दवा नहीं हो सकती? मैं यहां चौबीसों घण्टे बैठा रहूंगा। डॉक्टर साहब यहां हैं ही। कोई दिक्कत न होगी। घर ले चलने से में उन्हें बाधाएं—ही—बाधाएं दिखाई देती थीं, सबसे बड़ा भय यह था कि वहां निर्मला इसके पास हरदम बैठी रहेगी और मैं मना न कर सकूंगा, यह उनके लिए असह्य था।

इतने में अध्यक्ष ने आकर कहा—मैं तो समझता हूं कि आप इन्हें अपने साथ ले जाऐं। गाड़ी है ही, कोई तकलीफ न होगी। यहां अच्छी तरह देखभाल न हो सकेगी।

मुंशीजी—हां, आया तो मैं इसी खयाल से था, लेकिन इनकी हालत बहुत ही नाजुक मालूम होती है। जरा—सी असावधानी होने से सरसाम हो जाने का भय है।

अध्यक्ष–यहां से इन्हें ले जाने में थोड़ी–सी दिक्कत जरुर है, लेकिन यह तो आप खुद सोच सकते हैं कि घर पर जो आराम मिल सकता है, वह यहां किसी तरह नहीं मिल सकता। इसके अतिरिक्त किसी बीमार लड़के को यहां रखना नियम–विरुद्ध भी है।

मुंशीजी– कहिए तो मैं हेडमास्टर से आज्ञा ले लूं। मुझे इनका यहां से इस हालत में ले जाना किसी तरह मुनासिब नहीं मालूम होता।

अध्यक्ष ने हेडमास्टर का नाम सुना, तो समझे कि यह महाशयधमकी दे रहे हैं। जरा तिनककर बोले–हेडमास्टर नियम–विरुद्ध कोई बात नहीं कर सकते। मैं इतनी बड़ी जिम्मेदारी कैसे ले सकता हूं?

अब क्या हो? क्या घर ले जाना ही पड़ेगा? यहां रखने का तो यह बहाना था कि ले जाने बीमारी बढ़ जाने की शंका है। यहां से ले जाकर हस्पताल में ठहराने का कोई बहाना नहीं है। जो सुनेगा, वह यही कहेगा कि डाक्टर की फीस बचाने के लिए लड़के को अस्पताल फेंक आये, पर अब ले जाने के सिवा और कोई उपाय न था। अगर अध्यक्ष महोदय इस वक्त रिश्वत लेने पर तैयार हो जाते, तो शायद दो–चार साल का वेतन ले लेते, लेकिन कायदे के पाबंद लोगों में इतनी बुद्धि, इतनी चतुराई कहां। अगर इस वक्त मुंशीजी को कोई आदमी ऐसा उज्र सुझा देता, जिसमें उनहें मंसाराम को घर न ले जाना पड़े, तो वह आजीवन असका एहसान मानते। सोचने का समय भी न था। अध्यक्ष महोदय शैतान की तरह सिर पर सवार था। विवश होकर मुंशीजी ने दोनों साईसों को बुलाया और मंसाराम को उठाने लगे। मंसाराम अर्धचेतना की दशा में था, चौककर बोला, क्या है? कोन है?

मुंशीजी–कोई नहीं है बेटा, मैं तुम्हें घर ले चलना चाहता हूं, आओ, गोद में उठा लूं।

मंसाराम– मुझे क्यों घर ले चलते हैं? मैं वहां नहीं जाऊंगा।

मुंशीजी– यहां तो रह नहीं सकत, नियम ही ऐसा है।

मंसाराम– कुछ भी हो, वहां न जाऊंगा। मुझे और कहीं ले चलिए, किसी पेड़ के नीचे, किसी झोंपड़े में, जहां चाहे रखिए, पर घर पर न ले चलिए।

अध्यक्ष ने मुंशीजी से कहा–आप इन बातों का ख्याल न करें, यह तो होश में नहीं है।

मंसाराम– कौन होश में नहीं है? मैं होश में नहीं हूं? किसी को गालियां देता हू? दांत काटता हूं? क्यों होश में नहीं हूं? मुझे यहीं पड़ा रहने दीजिए, जो कुछ होना होगा, अगरन ऐसा है, तो मुझे अस्पताल ले चलिए, मैं वहां पड़ा रहूंगा। जीना होगा, जीऊगा, मरना होगा मरुंग, लेकिन घर किसी तरह भी न जाऊंगा।

यह जोर पाकर मुंशीजी फिरा अध्यक्ष की मिन्नतें करने लगे, लेकिन वह कायदे का पाबंदी आदमी कुछ सुनता ही न था। अगर छूत की बीनारी हुई और किसी दूसरे लड़के को छूत लग गयी, तो कौन उसका जवाबदेह होगा। इस तर्क के सामने मुंशीजी की कानूनी दलीलें भी नात हो गयीं।

आखिर मुंशीजी ने मंसाराम से कहा–बेटा, तुम्हें घर चलने से क्यों इंकार हो रहा है? वहां तो सभी तरह का आराम रहेगा। मुंशीजी ने कहने को तो यह बात कह दी, लेकिन डर रहे थे कि कहीं सचमुच मंसाराम च लने पर राजी न हो जाऐ। मंसाराम को अस्पताल में रखने का कोई बहाना खोज रहे थे और उसकी जिम्मेदारी मंसाराम ही के सिर डालना चाहते थे। यह अध्यक्ष के सामने की बात थी, वह इस बात की साक्षी दे सकते थे कि मंसाराम अपनी जिद से अस्पताल जा रहा है। मुंशीजी का इसमे लेशमात्र भी दोष नहीं है।

मंसाराम ने झल्लाकर हा–नहीं, नहीं सौ बार नहीं, मैं घ नहीं जाऊंगा। मुझे अस्पताल ले चलिए और घर के सब आदमियों को मना कर दीजिए कि मुझे देखने न आये। मुझे कुछ नहीं हुआ है, बिल्कुल बीमार नहीं हू। आप मुझे छोड़ दीजिए, मैं अपने पांव से चल सकता हूं।

वह उठ खड़ा हुआ और उन्मत्त की भांति द्वार की ओर चला, लेकिन पैर लड़खडा गये। यदि मुंशीजी ने संभाल न लिया होता, तो उसे बड़ी चोट आती। दोनों नौकरों की मदद से मुंशीजी उसे बग्घी के पास लाये और अंदर बैठा दिया।

गाड़ी अस्पताल की ओर चली। वही हुआ जो मुंशीजी चाहते थे। इस शोक में भी उनका चित्त संतुष्ट था। लड़का अपनी इच्छा से अस्पताल जा रहा था क्या यह इस बात का प्रमाण नहीं था कि घर में इसे कोई स्नेह नहीं है? क्या इससे यह सिद्ध नहीं होता कि मंसाराम निर्दोष है ? वह उसक पर अकारण ही भ्रम कर रहे थे।

लेकिन जरा ही देर में इस तुष्टि की जगह उनके मन में ग्लानि का भाव जाग्रत हुआ। वह अपने प्राण–प्रिय पुत्र को घर न ले जाकर अस्पताल लिये जा रहे थे। उनके विशाल भवन में उनके पुत्र के लिए जगह न थी, इस दशा में भी जबकि उसकी जीवल संकट में पड़ा हुआ था। कितनी विडम्बना है!

एक क्षण के बाद एकाएक मुंशीजी के मन में प्रश्न उठा–कहीं मंसाराम उनके भावों को ताड़ तो नहीं गया? इसीलिए तो उसे घर से घृणा नहीं हो गयी है? अगर ऐसा है, तो गजब हो जाएगा।

उस अनर्थ की कल्पना ही से मुंशीजी के रोंए खड़े हो गये और कलेजाधक्धक करने लगा। हृदय में एकधक्का–सा लगा। अगर इस ज्वर का यही कारण है, तो ईश्वर ही मालिक है। इस समय उनकी दशा अत्यन्त दयनीय थी। वह आग जो उन्होंने अपने ठिठुरे हुए

हाथों को सेंकने के लिए जलाई थी, अब उनके घर में लगी जा रही थी। इस करुणा, शोक, पश्चात्ताप और शंका से उनका चित्त घबरा उठा। उनके गुप्त रोदन कीध्वनि बाहर निकल सकती, तो सुनने वाले रो पड़ते। उनके आंसू बाहर निकल सकते, तो उनका तार बंध जाता। उन्होंने पुत्र के वर्ण–हीन मुख की ओर एक वात्सल्यूपर्ण नेत्रों से देखा, वेदना से विकल होकर उसे छाती से लगा लिया और इतना रोये कि हिचकी बंच गयी।

सामने अस्पताल का फाटक दिखाई दे रहा था।

छठा अध्याय

मुंशी तोताराम संध्या समय कचहरी से घर पहुँचे, तो निर्मला ने पूछा– उन्हें देखा, क्या हाल है? मुंशीजी ने देखा कि निर्मला के मुख पर नाममात्र को भी शोक याचिनता का चिन्ह नहीं है। उसका बनाव–सिंगार और दिनों से भी कुछ गाढ़ा हुआ है। मसलन वह गले का हार न पहनती थी, पर आजा वह भी गले मे शोभ दे रहा था। झूमर से भी उसे बहुत प्रेम था, वह आज वह भी महीन रेशमी साड़ी के नीचे, काले–काले केशों के ऊपर, फानुस के दीपक की भांति चमक रहा था।

मुंशीजी ने मुंह फेरकर कहा– बीमार है और क्या हाल बताऊं?

निर्मला– तुम तो उन्हें यहां लाने गये थे?

मुंशीजी ने झुंझलाकर कहा– वह नहीं आता, तो क्या मैं जबरदस्ती उठा लाता? कितना समझाया कि बेटा घर चलो, वहां तुम्हें कोई तकलीफ न होने पावेगी, लेकिन घर का नाम सुनकर उसे जैसे दूना ज्वर हो जाता था। कहने लगा– मैं यहां मर जाऊंगा, लेकिन घर न जाऊंगा। आखिर मजबूर होकर अस्पताल पहुंचा आया और क्या करता?

रुक्मिणी भी आकर बरामदे में खड़ी हो गई थी। बोलीं– वह जन्म का हठी है, यहां किसी तरह न आयेगा और यह भी देख लेना, वहां अच्छा भी न होगा?

मुंशीजी ने कातर स्वर में कहा– तुम दो–चार दिन के लिए वहां चली जाओ, तो बड़ा अच्छा हो बहन, तुम्हारे रहने से उसे तस्कीन होती रहेगी। मेरी बहन, मेरी यह विनय मान लो। अकेले वह रो–रोकर प्राण दे देगा। बस हाय अम्मां! हाय अम्मां! की रट लगाकर रोया करता है। मैं वहीं जा रहा हूं, मेरे साथ ही चलो। उसकी दशा अच्छी नहीं। बहन, वह सूरत ही नहीं रही। देखें ईश्वर क्या करते हैं?

यह कहते–कहते मुंशीजी की आंखों से आंसू बहने लगे, लेकिन रुक्मिणी अविचलित भाव से बोली– मैं जाने को तैयार हूं। मेरे वहां रहने से अगर मेरे लाल के प्राण बच जाएं, तो मैं सिर के बल दौड़ी जाऊं, लेकिन मेरा कहना गिरह में बांध लो भैया, वहां वह अच्छा न होगा। मैं उसे खूब पहचानती हूं। उसे कोई बीमारी नहीं है, केवल घर से निकाले जाने का शोक है। यही दुरूख ज्वर के रुप में प्रकट हुआ है। तुम एक नहीं, लाख दवा करो, सिविल सर्जन को ही क्यों न दिखाओ, उसे कोई दवा असार न करेगी।

मुंशीजी– बहन, उसे घर से निकाला किसने है? मैंने तो केवल उसकी पढ़ाई के खयाल से उसे वहां भेजा था।

रुक्मिणी– तुमने चाहे जिस खयाल से भेजा हो, लेकिन यह बात उसे लग गयी। मैं तो अब किसी गिनती में नहीं हूं, मुझे किसी बात में बोलने का कोई अधिकार नहीं। मालिक तुम, मालकिन तुम्हारी स्त्री। मैं तो केवल तुम्हारी रोटियों पर पड़ी हुई अभगिनी विधवा हूं। मेरी कौन सुनेगा और कौन परवाह करेगा? लेकिन बिना बोले रही नहीं जाता। मंसा तभी अच्छा होगारू जब घर आयेगा, जब तुम्हारा हृदय वही हो जाएगा, जो पहले था।

यह कहकर रुक्मिणी वहां से चली गयीं, उनकी ज्योतिहीन, पर अनुभवपूर्ण आंखों के सामने जो चरित्र हो रहे थे, उनका रहस्य वह खूब समझती थीं और उनका सारा क्रोध निरपराधिनी निर्मला ही पर उतरता था। इस समय भी वह कहते–कहते रुग गयीं, कि जब तक यह लक्ष्मी इस घर में रहेंगी, इस घर की दशा बिगड़ती हो जाएगी। उसको प्रगट रुप से न कहने पर भी उसका आशय मुंशीजी से छिपा नहीं रहा। उनके चले जाने पर मुंशीजी ने सिर झुका लिया और सोचने लगे। उन्हें अपने ऊपर इस समय इतना क्रोध आ रहा था कि दीवार से सिर पटककर प्राणों का अन्त कर दें। उन्होंने क्यों विवाह किया था? विवाह करेन की क्या जरुरत थी? ईश्वर ने उन्हें एक नहीं, तीन–तीन पुत्र दिये थे? उनकी अवस्था भी पचास के लगभग पहुंच गेयी थी फिर उन्होंने क्यों विवाह किया? क्या इसी बहाने ईश्वर को उनका सर्वनाश करना मंजूर था? उन्होंने सिर उठाकर एक बार निर्मला को सहास, पर निश्चल मूर्ति देखी और अस्पताल चले गये। निर्मला की सहास, छवि ने उनका चित्त शान्त कर दिया था। आज कई दिनों के बाद उन्हें शान्ति मयसर हुई थी। प्रेम–पीड़ित हृदय इस दशा में क्या इतना शान्त और अविचलित रह सकता है? नहीं, कभी नहीं। हृदय की चोट भाव–कौशल से नहीं छिपाई जा सकती। अपने चित्त की दुर्बनजा पर इस समय उन्हें अत्यन्त क्षोभ हुआ। उन्होंने अकारण ही सन्देह को हृदय में स्थान देकर इतना अनर्थ किया। मंसाराम की ओर से भी उनका मन निरूशंक हो गया। हां उसकी जगह अब एक नयी शंका उत्पन्न हो गयी। क्या मंसाराम भांप तो नहीं गया? क्या भांपकर ही तो घर आने से इन्कार नहीं कर रहा है? अगर वह भांप गया है, तो महान् अनर्थ हो जाएगा। उसकी कल्पना ही से उनका मन दहल उठा। उनकी देह की सारी हड्डियां मानों इस हाहाकार पर पानी डालने के लिए व्याकुल हो उठीं। उन्होंने कोचवान से घोड़े को तेज चलाने को कहा। आज कई दिनों के बाद

उनके ह्रदय मंडल पर छाया हुआ सघन फट गया था और प्रकाश की लहरें अन्दर से निकलने के लिए व्यग्र हो रही थीं। उन्होंने बाहर सिर निकाल कर देखा, कोचवान सो तो नहीं रहा ह। घोड़े की चाल उन्हें इतनी मन्द कभी न मालूम हुई थी।

अस्पताल पहुंचकर वह लपके हुए मंसाराम के पास गये। देखा तो डॉक्टर साहब उसके सामने चिन्ता में मग्न खड़े थे। मुंशीजी के हाथ–पांव फूल गये। मुंह से शब्द न निकल सका। भरभराई हुई आवाज में बड़ी मुश्किल से बोले– क्या हाल है, डॉक्टर साहब? यह कहते–कहते वह रो पड़े और जब डॉक्टर साहब को उनके प्रश्न का उत्तर देने में एक क्षण का विलम्बा हुआ, तब तो उनके प्राण नहों में समा गये। उन्होंने पलंग पर बैठकर अचेत बालक को गोद में उठा लिया और बालक की भांति सिसक–सिसककर रोने लगे। मंसाराम की देह तवे की तरह जल रही थी। मंसाराम ने एक बार आंखें खोलीं। आह, कितनी भयंकर और उसके साथ ही कितनी दी दृष्टि थी। मुंशीर्जी ने बालक को कण्ठ से लगाकर डॉक्टर से पूछा–क्या हाल है, साइब! आप चुप क्यों हैं?

डॉक्टर ने संदिग्ध स्वर से कहा– हाल जो कुछ है, वह आपे देख ही रहे हैं। 106 डिग्री का ज्वर है और मैं क्या बताऊं? अभी ज्वर का प्रकोप बढ़ता ही जाता है। मेरे किये जो कुद हो सकता है, कर रहा हूं। ईश्वर मालिक है। जबसे आप गये हैं, मैं एक मिनट के लिए भी यहां से नहीं हिला। भोजन तक नहीं कर सका। हालत इतनी नाजुक है कि एक मिनट में क्या हो जाऐगा, नहीं कहा जा सकता? यह महाज्वर है, बिलकुल होश नहीं है। रह–रहकर शडिलीरियमश का दौरा–सा हो जाता है। क्या घर में इन्हें किसी ने कुछ कहा है! बार–बार, अम्मांजी, तुम कहां हो! यही आवाज मुंह से निकली है।

डॉक्टर साहब यह कह ही रहे थे कि सहसा मंसाराम उठकर बैठ गया औरधक्के से मुंशीज को चारपाई के नीचे ढकेलकर उन्मत्त

स्वर से बोला– क्योंधमकाते हैं, आप! मार डालिए, मार डालि, अभी मार डालिए। तलवार नहीं मिलती! रस्सी का फन्दा है या वह भी नहीं। मैं अपने गले में लगा लूंगा। हाय अम्मांजी, तुम कहां हो! यह कहते–कहते वह फिर अचेते होकर गिर पड़ा।

मुंशीजी एक क्षण तक मंसाराम की शिथिल मुद्रा की ओर व्यथित नेत्रों से ताकते रहे, फिर सहस उन्होंने डॉक्टर साहब का हाथ पकड़ लिया और अत्यन्त दीनतापूर्ण आग्रह से बोले–डॉक्टर साहब, इस लड़के को बचा लीजिए, ईश्वर के लिए बचा लीजिए, नहीं मेरा सर्वनाश हो जाएगा। मैं अमीर नहीं हूं लेकिन आप जो कुछ कहेंगे, वह हाजिर करुंगा, इसे बचा लीजिए। आप बड़े–से–बड़े डॉक्टर को बुलाइए और उनकी राय लीजिएक , मैं सब खर्च दूंगा। इसीक अब नहीं देखी जाती। हाय, मेरा होनहार बेटा!

डॉक्टर साहब ने करुण स्वर में कहा– बाबू साहब, मैं आपसे सत्य कह रहा हूं कि मैं इनके लिए अपनी तरफ से कोई बात उठा नहीं रख रहा हूं। अब आप दूसरे डॉक्टरों से सलाह लेने को कहते हैं। अभी डॉक्टर लाहिरी, डॉक्टर भाटिया और डॉक्टर माथुर को बुलाता हूं। विनायक शास्त्री को भी बुलाये लेता हूं, लेकिन मैं आपको व्यर्थ का आश्वासन नहीं देना चाहता, हालत नाजुक है।

मंशीजी ने रोते हुए कहा– नहीं, डॉक्टर साहब, यह शब्द मुंह से न निकालिए। हाल इसके दुश्मनों की नाजुक हो। ईश्वर मुझ पर इतना कोप न करेंगे। आप कलकत्ता और बम्बई के डॉक्टरों को तारा दीजिए, मैं जिन्दगी भर आपकी गुलामी करुंगा। यही मेरे कुल का दीपक है। यही मेरे जीवन का आधार है। मेरा ह्रदय फटा जा रहा है। कोई ऐसी दवा दीजिए, जिससे इसे होश आ जाऐ। मैं जरा अपने कानों से उसकी बाते सुनूं जानूं कि उसे क्या कष्ट हो रहा है? हाय, मेरा बच्चा!

डॉक्टर– आप जरा दिल को तस्कीन दीजिए। आप बुजुर्ग आदमी हैं, यों हाय–हाय करने और डॉक्टरों की फौज जमा करने से कोई नतीजा न निकलेगा। शान्त होकर बैठिए, मैं शहर के लोगों को बुला रहा हूं, देखिए क्या कहते हैं? आप तो खुद ही बदहवास हुए जाते हैं।

मुंशीजी– अच्छा, डॉक्टर साहब! मैं अब न बोलूंग, जबान तब तक न खोलूंगा, आप जो चाहे करें, बच्चा अब हाथ में है। आप ही उसकी रक्षा कर सकते हैं। मैं इतना ही चाहता हूं कि जरा इसे होश आ जाए, मुझे पहचान ले, मेरी बातें समझने लगे। क्या कोई ऐसी संजीवनी बूटी नहीं? मैं इससे दो–चार बातें कर लेता।

यह कहते–कहते मुंशीजी आवेश में आकर मंसाराम से बोले– बेटा, जरा आंखें खोलो, कैसा जी है? मैं तुम्हारे पास बैठा रो रहा हूं, मुझे तुमसे कोई शिकायत नहीं है, मेरा दिल तुम्हारी ओर से साफ है।

डॉक्टर– फिर आपने अनर्गला बातें करनी शुरु कीं। अरे साहब, आप बच्चे नहीं हैं, बुजुर्ग है, जराधैर्य से काम लीजिए।

मुंशीजी– अच्छा, डॉक्टर साहब, अब न बोलूंगा, खता हुई। आप जो चाहें कीजिए। मैंने सब कुछ आप पर छोड़ दिया। कोई ऐसा उपाय नहीं, जिससे मैं इसे इतना समझा सकूं कि मेरा दिल साफ है? आप ही कह दीजिए डॉक्टर साहब, कह दीजिए, तुम्हारा अभागा पिता बैठा रो रहा है। उसका दिल तुम्हारी तरफ से बिलकुल साफ है। उसे कुछ भ्रम हुआ था। वब अब दूर हो गया। बस, इतना ही कर दीजिए। मैं और कुछ नहीं चाहता। मैं चुपचाप बैठा हूं। जबान को नहीं खोलता, लेकिन आप इतना जरुर कह दीजिए।

डॉक्टर– ईश्वर के लिए बाबू साहब, जरा सब्र कीजिए, वरना मुझे मजबूर होकर आपसे कहना पड़ेगा कि घर जाइए। मैं जरा दफ्तर में जाकर डॉक्टरों को खत लिख रहा हूं। आप चुपचाप बैठे रहिएगा।

निर्दयी डॉक्टर! जवान बेटे की यहा दशा देखकर कौन पिता है, जोधैर्य से कामे लेगा? मुंशीजी बहुत गम्भीर स्वभाव के मनुष्य थे। यह भी जानते थे कि इस वक्त हाय–हाय मचाने से कोई नतीजा नहीं, लेकिन फिरी भी इस समय शान्त बैठना उनके लिए असम्भव था। अगर दैव–गति से यह बीमारी होती, तो वह शान्त हो सकते थे, दूसरों को समझा सकते थे, खुद डॉक्टरों का बुला सकते थे, लेकिन क्यायह जानकर भीधैर्य रख सकते थे कि यह सब आग मेरी ही लगाई हुई है? कोई पिता इतना वज्र–हृदय हो सकता है? उनका रोम–रोम इस समय उन्हें धिक्कार रहा था। उन्होंने सोचा, मुझे यह दुर्भावना उत्पन्न ही क्यों हुई? मैंने क्यां बिना किसी प्रत्यक्ष प्रमाण के ऐसी भीषण कल्पना कर डाली? अच्दा मुझे उसक दशा में क्या करना चाहिए था। जो कुछ उन्होंने किया उसके सिवा वह और क्या करते, इसका वह निश्चय न कर सके। वास्तव में विवाह के बन्धन में पड़ना ही अपने पैरों में कुल्हाड़ी माराना था। हां, यही सारे उपद्रव की जड़ है।

मगर मैंने यह कोई अनोखी बात नहीं की। सभी स्त्री–पुरुष का विवाह करते हैं। उनका जीवन आनन्द से कटता है। आनन्द की अच्दा से ही तो हम विवाह करते हैं। मुहल्ले में सैकड़ों आदमियों ने दूसरी, तीसरी, चौथी यहां तक कि सातवीं शदियां की हैं और मुझसे भी कहीं अधिक अवस्था में। वह जब तक जिये आराम ही से जिये। यह भी नहीं हआ कि सभी स्त्री से पहले मर गये हों। दुहाज–तिहाज होने पर भी कितने ही फिर रंडुए हो गये। अगर मेरी–जैसी दशा सबकी होती, तो विवाह का नाम ही कौन लेता? मेरे पिताजी ने पचपनवें वर्ष में विवाह किया था और मेरे जन्म के समय उनकी अवस्था साठ से कम न थी। हां, इतनी बात जरुर है कि तब और अब में कुछ अंतर हो गया है। पहले स्त्रीयां पढ़ी–लिखी न होती थीं। पति चाहे कैसा ही हो, उसे पूज्य समझती थी, यह बात

हो कि पुरुष सब कुछ देखकर भी बेहयाई से काम लेता हो, अवश्य यही बात है। जब युवक वृद्धा के साथ प्रसन्न नहीं रह सकता, तो युवती क्यों किसी वृद्ध के साथ प्रसन्न रहने लगी? लेकिन मैं तो कुछ ऐसा बुड्ढ़ा न था। मुझे देखकर कोई चालीस से अधिक नहीं बता सकता। कुछ भी हो, जवानी ढल जाने पर जवान औरत से विवाह करके कुछ–न–कुछ बेहयाई जरुर करनी पड़ती है, इसमें सन्देह नहीं। स्त्री स्वभाव से लज्जाशील होती है। कुलटाओं की बात तो दूसरी है, पर साधारणतरू स्त्री पुरुष से कहीं ज्यादा संयमशील होती है। जोड़ का पति पाकर वह चाहे पर–पुरुष से हंसी–दिल्लगी कर ले, पर उसका मन शुद्ध रहता है। बेजोड़े विवाह हो जाने से वह चाहे किसी की ओर आंखे उठाकर न देखे, पर उसका चित्त दुखी रहता है। वह पक्की दीवार है, उसमें सबरी का असर नहीं होता, यह कच्ची दीवार है और उसी वक्त तक खड़ी रहती है, जब तक इस पर सबरी न चलाई जाऐ।

इन्हीं विचारां में पड़े–पड़े मुंशीजी का एक झपकी आ गयी। मने के भावों ने तत्काल स्वप्न का रुपधारण कर लिया। क्या देखते हैं कि उनकी पहली स्त्री मंसाराम के सामने खड़ी कह रही है– श्स्वामी, यह तुमने क्या किया? जिस बालक को मैंने अपना रक्त पिला–पिलाकर पाला, उसको तुमने इतनी निर्दयता से मार डाला। ऐसे आदर्श चरित्र बालक पर तुमने इतना घोर कलंक लगा दिया? अब बैठे क्या बिसूरते हो। तुमने उससे हाथधो लिया। मैं तुम्हारे निर्दया हाथों से छीनकर उसे अपने साथ लिए जाती हूं। तुम तो इतनो शक्की कभी न थे। क्या विवाह करते ही शक को भी गले बांध लाये? इस कोमल हृदय पर इतना कठारे आघात! इतना भीषण कलंक! इतन बड़ा अपमान सहकर जीनेवाले कोई बेहया होंगे। मेरा बेटा नहीं सह सकता!श यह कहते–कहते उसने बालक को गोद में उठा लिया और चली। मुंशीजी ने रोते हुए उसकी गोद से मंसाराम

को छीनने के लिए हाथ बढ़ाया, तो आंखे खुल गयीं और डॉक्टर लाहिरी, डॉक्टर लाहिरी, डॉक्टर भाटिया आदि आधे दर्जन डॉक्टर उनको सामने खड़े दिखायी दिये।

तीन दिन गुजर गये और मुंशीजी घर न आये। रुक्मिणी दोनों वक्त अस्पताल जातीं और मंसाराम को देख आती थीं। दोनों लड़के भी जाते थे, पर निर्मला कैसे जाती? उनके पैरों में तो बेडि□यां पड़ी हुई थीं। वह मंसाराम की बीमारी का हाल–चाल जानने क लिए व्यग्र रहती थी, यदि रुक्मिणी से कुछ पूछती थीं, तो ताने मिलते थे और लड़को से पूछती तो बेसिर–पैर की बातें करने लगते थे। एक बार खुद जाकर देखने के लिए उसका चित्त व्याकुल हो रहा था। उसे यह भय होता था कि सन्देह ने कहीं मुंशीजी के पुत्र–प्रेम को शिथिल न कर दिया हो, कहीं उनकी कृपणता ही तो मंसाराम क अच्छे होने में बाधक नहीं हो रही है? डॉक्टर किसी के सगे नहीं होते, उन्हें तो अपने पैसों से काम है, मुर्दा दोजख में जाऐ या बहिश्त में। उसक मन मे प्रबल इच्छा होती थी कि जाकर अस्पताल क डॉक्टरों का एक हजार की थैली देकर कहे– इन्हें बचा लीजिए, यह थैली आपकी भेंट हैं, पर उसके पास न तो इतने रुपये ही थे, न इतने साहस ही था। अब भी यदि वहां पहुंच सकती, तो मंसाराम अच्छा हो जाता। उसकी जैसी सेवा–शुश्रूषा होनी चाहिए, वैसी नहीं हो रही है। नहीं तो क्या तीन दिन तक ज्वर ही न उतरता? यह दैहिक ज्वर नहीं, मानसिक ज्वर है और चित्त के शान्त होने ही से इसका प्रकोप उतर सकता है। अगर वह वहां रात भर बैठी रह सकती और मुंशीजी जरा भी मन मैला न करते, तो कदाचित् मंसाराम को विश्वास हो जाता कि पिताजी का दिल साफ है और फिर अच्छे होने में देर न लगती, लेकिन ऐसा होगा? मुंशीजी उसे वहां देखकर प्रसन्नचित्त रह सकेंगे? क्या अब भी उनका दिल साफ नहीं हुआ? यहां से जाते समय तो ऐसा ज्ञात हुआ था कि वह अपने प्रमाद पर पछता रहे हैं। ऐसा तो

न होगा कि उसके वहां जाते ही मुंशीजी का सन्देह फिर भड़क उठे और वह बेटे की जान लेकर ही छोड़ें?

इस दुविधा में पड़े–पड़े तीन दिन गुजर गये और न घर में चूल्हा जला, न किसी ने कुछ खाया। लड़को के लिए बाजार से पूरियां ली जाती थीं, रुक्मिणी और निर्मला भूखी ही सो जाती थीं। उन्हें भोजन की इच्छा ही न होती।

चौथे दिन जियाराम स्कूल से लौटा, तो अस्पताल होता हुआ घर आया। निर्मला ने पूछा–क्यों भैया, अस्पताल भी गये थे? आज क्या हाल है? तुम्हारे भैया उठे या नहीं?

जियाराम रुआंसा होकर बोला– अम्मांजी, आज तो वह कुछ बोलते–चालते ही न थे। चुपचाप चारपाई पर पड़े जोर–जोर से हाथ–पांव पटक रहे थे।

निर्मला के चेहरे का रंग उड़ गया। घबराकर पूछा– तुम्हारे बाबूजी वहां न थे?

जियारम– थे क्यों नहीं? आज वह बहुत रोते थे।

निर्मला का कलेजाधक–धक् करने लगा। पूछा– डॉक्टर लोग वहां न थे?

जियाराम– डॉक्टर भी खड़े थे और आपस में कुछ सलाह कर रहे थे। सबसे बड़ा सिविल सर्जन अंगरेजी में कह रहा था कि मरीज की देह में कुछ ताजा खून डालना चाहिए। इस पर बाबूजीय ने कहा– मेरी देह से जितना खून चाहें ले लीजिए। सिविल सर्जन ने हंसकर कहा– आपके ब्लड से काम नहीं चलेगा, किसी जवान आदमी का ब्लड चाहिए। आखिर उसने पिचकारी से कोई दवा भैया के बाजू में डाल दी। चार अंगुल से कम के सुई न रही होगी, पर भैया मिनके तक नहीं। मैंने तो मारे डरके आंखें बन्द कर लीं।

बड़े–बड़े महान संकल्प आवेश में ही जन्म लेते हैं। कहां तो निर्मला भय से सूखी जाती थी, कहां उसके मुंह पर दृढ़ संकल्प की आभा झलक पड़ी। उसने अपनी देह का ताजा खून देने का निश्चय किया। आगर उसके रक्त से मंसाराम के प्राण बच जाऐं, तो वह बड़ी खुशी से उसकी अन्तिम बूंद तक दे डालेगी। अब जिसका जो जी चाहे समझे, वह कुछ परवाह न करेगी। उसने जियाराम से काह– तुम लपककर एक एक्का बुला लो, मैं अस्पताला जाऊंगी।

जियाराम– वहां तो इस वक्त बहुत से आदमी होंगे। जरा रात हो जाने दीजिए।

निर्मला– नहीं, तुम अभी एक्का बुला लो।

जियाराम– कहीं बाबूजी बिगड़ें न?

निर्मला– बिगड़ने दो। तुमे अभी जाकर सवारी लाओ।

जियाराम– मैं कह दूंगा, अम्मांजी ही ने मुझसे सवारी मंगाई थी।

निर्मला– कह देना।

जियाराम तो उधर तांगा लाने गया, इतनी देर में निर्मला ने सिर में कंघी की, जूड़ा बांधा, कपड़े बदले, आभूषण पहने, पान खाया और द्वार पर आकर तांगे की राह देखने लगी।

रुक्मिणी अपने कमरे में बैठी हुई थीं उसे इस तैयारी से आते देखकर बोलीं– कहां जाती हो, बहू?

निर्मला– जरा अस्पताल तक जाती हूं।

रुक्मिणी– वहां जाकर क्या करोगी?

निर्मला– कुछ नहीं, करुंगी क्या? करने वाले तो भगवान हैं। देखने को जी चाहता है।

रुक्मिणी– मैं कहतीं हूं, मत जाओ।

निर्मला– ने विनीत भाव से कहा– अभी चली आऊंगी, दीदीजी। जियाराम कह रहे हैं कि इस वक्त उनकी हालत अच्छी नहीं है। जी नहीं मानता, आप भी चलिए न?

रुक्मिणी– मैं देख आई हूं। इतना ही समझ लो कि, अब बाहरी खून पहुंचाने पर ही जीवन की आशा है। कौन अपना ताजा खून देगा और क्यों देगा? उसमें भी तो प्राणों का भय है।

निर्मला– इसीलिए तो मैं जाती हूं। मेरे खून से क्या काम न चलेगा?

रुक्मिणी– चलेगा क्यों नहीं, जवान ही का तो खून चाहिए, लेकिन तुम्हारे खून से मंसाराम की जान बचे, इससे यह कहीं अच्छा है कि उसे पानी में बहा दिया जाऐ।

तांगा आ गया। निर्मला और जियाराम दोनों जा बैठे। तांगा चला।

रुक्मिणी द्वार पर खड़ी देत तक रोती रही। आज पहली बार उसे निर्मला पर दया आई, उसका बस होता तो वह निर्मला को बांध रखती। करुणा और सहानुभूति का आवेश उसे कहां लिये जाता है, वह अप्रकट रुप से देख रही थी। आह! यह दुर्भाग्य की प्रेरणा है। यह सर्वनाश का मार्ग है।

निर्मला अस्पताल पहुंची, तो दीपक जल चुके थे। डॉक्टर लोग अपनी राय देकर विदा हो चुके थे। मंसाराम का ज्वर कुछ कम हो गयाथा वह टकटकी लगाए हुद द्वार की ओर देख रहा था। उसकी दृष्टि उन्मुक्त आकाश की ओर लगी हुई थी, माने किसी देवता की प्रतीक्षा कर रहा हो! वह कहां है, जिस दशा में है, इसका उसे कुछ ज्ञान न था।

सहसा निर्मला को देखते ही वह चौंककर उठ बैठा। उसका समाधि टूट गई। उसकी विलुप्त चेतना प्रदीप्त हो गई। उसे अपने स्थिति का, अपनी दशा का ज्ञान हो गया, मानो कोई भूली हुई बात याद हो गई हो। उसने आंखें फाड़कर निर्मला को देखा और मुंह फेर लिया।

एकाएक मुंशीजी तीव्र स्वर से बोले– तुम, यहां क्या करने आईं?

निर्मला अवाक् रह गई। वह बतलाये कि क्या करने आई? इतने सीधे से प्रश्न का भी वह कोई जवाब दे सकी? वह क्या करने आई थी? इतना जटिल प्रश्न किसने सामने आया होगा? घर का आदमी बीमार है, उसे देखने आई है, यह बात क्या बिना पूछे मालूम न हो सकती थी? फिर प्रश्न क्यों?

वह हतबुद्धी–सी खड़ी रही, मानो संज्ञाहीन हो गई हो उसने दोनों लड़को से मुंशीजी के शोक और संताप की बातें सुनकर यह अनुमान किया था कि अब उसनका दिल साफ हो गया है। अब उसे ज्ञात हुआ कि वह भ्रम था। हां, वह महाभ्रम था। मगर वह जानती थी आंसुओं की दृष्टि ने भी संदेह की अग्नि शांत नहीं की, तो वह कदापि न आती। वह कुढ़–कुढ़ाकर मर जाती, घर से पांव न निकालती।

मुंशजी ने फिर वही प्रश्न किया– तुम यहां क्यों आईं?

निर्मला ने निरूशंक भाव से उत्तर दिया– आप यहां क्या करने आये हैं?

मुंशीजी के नथुने फड़कने लगा। वह झल्लाकर चारपाई से उठे और निर्मला का हाथ पकड़कर बोले– तुम्हारे यहां आने की कोई जरुरत नहीं। जब मैं बुलाऊं तब आना। समझ गईं?

अरे! यह क्या अनर्थ हुआ! मंसाराम जो चारपाई से हिल भी न सकता था, उठकर खड़ा हो गया औग्र निर्मला के पैरों पर गिरकर रोते हुए बोला– अम्मांजी, इस अभागे के लिए आपको व्यर्थ इतना कष्ट हुआ। मैं आपका स्नेह कभी भी न भूलंगा। ईश्वर से मेरी यही प्रार्थना है कि मेरा पुर्नजनम आपके गर्भ से हो, जिससे मैं आपके ऋण से अऋण हो सकूं। ईश्वर जानता है, मैंने आपको विमाता नहीं समझा। मैं आपको अपनी माता समझता रहा । आपकी उम्र मुझसे बहुत ज्या न हो, लेकिन आप, मेरी माता के स्थान पर थी और मैंने आपको सदैव इसी दृष्टि से देखा...अब नहीं बोला जाता अम्मांजी, क्षमा कीजिए! यह अंतिम भेंट है।

निर्मला ने अश्रु–प्रवाह को रोकते हुए कहा– तुम ऐसी बातें क्यों करते हो? दो–चार दिन में अच्छे हो जाओगे।

मंसाराम ने क्षीण स्वर में कहा– अब जीने की इच्छा नहीं और न बोलने की शक्ति ही है।

यह कहते–कहते मंसाराम अशक्त होकर वहीं जमीन पर लेट गया। निर्मला ने पति की ओर निर्भय नेत्रों से देखते हुए कहा– डॉक्टर ने क्या सलाह दी?

मुंशीजी– सब–के–सब भंग खा गए हैं, कहते हैं, ताजा खून चाहिए।

निर्मला– ताजा खून मिल जाऐ, तो प्राण–रक्षा हो सकती है?

मुंशीजी ने निर्मेला की ओर तीव्र नेत्रों से देखकर कहा– मैं ईश्वर नहीं हूं और न डॉक्टर ही को ईश्वर समझता हूं।

निर्मला– ताजा खून तो ऐसी अलभ्य वस्तु नहीं!

मुंशीजी– आकाश के तारे भी तो अलभ्य नही! मुंह के सामने खदंक क्या चीज है?

निर्मला– मैं आपना खून देने को तैयार हूं। डॉक्टर को बुलाइए।

मुंशीजी ने विस्मित होकर कहा– तुम!

निर्मला– हां, क्या मेरे खून से काम न चलेगा?

मुंशीजी– तुम अपना खून दोगी? नहीं, तुम्हारे खून की जरुरत नहीं। इसमें प्राणो का भय है।

निर्मला– मेरे प्राण और किस दिन काम आयेंगे?

मुंशीजी ने सजल–नेत्र होकर कहा– नहीं निर्मला, उसका मूल्य अब मेरी निगाहों में बहुत बढ़ गया है। आज तक वह मेरे भोग की वस्तु थी, आज से वह मेरी भक्ति की वस्तु है। मैंने तुम्हारे साथ बड़ा अन्याय किया है, क्षमा करो।

सातवाँ अध्याय

जो कुछ होना था हो गया, किसी को कुछ न चली। डॉक्टर साहब निर्मला की देह से रक्त निकालने की चेष्टा कर ही रहे थे कि मंसाराम अपने उज्ज्वल चरित्र की अन्तिम झलक दिखाकर इस भ्रम–लोक से विदा हो गया। कदाचित् इतनी देर तक उसके प्राण निर्मला ही की राह देख रहे थे। उसे निष्कलंक सिद्ध किये बिना वे देह को कैसे त्याग देते? अब उनका उद्देश्य पूरा हो गया। मुंशीजी को निर्मला के निर्दोष होने का विश्वास हो गया, पर कब? जब हाथ से तीर निकल चुका था, जब मुसफिर ने रकाब में पांव डाल लिया था।

पुत्र–शोक में मुंशीजी का जीवन भार–स्वरुप हो गया। उस दिन से फिर उनके ओठों पर हंसी न आई। यह जीवन अब उन्हें व्यर्थ–सा जान पड़ता था। कचहरी जाते, मगर मुकदमों की पैरवी करने के लिए नहीं, केवल दिल बहलाने के लिए घंटे–दो–घंटे में वहां से उकताकर चले आते। खाने बैठते तो कौर मुंह में न जाता। निर्मला अच्छी से अच्छी चीज पकाती पर मुंशीजी दो–चार कौर से अधिक न खा सकते। ऐसा जान पड़ता कि कौर मुंह से निकला आता है! मंसाराम के कमरे की ओर जाते ही उनका हृदय टूक–टूक

हो जाता था। जहां उनकी आशाओं का दीपक जलता रहता था, वहां अब अंधकार छाया हुआ था। उनके दो पुत्र अब भी थे, लेकिन दूध देती हुई गायमर गई, तो बछिया का क्या भरोसा? जब फूलने–फलनेवाला वृक्ष गिर पड़ा, नन्हे–नन्हे पौधों से क्या आशा? यों ता जवान–बूढ़े सभी मरत हैं, लेकिन दुरूख इस बात का था कि उन्होंने स्वयं लड़के की जान ली। जिस दम बात याद आ जाती, तो ऐसा मालूम होता था कि उनकी छाती फट जाऐगी–मानो हृदय बाहर निकल पड़ेगा।

निर्मला को पति से सच्ची सहानुभूति थी। जहां तक हो सकता था, वह उनको प्रसन्न रखने का फिक्र रखती थी और भूलकर भी पिछली बातें जबान पर न लाती थी। मुंशीजी उससे मंसाराम की कोई चर्चा करते शरमाते थे। उनकी कभी–कभी ऐसी इच्छा होती कि एक बार निर्मला से अपने मन के सारे भाव खोलकर कह दूं, लेकिन लज्जा रोक लेती थी। इस भांति उन्हें सान्त्वना भी न मिलती थी, जो अपनी व्यथा कह डालने से, दूसरो को अपने गम में शरीक कर लेने से, प्राप्त होती है। मवाद बाहर न निकलकर अन्दर–ही–अन्दर अपना विष फैलाता जाता था, दिन–दिन देह घुलती जाती थी।

इधर कुछ दिनों से मुंशीजी और उन डॉक्टर साहब में जिन्होंने मंसाराम की दवा की थी, याराना हो गया था, बेचारे कभी–कभी आकर मुंशीजी को समझाया करते, कभी–कभी अपने साथ हवा खिलाने के लिए खींच ले जाते। उनकी स्त्री भी दो–चार बार निर्मला से मिलने आई थीं। निर्मला भी कई बार उनके घर गई थी, मगर वहां से जब लौटती, तो कई दिन तक उदास रहती। उस दम्पत्ति का सुखमय जीवन देखकर उसे अपनी दशा पर दुरूख हुए बिना न रहता था। डॉक्टर साहब को कुल दो सौ रुपये मिलते थे, पर इतने में ही दोनों आनन्द से जीवन व्यतीत करते थे। घर मं केवल एक महरी थी, गृहस्थी का बहुत–सा काम स्त्री को अपने ही हाथों

करना पड़ता थ। गहने भी उसकी देह पर बहुत कम थे, पर उन दोनों में वह प्रेम था, जोधन की तृण के बराबर परवाह नहीं करता। पुरुष को देखकर स्त्री को चेहरा खिल उठता था। स्त्री को देखकर पुरुष निहाल हो जाता था। निर्मला के घर मेंधन इससे कहीं अधिक था, अभूषणों से उनकी देह फटी पड़ती थी, घर का कोई काम उसे अपने हाथ से न करना पड़ता था। पर निर्मला सम्पन्न होने पर भी अधिक दुखी थी, और सुधा विपनन होने पर भी सुखी। सुधा के पास कोई ऐसी वस्तु थी, जो निर्मला के पास न थी, जिसके सामने उसे अपना वैभव तुच्छ जान पड़ता था। यहां तक कि वह सुधा के घर गहने पहनकर जाते शरमाती थी।

एक दिन निर्मला डॉक्टर साहब से घर आई, तो उसे बहुत उदास देखकर सुधा ने पूछा–बहिन, आज बहुत उदास हो, वकील साहब की तबीयत तो अच्छी है, न?

निर्मला– क्या कहूं, सुधा? उनकी दशा दिन–दिन खराब होती जाती है, कुछ कहते नहीं बनता। न जाने ईश्वर को क्या मंजूर है?

सुधा– हमारे बाबूजी तो कहते हैं कि उन्हें कहीं जलवायु बदलने के लिए जाना जरुरी है, नहीं तो, कोई भंयकर रोग खड़ा हो जाएगा। कई बार वकील साहब से कह भी चुके हैं पर वह यही कह दिया करते हैं कि मैं तो बहुत अच्छी तरह हूं, मुझे कोई शिकायत नहीं। आज तुम कहना।

निर्मला– जब डॉक्टर साहब की नहीं सुना, तो मेरी सुनेंगे?

यह कहते–कहते निर्मला की आंखें डबडबा गई और जो शंका, इधर महीनों से उसके हृदय को विकल करती रहती थी, मुंह से निकल पड़ी। अब तक उसने उस शंका को छिपाया था, पर अब न छिपा सकी। बोली–बहिन मुझे लक्षण कुद अच्छे नहीं मालूम होते। देखें, भगवान् क्या करते हैं?

साधु–तुम आज उनसे खूब जोर देकर कहना कि कहीं जलवायु बदलने चाहिए। दो चार महीने बाहर रहने से बहुत सी बातें भूल जाएंगी। मैं तो समझती हूं,शायद मकान बदलने से भी उनका शोक कुछ कम हो जाएगा। तुम कहीं बाहर जा भी न सकोगी। यह कौन–सा महीना है?

निर्मला– आठवां महीना बीत रहा है। यह चिन्ता तो मुझे और भी मारे डालती है। मैंने तो इसके लिए ईश्चर से कभी प्रार्थन न की थी। यह बला मेरे सिर न जाने क्यों मढ़ दी? मैं बड़ी अभागिनी हूं, बहिन, विवाह के एक महीने पहले पिताजी का देहान्ता हो गया। उनके मरते ही मेरे सिर शनीचर सवार हुए। जहां पहले विवाह की बातचीत पक्की हुई थी, उन लोगों ने आंखें फेर लीं। बेचारी अम्मां को हारकर मेरा विवाह यहां करना पड़ा। अब छोटी बहिन का विवाह होने वाला है। देखें, उसकी नाव किस घाट जाती है!

सुधा– जहां पहले विवाह की बातचीत हुई थी, उन लोगों ने इन्कार क्यों कर दिया?

निर्मला– यह तो वे ही जानें। पिताजी न रहे, तो सोने की गठरी कौन देता?

सुधा– यह ता नीचता है। कहां के रहने वाले थे?

निर्मला– लखनऊ के। नाम तो याद नहीं, आबकारी के कोई बड़े अफसर थे।

सुधा ने गम्भीरा भाव से पूछा– और उनका लड़का क्या करता था?

निर्मला– कुछ नहीं, कहीं पढ़ता था, पर बड़ा होनहार था।

सुधा ने सिर नीचा करके कहा– उसने अपने पिता से कुछ न कहा था? वह तो जवान था, अपने बाप को दबा न सकता था?

निर्मला– अब यह मैं क्या जानूं बहिन? सोने की गठरी किसे प्यारी नहीं होती? जो पण्डित मेरे यहां से सन्देश लेकर गया था, उसने तो कहा था कि लड़का ही इन्कार कर रहा है। लड़के की मां अलबत्ता देवी थी। उसने पुत्र और पति दोनों ही को समझाया, पर उसकी कुछ न चली।

सुधा– मैं तो उस लड़के को पाती, तो खूब आड़े हाथों लेती।

निर्मला– मरे भाग्य में जो लिखा था, वह हो चुका। बेचारी कृष्णा पर न जाने क्या बीतेगी?

संध्या समय निर्मला ने जाने के बाद जब डॉक्टर साहब बाहर से आये, तो सुधा ने कहा–क्यों जी, तुम उस आदमी का क्या कहोगे, जो एक जगह विवाह ठीक कर लेने बाद फिर लोभवश किसी दूसरी जगह?

डॉक्टर सिन्हा ने स्त्री की ओर कुतूहल से देखकर कहा– ऐसा नहीं करना चाहिए, और क्या?

सुधा–यह क्यों नहीं कहते कि ये घोर नीचता है, पहले सिरे का कमीनापन है!

सिन्हा– हां, यह कहने में भी मुझे इन्कार नहीं।

सुधा– किसका अपराध बड़ा है? वर का या वर के पिता का?

सिन्हा की समझ में अभी तक नहीं आया कि सुधा के इन प्रश्नों का आशय क्या है? विस्मय से बोले– जैसी स्थिति हो अगर वह पिता क अधीन हो, तो पिता का ही अपराध समझो।

सुधा– अधीन होने पर भी क्या जवान आदमी का अपना कोई कर्त्तव्य नहीं है? अगर उसे अपने लिए नये कोट की जरुरत हो, तो वह पिता के विराध करने पर भी उसे रो–धोकर बनवा लेता है। क्या ऐसे महत्तव के विषय में वह अपनी आवाज पिता के कानों तक नहीं

पहुंचा सकता? यह कहो कि वह और उसका पिता दोनों अपराधी हैं, परन्तु वर अधिक। बूढ़ा आदमी सोचता है– मुझे तो सारा खर्च संभालना पड़ेगा, कन्या पक्ष से जितना ऐंठ सकूं, उतना ही अच्छा। मगेर वर काधर्म है कि यदि वह स्वार्थ के हाथों बिलकुल बिक नहीं गया है, तो अपने आत्मबल का परिचय दे। अगर वह ऐसा नहीं करता, तो मैं कहूंगी कि वह लोभी है और कायर भी। दुर्भाग्यवश ऐसा ही एक प्राणी मेरा पति है और मेरी समझ में नहीं आता कि किन शब्दों में उसका तिरस्कार करुं!

सिन्हा ने हिचकिचाते हुए कहा– वह...वह...वह...दूसरी बात थी। लेन–देन का कारण नहीं था, बिलकुल दूसरी बाता थी। कन्या के पिता का देहान्त हो गया था। ऐसी दशा में हम लोग क्यो करते? यह भी सुनने में आया था कि कन्या में कोई ऐब है। वह बिलकुल दूसरी बाता थी, मगर तुमसे यह कथा किसने कही।

सुधा– कह दो कि वह कन्या कानी थी, या कुबड़ी थी या नाइन के पेट की थी या भ्रष्टा थी। इतनी कसर क्यों छोड़ दी? भला सुनूं तो, उस कन्या में क्या ऐब था?

सिन्हा– मैंने देखा तो था नहीं, सुनने में आया था कि उसमें कोई ऐब है।

सुधा– सबसे बड़ा ऐब यही था कि उसके पिता का स्वर्गवास हो गया था और वह कोई लंबी–चौड़ी रकम न दे सकती थी। इतना स्वीकार करते क्यों झेंपते हो? मैं कुछ तुम्हारे कान तो काट न लूंगी! अगर दो–चार फिकरे कहूं, तो इस कान से सुनकर उसक कान से उड़ा देना। ज्यादा–चीं–चपड़ करुं, तो छड़ी से काम ले सकते हो। औरत जात डण्डे ही से ठीक रहती है। अगर उस कन्या में कोई ऐब था, तो मैं कहूंगी, लक्ष्मी भी बे–ऐब नहीं। तुम्हारी खोटी थी, बस! और क्या? तुम्हें तो मेरे पाले पड़ना था।

सिन्हा– तुमसे किसने कहा कि वह ऐसी थी वैसी थी? जैसे तुमने किसी से सुनकर मान लिया।

सुधा– मैंने सुनकर नहीं मान लिया। अपनी आंखों देखा। ज्यादा बखान क्या करुं, मैंने ऐसी सुन्दी स्त्री कभी नहीं देखी थी।

सिन्ह ने व्यग्र होकर पूछा–क्या वह यहीं कहीं है? सच बताओ, उसे कहां देखा! क्या तुमळारे घर आई थी?

सुधा–हां, मेरे घर में आई थी और एक बार नहीं, कई बार आ चुकी है। मैं भी उसके यहां कई बार जा चुकी हूं, वकील साहब के बीवी वही कन्या है, जिसे आपने ऐबों के कारण त्याग दिया।

सिन्हा–सच!

सुधा–बिलकुल सच। आज अगर उसे मालूम हो जाऐ कि आप वही महापुरुष हैं, तो शायद फिर इस घर मे कदम न रखे। ऐसी सुशीला, घर के कामों में ऐसी निपुण और ऐसी परम सुन्दारी स्त्री इस शहर मे दो ही चार होंगी। तुम मेरा बखान करते हो। मै। उसकी लौंडी बनने के योग्य भी नहीं हूं। घर में ईश्वर का दिया हुआ सब कुछ है, मगर जब प्राणी ही मेल को नहीं, तो और सब रहकर क्या करेगा?धन्य है उसकेधैर्य को कि उस बुड्ढे खूसट वकील के साथ जीवन के दिन काट रही है। मैंने तो कब का जहर खा लिया होता। मगर मन की व्यथा कहने से ही थोड़े प्रकट होती है। हंसती है, बोलती है, गहने–कपड़े पहनती है, पर रोयां–रोयां राया करता है।

सिन्हा–वकील साहब की खूब शिकायत करती होगी?

सुधा–शिकायत क्यों करेगी? क्या वह उसके पति नहीं हैं? संसार मे अब उसके लिए जो कुछ हैं, वकील साहब। वह बुड्ढे हों या रोगी, पर हैं तो उसके स्वामी ही। कुलवंती स्त्रीयां पति की निन्दा नहीं करतीं,यह कुलटाओं का काम है। वह उनकी दशा देखकर कुढ़ती हैं, पर मुंह से कुछा नहीं कहती।

सिन्हा– इन वकील साहब को क्या सूझी थी, जो इस उम्र में ब्याह करने चले?

सुधा– ऐसे आदमी न हों, तो गरीब क्वारियों की नाव कौन पार लगाये? तुम और तुम्हारे साथी बिना भारी गठरी लिए बात नहीं करते, तो फिर ये बेचारर किसके घर जाएं? तुमने यह बड़ा भारी अन्याय किया है, और तुम्हें इसका प्राश्यिचत करना पड़ेगा। ईश्वर उसका सुहाग अमर करे, लेकिन वकील साहब को कहीं कुछ हो गया, तो बेचारी का जीवन ही नष्ट हो जाऐगा। आज तो वह बहुत रोती थी। तुम लोग सचमुच बड़े निर्दयी हो। मै। तो अपने सोहन का विवाह किसी गरीब लड़की से करुंगी।

डॉक्टर साहब ने यह पिछला वाक्या नहीं सुना। वह घोर चिन्ता मं पड़ गये। उनके मन में यह प्रश्न उठ–उठकर उन्हें विकल करने लगा–कहीं वकील साहब को कुछ हो गया तो? आज उन्हें अपने स्वार्थ का भंयकर स्वरुप दिखायी दिया। वास्तव में यह उन्हीं का अपराध था। अगर उन्होंने पिता से जोर देकर कहा होता कि मै। और कहीं विवाह न करुंगा, तो क्या वह उनकी इच्छा के विरुद्व उनका विवाह कर देते?

सहसा सुधा ने कहा–कहो तो कल निर्मला से तुम्हारी मुलाकात करा दूं? वह भी जरा तुम्हारी सूरत देख ले। वह कुछ बोलगी तो नहीं, पर कदाचित् एक दृष्टि से वह तुम्हारा इतना तिरस्कार कर देगी, जिसे तुम कभी न भूल सकोगे। बोलों, कल मिला दूँ? तुम्हारा बहुत संक्षिप्त परिचय भी करा दूंगीं

सिन्हा ने कहा–नहीं सुधा, तुम्हारे हाथ जोड़ता हूं, कहीं ऐसा गजब न करना! नहीं तो सच कहता हूं, घर छोड़कर भाग जाऊंगा।

सुधा–जो कांटा बोया है, उसका फल खाते क्यों इतना डरते हो? जिसकी गर्दन पर कटार चलाई है, जरा उसे तड़पते भी तो

देखो। मेरे दादा जी ने पांच हजार दिये न! अभी छोटे भाई के विवाह में पांच–छरू हजार और मिल जाएंगे। फिर तो तुम्हारे बराबरधनी संसार में काई दूसरा न होगा। ग्यारह हजार बहुत होते हैं। बाप–रे–बाप! ग्यारह हजार! उठा–उठाकर रखने लगे, तो महीनों लग जाएं अगर लड़के उड़ाने लगें, तो पीढ़ियों तक चले। कहीं से बात हो रही है या नहीं?

इस परिहास से डॉक्टर साहब इतना झेंपे कि सिर तक न उठा सके। उनका सारा वाक्–चातुर्य गायब हो गया। नन्हा–सा मुंह निकल आया, मानो मार पड़ गई हो। इसी वक्त किसी डॉक्टर साहब को बाहर से पुकारां बेचारे जान लेकर भागे। स्त्री कितनी परिहास कुशल होती है, इसका आज परिचय मिल गया।

रात को डॉक्टर साहब शयन करते हुए सुधा से बोले–निम्रला की तो कोई बहिन है न?

सुधा– हां, आज उसकी चर्चा तो करती थी। इसकी चिन्ता अभी से सवार हो रही है। अपने ऊपर तो जो कुछ बीतना था, बीत चुका, बहिन की किफक्र में पड़ी हुई थी।मां के पास तो अब ओर भी कुछ नहीं रहा, मजबूरन किसी ऐसे ही बूढ़े बाबा क गले वह भी मढ़ दी जरयेंगी।

सिन्हा– निर्मला तो अपनी मां की मदद कर सकती है।

सुधा ने तीक्ष्ण स्वर में कहा–तुम भी कभी–कभी बिलकुल बेसिरश पैर की बातें करने लगते हो। निर्मला बहुत करेगी, तो दा–चार सौ रुपये दे देगी, और क्या कर सकती है? वकील साहब का यह हाल हो रहा है, उसे अभी पहाड़–सी उम्र काटनी है। फिर कौन जाने उनके घर का क्यश हाल है? इधर छरूमहीने से बेचारे घर बैठे हैं। रुपये आकाश से थोड़े ही बरसते है। दस–बीस हजार होंगे भी तो बैंक में होंगे, कुछ निर्मला के पास तो रखे न होंगे।

हमारा दो सौ रुपया महीने का खर्च है, तो क्या इनका चार सौ रुपये महीने का भी न होगा?

सुधा को तो नींद आ गई,पर डॉक्टर साहब बहुत देर तक करवट बदलते रहे, फिर कुछ सोचकर उठे और मेज पर बैठकर एक पत्र लिखने लगे।

दोनों बाते एक ही साथ हुई–निर्मला के कन्या को जन्म दिया, कृष्णा का विवाह निश्चित हुआ और मुंशी तोताराम का मकान नीलाम हो गया। कन्या का जन्म तो साधारण बात थी, यद्यपि निर्मला की दृष्टि में यह उसके जीवन की सबसे महान घटना थी, लेकिन शेष दोनों घटनाएं अयाधारण थीं। कृष्णा का विवाह–ऐसे सम्पन्न घराने में क्योंकर ठीक हुआ? उसकी माता के पास तो दहेज के नाम को कौड़ी भी न थी और इधर बूढ़े सिन्हा साहब जो अब पेंशन लेकर घर आ गये थे, बिरादरी महालोभी मशहूर थे। वह अपने पुत्र का विवाह ऐसे दरिद्र घराने में करने पर कैसे राजी हुए। किसी को सहसा विश्वास न आता था। इससे भी बड़ आश्चर्य की बात मुंशीजी के मकान का नीलाम होना था। लोग मुंशीजी को अगर लखपती नहीं, तो बड़ा आदमी अवश्य समझते थे। उनका मकान कैसे नीलाम हुआ? बात यह थी कि मुंशीजी ने एक महाजन से कुछ रुपये कर्ज लेकर एक गांव रहेन रखाथा। उन्हें आशा थी कि साल–आध–साल में यह रुपये पाट देंगे, फिर दस–पांच साल में उस गांव पर कब्जा कर लेंगे। वह जमींदारअसल और सूद के कुल रुपये अदा करने में असमर्थ हो जाऐगा। इसी भरोसे पर मुंशीजी ने यह मामला किया था। गांव बेहुत बड़ा था, चार–पांच सौ रुपये नफा होता था, लेकिन मन की सोची मन ही में रह गई। मुंशीज दिल को बहुत समझाने पर भी कचहरी न जा सके। पुत्रशोक ने उनमं कोई काम करने की शक्ति ही नहीं छोड़ी। कौन ऐसा ह्रदय –शून्य पिता है, जो पुत्र की गर्दन पर तलवार चलाकर चित्त को शान्त कर ले?

महाजन के पास जब साल भर तक सूद न पहुंचा और न उसके बार–बार बुलाने पर मुंशीजी उसके पास गये। यहां तक कि पिछली बार उन्होंने साफ–साफ कही दिया कि हम किसी के गुलाम नहीं हैं, साहूजी जो चाहे करें तब साहूजी को गुस्सा आ गया। उसने नालिश कर दी। मुंशजी पैरवी करने भी न गये। एकाएक डिग्री हो गई। यहां घर में रुपये कहां रखे थे? इतने ही दिनों में मुंशीजी की साख भी उठ गई थी। वह रुपये का कोई प्रबन्ध न कर सके। आखिर मकान नीलाम पर चढ़ गया। निम्रला सौर में थी। यह खबर सुनी, तो कलेजा सन्न–सा हो गया। जीवन में कोई सुख न होने पर भीधनाभाव की चिन्ताओं से मुक्त थी।धन मानव जीवन में अगर सर्वप्रधान वस्तु नहीं, तो वह उसके बहुत निकट की वस्तु अवश्य है। अब और अभावों के साथ यह चिन्ता भी उसके सिर सवार हुई। उसे दाई द्वारा कहला भेजा, मेरे सब गहने बेचकर घर को बचा लीजिए, लेकिन मुंशीजी ने यह प्रस्ताव किसी तरह स्वीकार न किया।

उस दिन से मुंशीजी और भी चिन्ताग्रस्त रहने लगे। जिसधन का सुख भोगने के लिए उन्होंने विवाह किया था, वह अब अतीत की स्मृति मात्र था। वह मारे ग्लानि क अब निर्मला को अपना मुंह तक न दिखा सकते। उन्हें अब उसक अन्याय का अनुमान हो रहा था, जो उन्होंने निर्मला के साथ किया था और कन्या के जन्म ने तो रही–सही कसर भी पूरी कर दी, सर्वनाश ही कर डाला!

बारहवें दिन सौर से निकलकर निर्मला नवजात शिशु को गोद लिये पति के पास गई। वह इस अभाव में भी इतनी प्रसन्न थी, मानो उसे कोई चिन्ता नहीं है। बालिका को हृदय से लगार वह अपनी सारी चिन्ताएसं भूल गई थी। शिशु के विकसित और हर्ष प्रदीप्त नेत्रों को देखकर उसका हृदय प्रफुल्लित हो रहा था। मातृत्व के इस उद्‌गार में उसके सारे क्लेश विलीन हो गये थे। वह शिशु को पति

की गोद मे देकर निहाल हो जाना चाहती थी, लेकिन मुंशीजी कन्या को देखकर सहम उठे। गोद लेने के लिए उनका हृदय हुलसा नहीं, पर उन्होंने एक बार उसे करुण नेत्रों से देखा और फिर सिर झुका लिया, शिशु की सूरत मंसाराम से बिलकुल मिलती थी।

निर्मला ने उसके मन का भाव और ही समझा। उसने शतगुण स्नेह से लड़की को हृदय से लगा लिया मानो उसनसे कह रही है–अगर तुम़ इसके बोझ से दबे जाते हो, तो आज से मैं इस पर तुम्हार साया भी नहीं पड़ने दूंगी। जिस रतन को मैंने इतनी तपस्या के बाद पाया है, उसका निरादर करते हुए तुम्हार हृदय फट नहीं जाता? वह उसी क्षण शिशु को गोद से चिपकाते हुए अपने कमरे में चली आई और देर तक रोती रही। उसने पति की इस उदासीनता को समझने की जरी भी चेष्टा न की, नहीं तो शायद वह उन्हें इतना कठोर न समझती। उसके सिर पर उत्तरदायित्व का इतना बड़ा भार कहां था,जो उसके पति पर आ पड़ा था? वह सोचने की चेष्टा करती, तो क्या इतना भी उसकी समझ में न आता?

मुंशीजी को एक ही क्षण में अपनी भूल मालूम हो गई। माता का हृदय प्रेम में इतना अनुरक्त रहता है कि भविष्य की चिन्त्ज्ञ और बाधाएं उसे जरा भी भयभीत नहीं करतीं। उसे अपने अंतरूकरण में एक अलौकिक शक्ति का अनुभव होता है, जो बाधाओं को उनके सामने परास्त कर देती है। मुंशीजी दौड़े हुए घर मे आये और शिशु को गोद में लेकर बोले मुझे याद आती है, मंसा भी ऐसा ही था–बिलकुल ऐसा ही!

निर्मला–दीदीजी भी तो यही कहती है।

मुंशीजी–बिलकुल वहीं बड़ी–बड़ी आंखे और लाल–लाल ओंठ हैं। ईश्वर ने मुझे मेरा मंसाराम इस रुप में दे दिया। वही माथा है, वही मुंह, वही हाथ–पांव! ईश्वर तुम्हारी लीला अपार है।

सहसा रुक्मिणी भी आ गई। मुंशीजी को देखते ही बोली—देखों बाबू, मंसाराम है कि नहीं? वही आया है। कोई लाख कहे, मैं न मानूंगी। साफ मंसाराम है। साल भर के लगभग ही भी तो गया।

मुंशीजी—बहिन, एक—एक अंग तो मिलता है। बस, भगवान् ने मुझे मेरा मंसाराम दे दिया। (शिशु से) क्यों री, तू मंसाराम ही है? छौड़कर जाने का नाम न लेना, नहीं फिर खींच लाऊंगा। कैसे निष्ठुर होकर भागे थे। आखिर पकड़ लाया कि नहीं? बस, कह दिया, अब मुझे छोड़कर जाने का नाम न लेना। देखो बहिन, कैसी टुकुर—टुकुर ताक रही है?

उसी क्षण मुंशीजी ने फिर से अभिलाषाओं का भवन बनाना शुरु कर दिया। मोह ने उन्हें फिर संसार की ओर खींचां मानव जीवन! तू इतना क्षणभंगुर है, पर तेरी कल्पनाएं कितनी दीर्घालु! वही तोताराम जो संसार से विरक्त हो रह थे, जो रात—दिन मुत्यु का आवाहन किया करते थे, तिनके का सहारा पाकर तट पर पहुंचने के लिए पूरी शक्ति से हाथ—पांव मार रहे हैं।

मगर तिनके का सहारा पाकर कोई तट पर पहुंचा है?

आठवाँ अध्याय

निर्मला को यद्यपि अपने घर के झंझटों से अवकाश न था, पर कृष्णा के विवाह का संदेश पाकर वह किसी तरह न रुक सकी। उसकी माता ने बेहुत आग्रह करके बुलाया था। सबसे बड़ा आकर्षण यह था कि कृष्णा का विवाह उसी घर में हो रहा था, जहां निर्मला का विवाह पहले तय हुआ था। आश्चर्य यही था कि इस बार ये लोग बिना कुछ दहेज लिए कैसे विवाह करने पर तैयार हो गए! निर्मला को कृष्णा के विषय में बड़ी चिन्ता हो रही थी। समझती थी– मेरी ही तरह वह भी किसी के गले मढ़ दी जाऐगी। बहुत चाहती थी कि माता की कुछ सहायता करुं, जिससे कृष्णा के लिए कोई योग्य वह मिले, लेकिन इधर वकील साहब के घर बैठ जाने और महाजन के नालिश कर देने से उसका हाथ भी तंग था। ऐसी दशा में यह खबर पाकर उसे बड़ी शन्ति मिली। चलने की तैयारी कर ली। वकील साहब स्टेशन तक पहुंचाने आये। नन्हीं बच्ची से उन्हें बहुत प्रेम था। छौड़ते ही न थे, यहां तक कि निर्मला के साथ चलने को तैयार हो गये, लेकिन विवाह से एक महीने पहले उनका ससुराल जा बैठना निर्मला को उचित न मालूम हुआ। निर्मला ने अपनी माता से अब तक अपनी विपत्ति कथा न कही थी। जो बात हो गई, उसका रोना रोकर माता को कष्ट देने और रुलाने से क्या फायदा? इसलिए

उसकी माता समझती थी, निर्मला बड़े आनन्द से है। अब जो निर्मला की सूरत देखी, तो मानो उसके हृदय परधक्का–सा लग गया। लड़कियां सुसुराल से घुलकर नहीं आतीं, फिर निर्मला जैसी लड़की, जिसको सुख की सभी सामग्रियां प्राप्त थीं। उसने कितनी लड़कियों को दूज की चन्द्रमा की भांति ससुराल जाते और पूर्ण चन्द्र बनकर आते देखा था। मन में कल्पना कर रही थी, निर्मला का रंग निखर गया होगा, देह भरकर सुडौल हो गई होगी, अंग–प्रत्यंग की शोभा कुछ और ही हो गई होगी। अब जो देखा, तो वह आधी भी न रही थीं न यौवन की चंचलता थी सन वह विहसित छवि लो हृदय को मोह लेती है। वह कमनीयता, सुकुमारता, जो विलासमय जीवन से आ जाती है, यहां नाम को न थी। मुख पीला, चेष्टा गिरी हुई, तो माता ने पूछा–क्यों री, तुझे वहां खाने को न मिलता था? इससे कहीं अच्छी तो तू यहीं थी। वहां तुझे क्या तकलीफ थी?

कृष्णा ने हंसकर कहा–वहां मालकिन थीं कि नहीं। मालकिन दुनिया भर की चिन्ताएं रहती हैं, भोजन कब करें?

निर्मला–नहीं अम्मां, वहां का पानी मुझे रास नही आया। तबीयत भारी रहती है।

माता–वकील साहब न्योते में आयेंगे न? तब पूछूंगी कि आपने फूल–सी लड़की ले जाकर उसकी यह गत बना डाली। अच्छा, अब यह बता कि तूने यहां रुपये क्यों भेजे थे? मैंने तो तुमसे कभी न मांगे थे। लाख गई–गुलरी हूं, लेकिन बेटी काधन खाने की नीयत नहीं।

निर्मला ने चकित होकर पूछा– किसने रुपये भेजे थे। अम्मां, मैंने तो नहीं भेजे।

माता–झूठ ने बोल! तूने पांच सौ रुपये के नोट नहीं भेजे थे?

कृष्णा–भेजे नहीं थे, तो क्या आसमान से आ गये? तुम्हारा नाम साफ लिखा था। मोहर भी वहीं की थी।

निर्मला–तुम्हारे चरण छूकर कहती हूं, मैंने रुपये नहीं भेजे। यह कब की बात है?

माता–अरे, दो–ढाई महीने हुए होंगे। अगर तूने नहीं भेजे, तो आये कहां से?

निर्मला–यह मैं क्या जानू? मगर मैंने रुपये नहीं भेजे। हमारे यहां तो जब से जवान बेटा मरा है, कचहरी ही नहीं जाते। मेरा हाथ तो आप ही तंग था, रुपये कहां से आते?

माता– यह तो बड़े आश्चर्य की बात है। वहां और कोई तेरा सगा सम्बन्धी तो नहीं है? वकील साहब ने तुमसे छिपाकर तो नहीं भेजे?

निर्मला– नहीं अम्मां, मुझे तो विश्वास नहीं।

माता– इसका पता लगाना चाहिए। मैंने सारे रुपये कृष्णा के गहने–कपड़े में खर्च कर डाले। यही बड़ी मुश्किल हुई।

दोनों लड़को में किसी विषय पर विवाद उठ खड़ा हुआ और कृष्णा उधर फैसला करने चली गई, तो निर्मला ने माता से कहा–इस विवाह की बात सुनकर मुझे बड़ा आश्चर्य हुआ। यह कैसे हुआ अम्मां?

माता–यहां जो सुनता है, दांतों उंगली दबाता हैं। जिन लोगों ने पक्की की कराई बात फेर दी और केवल थोड़े से रुपये के लोभ से, वे अब बिना कुछ लिए कैसे विवाह करने पर तैयार हो गये, समझ में नहीं आता। उन्होंने खुद ही पत्र भेजा। मैंने साफ लिख दिया कि मेरे पास देने–लेने को कुछ नहीं है, कुश–कन्या ही से आपकी सेवा कर सकती हूं।

निर्मला–इसका कुछ जवाब नहीं दिया?

माता–शास्त्रीजी पत्र लेकर गये थे। वह तो यही कहते थे कि अब मुंशीजी कुछ लेने के इच्छुक नहीं है। अपनी पहली वादा–खिलाफ

पर कुछ लज्जित भी हैं। मुंशीजी से तो इतनी उदारता की आशा न थी, मगर सुनती हूं, उनके बड़े पुत्र बहुत सज्जन आदमी है। उन्होंने कह सुनकर बाप को राजी किया है।

निर्मला– पहले तो वह महाशय भी थैली चाहते थे न?

माता– हां, मगर अब तो शास्त्रीजी कहते थो कि दहेज के नाम से चिढ़ते हैं। सुना है यहां विवाह न करने पर पछताते भी थे। रुपये के लिए बात छोड़ी थी और रुपये खूब पाये, स्त्री पसंन्द नहीं।

निर्मला के मन में उस पुरुष को देखने की प्रबल उत्कंठा हुई, जो उसकी अवहेलना करके अब उसकी बहिन का उद्वार करना चाहता हैं प्रायश्चित सही, लेकिन कितने ऐसे प्राणी हैं, जो इस तरह प्रायश्चित करने को तैयार हैं? उनसे बातें करने के लिए, नम्र शब्दों से उनका तिरस्कार करने के लिए, अपनी अनुपम छवि दिखाकर उन्हें और भी जलाने के लिए निर्मला का हृदय अधीर हो उठा। रात को दोनों बहिनें एक ही केमरे में सोई। मुहल्ले में किन–किन लड़कियों का विवाह हो गया, कौन–कौन लड़कोरी हुईं, किस–किस का विवाहधूम–धाम से हुआ। किस–किस के पति कन इच्छानुकूल मिले, कौन कितने और कैस गहने चढ़ावे में लाया, इन्हीं विषयों में दोनों मे बड़ी देर तक बातें होती रहीं। कृष्णा बार–बार चाहती थी कि बहिन के घर का कुछ हाल पूछं, मगर निर्मला उसे पूछने का अवसर न देती थी। जानती थी कि यह जो बातें पूछेगी उसके बताने में मुझे संकोच होगा। आखिर एक बार कृष्णा पूछ ही बैठी–जीजाजी भी आयेंगे न?

निमर्ला– आने को कहा तो है।

कृष्ण– अब तो तुमसे प्रसन्न रहते हैं न या अब भी वही हाल है? मैं तो सुना करती थी दुहाजू पति स्त्री को प्राणों से भी प्रिया समझते हैं, वहां बिलकुल उल्टी बात देखी। आखिर किस बात पर बिगड़ते रहते हैं?

निर्मला– अब मैं किसी के मन की बात क्या जानू?

कृष्णा– मैं तो समझती हूं, तुम्हारी रुखाई से वह चिढ़ते होंगे। तुम हो यहीं से जली हुई गई थी। वहां भी उन्हें कुछ कहा होगा।

निर्मला– यह बात नहीं है, कृष्णा, मैं सौगन्ध खाकर कहती हूं, जो मेरे मन में उनकी ओर से जरा भी मैल हो। मुझसे जहां तक हो सकता है, उनकी सेवा करती हूं, अगर उनकी जगह कोई देवता भी होता, तो भी मैं इससे ज्यादा और कुछ न कर सकती। उन्हें भी मुझसे प्रेम है। बराबर मेरा मुंख देखते रहते हैं, लेकिन जो बात उनक और मेरे काबू के बाहर है, उसके लिए वह क्या कर सकते हैं और मैं क्या कर सकती हूं? न वह जवान हो सकते हैं, न मैं बुढ़िया हो सकती हूं। जवान बनने के लिए वह न जाने कितने रस और भस्म खाते रहते हैं, मैं बुढ़िया बनने के लिए दूध–घी सब छोड़े बैठी हूं। सोचती हूं, मेरे दुबलेपन ही से अवस्था का भेद कुछ कम हो जाए, लेकिन न उन्हें पौष्टिक पदार्थों से कुछ लाभ होता है, न मुझे उपवसों से। जब से मंसाराम का देहान्त हो गया है, तब से उनकी दशा और खराब हो गयी है।

कृष्णा– मंसाराम को तुम भी बहुत प्यार करती थीं?

निर्मला– वह लड़का ही ऐसा था कि जो देखता था, प्यार करता था। ऐसी बड़ी–बड़ी डोरेदार आंखें मैंने किसी की नहीं देखीं। कमल की भांति मुख हरदम खिला रह था। ऐसा साहसी कि अगर अवसर आ पड़ता, तो आग में फांद जाता। कृष्णा, मैं तुमसे कहती हूं, जब वह मेरे पास आकर बैठ जाता, तो मैं अपने को भूल जाती थी। जी चाहता था, वह हरदम सामने बैठा रहे और मैं देखा करुं। मेरे मन में पाप का लेश भी न था। अगर एक क्षण के लिए भी मैंने उसकी ओर किसी और भाव से देखा हो, तो मेरी आंखें फूट जाएं, पर न जाने क्यों उसे अपने पास देखकर मेरा हृदय फूला न समाता

था। इसीलिए मैंने पढ़ने का स्वांग रचा नहीं तो वह घर में आता ही न था। यह मै। जानती हूं कि अगर उसके मन में पाप होता, तो मैं उसके लिए सब कुछ कर सकती थी।

कृष्णा– अरे बहिन, चुप रहो, कैसी बातें मुंह से निकालती हो?

निर्मला– हां, यह बात सुनने में बुरी मालूम होती है और है भी बुरी, लेकिन मनुष्य की प्रकृति को तो कोई बदल नहीं सकता। तू ही बता– एक पचास वर्ष के मर्द से तेरा विवाह हो जाए, तो तू क्या करेगी?

कृष्णा–बहिन, मैं तो जहर खाकर सो रहूं। मुझसे तो उसका मुंह भी न देखते बने।

निर्मला– तो बस यही समझ ले। उस लड़के ने कभी मेरी ओर आंख उठाकर नहीं देखा, लेकिन बुड्ढे तो शक्की होते ही हैं, तुम्हारे जीजा उस लड़के के दुश्मन हो गए और आखिर उसकी जान लेकर ही छोड़ी। जिसे दिन उसे मालूम हो गया कि पिताजी के मन में मेरी ओर से सन्देह है, उसी दिन के उसे ज्वर चढ़ा, जो जान लेकर ही उतरा। हाय! उस अन्तिम समय का दृश्य आंखों से नहीं उतरता। मैं अस्पताल गई थी, वह ज्वी में बेहोश पड़ा था, उठने की शक्ति न थी, लेकिन ज्यों ही मेरी आवाज सुनी, चौंककर उठ बैठा और श्माता–माताश कहकर मेरे पैरों पर गिर पड़ा (रोकर) कृष्णा, उस समय ऐसा जी चाहता था अपने प्राण निकाल कर उसे दे दूं। मेरे पैरां पर ही वह मूर्छित हो गया और फिर आंखें न खोली। डॉक्टर ने उसकी देह ने ताजा खून डालने का प्रस्ताव किया था, यही सुनकर मैं दौड़ी गई थी लेकिन जब तक डॉक्टर लोग वह प्रक्रिया आरम्भ करें, उसके प्राण, निकल गए।

कृष्णा– ताजा रक्त पड़ जाने से उसकी जान बच जाती?

निर्मला– कौन जानता है? लेकिन मैं तो अपने रुधिर की अन्तिम बूंद तक देने का तैयार थी उस दशा में भी उसका मुखमण

डल दीपक की भांति चमकता था। अगर वह मुझे देखते ही दौड़कर मेरे पैरों पर न गिर पड़ता, पहले कुछ रक्त देह में पहुंच जाता, तो शायद बच जाता।

कृष्णा– तो तुमने उन्हें उसी वक्त लिटा क्यों न दिया?

निर्मला– अरे पगली, तू अभी तक बात न समझी। वह मेरे पैरों पर गिरकर और माता–पुत्र का सम्बन्ध दिखाकर अपने बाप के दिल से वह सन्देह निकाल देना चाहता था। केवल इसीलिए वह उठा थ। मेरा क्लेश मिटाने के लिए उसने प्राण दिये और उसकी वह इच्छा पूरी हो गई। तुम्हारे जीजाजी उसी दिन से सीधे हो गये। अब तो उनकी दशा पर मुझे दया आती है। पुत्र–शाक उनक प्राण लेकर छोड़ेगा। मुझ पर सन्देह करके मेरे साथ जो अन्याय किया है, अब उसका प्रतिशोध कर रहे हैं। अबकी उनकी सूरत देखकर तू डर जाऐगी। बूढ़े बाबा हो गये हैं, कमर भी कुछ झुक चली है।

कृष्णा– बुड्ढे लोग इतनी शक्की क्यों होते हैं, बहिन?

निर्मला– यह जाकर बुड्ढों से पूछो।

कृष्णा– मैं समझती हूं, उनके दिल में हरदम एक चोर–सा बैठा रहता होगा कि इस युवती को प्रसन्न नहीं रख सकता। इसलिए जरा–जरा–सी बात पर उन्हें शक होने लगता है।

निर्मला– जानती तो है, फिर मुझसे क्यों पूछती है?

कृष्णा– इसीलिए बेचारा स्त्री से दबता भी होगा। देखने वाले समझते होंगे कि यह बहुत प्रेम करता है।

निर्मला– तूने इतने ही दिनों में इ तनी बातें कहां सीख लीं? इन बातों को जाने दे, बता, तुझे अपना वर पसन्द है? उसकी तस्वीर ता देखी होगी?

कृष्णा– हां, आई तो थी, लाऊं, देखोगी?

एक क्षण में कृष्णा ने तस्वीर लाकर निर्मला के हाथ में रख दी।

निर्मला ने मुस्कराकर कहा–तू बड़ी भाग्यवान् है।

कृष्णा– अम्माजी ने भी बहुत पसन्द किया।

निर्मला– तुझे पसन्द है कि नहीं, सो कह, दूसरों की बात न चला।

कृष्णा– (लजाती हुई) शक्ल–सूरत तो बुरी नहीं है, स्वभाव का हाल ईश्वर जाने। शास्त्रीजी तो कहते थे, ऐसे सुशील और चरित्रवान् युवक कम होंगे।

निर्मला– यहां से तेरी तस्वीर भी गई थी?

कृष्णा– गई तो थी, शास्त्रीजी ही तो ले गए थे।

निर्मला– उन्हें पसन्द आई?

कृष्णा– अब किसी के मन की बात मैं क्या जानूं? शास्त्री जी कहते थे, बहुत खुश हुए थे।

निर्मला– अच्छा, बता, तुझे क्या उपहार दूं? अभी से बता दे, जिससे बनवा रखूं।

कृष्णा– जो तुम्हारा जी चाहे, देना। उन्हें पुस्तकों से बहुत प्रेम है। अच्छी–अच्छी पुस्तकें मंगवा देना।

निर्मला–उनके लिए नहीं पूछती तेरे लिए पूछती हूं।

कृष्णा– अपने ही लिये तो मैं कह रही हूं।

निर्मला– (तस्वीर की तरफ देखती हुई) कपड़े सब खद्दर के मालूम होते हैं।

कृष्णा– हां, खद्दर के बड़े प्रेमी हैं। सुनती हूं कि पीठ पर खद्दर लाद कर देहातों में बेचने जाए करते हैं। व्याख्यान देने में भी चतुर हैं।

निर्मला– तब तो मुझे भी खद्द पहनना पड़ेगा। तुझे तो मोटे कपड़ो से चिढ़ है।

कृष्णा– जब उन्हें मोटे कपड़े अच्छे लगते हैं, तो मुझे क्यों चिढ़ होगी, मैंने तो चर्खा चलाना सीख लिया है।

निर्मला– सच! सूत निकाल लेती है?

कृष्णा– हां, बहिन, थोड़ा–थोड़ा निकाल लेती हूं। जब वह खद्दर के इतने प्रेमी हैं, जो चर्खा भी जरुर चलाते होंगे। मैं न चला सकूंगी, तो मुझे कितना लज्जित होना पड़ेगा।

इस तरह बात करते–करते दोनों बहिनों सोईं। कोई दो बजे रात को बच्ची रोई तो निर्मला की नींद खुली। देखा तो कृष्णा की चारपाई खाली पड़ी थी। निर्मला को आश्चर्य हुआ कि इतना रात गये कृष्णा कहां चली गई। शायद पानी–वानी पीने गई हो। मगरी पानी तो सिरहाने रखा हुआ है, फिर कहां गई है? उसे दो–तीन बार उसका नाम लेकर आवाज दी, पर कृष्णा का पता न था। तब तो निर्मला घबरा उठी। उसके मन में भांति–भांति की शंकाएं होने लगी। सहसा उसे ख्याल आया कि शायद अपने कमरे में न चली गई हो। बच्ची सो गई, तो वह उठकर कृष्णा के के कमरे के द्वार पर आई। उसका अनुमान ठीक था, कृष्णा अपने कमरे में थी। सारा घर सो रहा था और वह बैठी चर्खा चला रही थी। इतनी तन्मयता से शायद उसने थिऐटर भी न देखा होगा। निर्मला दंग रह गई। अन्दर जाकर बोली– यह क्या कर रही है रे! यह चर्खा चलाने का समय है?

कृष्णा चौंककर उठ बैठी और संकोच से सिर झुकाकर बोली– तुम्हारी नींद कैसे खुल गई? पानी–वानी तो मैंने रख दिया था।

निर्मला– मैं कहती हूं, दिन को तुझे समय नहीं मिलता, जो पिछली रात को चर्खा लेकर बैठी है?

कृष्णा– दिन को फुरसत ही नहीं मिलती?

निर्मला– (सूत देखकर) सूत तो बहुत महीन है।

कृष्णा– कहां–बहिन, यह सूत तो मोटा है। मैं बारीक सूतकात कर उनके लिए साफा बनाना चाहती हूं। यही मेरा उपहार होगा।

निर्मला– बात तो तूने खूब सोची है। इससे अधिक मूल्यवसान वस्तु उनकी दृष्टि में और क्या होगी? अच्छा, उठ इस वक्त, कल कातना! कहीं बीमार पड़ जाएगी, तो सबधरा रह जाएगा।

कृष्णा– नहीं मेरी बहिन, तुम चलकर सोओ, मैं अभी आती हूं।

निर्मला ने अधिक आग्रह न किया, लेटने चली गई। मगर किसी तरह नींद न आई। कृष्णा की उत्सुकता और यह उमंग देखकर उसका हृदय किसी अलक्षित आकांक्षा से आन्दोलित हो उठां ओह! इस समय इसका हृदय कितना प्रफुल्लित हो रहा है। अनुराग ने इसे कितना उन्मत्त कर रखा है। तब उसे अपने विवाह की याद आई। जिस दिन तिलक गया था, उसी दिन से उसकी सारी चंचलता, सारी सजीवता विदा हो गेई थी। अपनी कोठरी में बैठी वह अपनी किस्मत को रोती थी और ईश्वर से विनय करती थी कि प्राण निकल जाऐ। अपराधी जैसे दंड की प्रतीक्षा करता है, उसी भांति वह विवाह की प्रतीक्षा करती थी, उस विवाह की, जिसमें उसक जीवन की सारी अभिलाषाएं विलीन हो जाएंगी, जब मण्डप के नीचे बने हुए हवन–कुण्ड में उसकी आशाएं जलकर भस्म हो जाऐंगी।

महीना कटते देर न लगी। विवाह का शुभ मुहूर्त आ पहुंचां मेहमानों से घार भार गया। मंशी तोताराम एक दिन पहले आ गये और उसनके साथ निर्मला की सहेली भी आई। निर्मला ने बहुत आग्रह न किया था, वह खुद आने को उत्सुक थी। निर्मला की सबसे बड़ी उत्कंठा यही थी कि वर के बड़े भाई के दर्शन करुंगी और हो सकता तो उसकी सुबुद्दि परधन्यवाद दूंगी।

सुधा ने हंस कर कहा–तुम उनसे बोल सकोगी?

निर्मला– क्यों, बोलने में क्या हानि है? अब तो दूसरा ही सम्बन्ध हो गया और मैं न बोल सकूंगी, तो तुम तो हो ही।

सुधा–न भाई, मुझसे यह न होगा। मैं पराये मर्द से नहीं बोल सकती। न जाने कैसे आदमी हों।

निर्मला–आदमी तो बुरे नहीं है, और फिर उनसे कुछ विवाह तो करना नहीं, जरा–सा बोलने में क्या हानि है? डॉक्टर साहब यहां होते, तो मैं तुम्हें आज्ञा दिला देती।

सुधा–जो लोग हुदय के उदार होते हैं, क्या चरित्र के भी अच्छे होते है? पराई स्त्री की घूरने में तो किसी मर्द को संकोच नहीं होता।

निर्मला–अच्छा न बोलना, मैं ही बातें कर लूंगी, घूर लेंगे जितना उनसे घूरते बनेगा, बस, अब तो राजी हुई।

इतने में कृष्णा आकर बैठ गई। निर्मला ने मुस्कराकर कहा–सच बता कृष्णा, तेरा मन इस वक्त क्यों उचाट हो रहा है?

कृष्णा–जीजाजी बुला रहे हैं, पहले जाकर सुना आआ, पीछे गप्पें लड़ाना बहुत बिगड़ रहे हैं।

निर्मला– क्या है, तून कुछ पूछा नहीं?

कृष्णा– कुछ बीमार से मालूम होते हैं। बहुत दुबले हो गए हैं।

निर्मला– तो जरा बैठकर उनका मन बहला देती। यहां दौड़ी क्यों चली आई? यह कहो, ईश्वर ने कृपा की, नहीं तो ऐसा ही पुरुषा तुझे भी मिलता। जरा बैठकर बातें करो। बुड्ढे बातें बड़ी लच्छेदार करते हैं। जवान इतने डींगियल नहीं होते।

कृष्णा– नहीं बहिन, तुम जाओ, मुझसे तो वहां बैठा नहीं जाता।

निर्मला चली गई, तो सुधा ने कृष्णा से कहा– अब तो बारात आ गई होगी। द्वार–पूजा क्यों नही होती?

कृष्णा– क्या जाने बहिन, शास्त्रीजी सामान इकट्ठा कर रहे हैं?

सुधा– सुना है, दूल्हा का भावज बड़े कड़े स्वाभाव की स्त्री है।

कृष्णा– कैसे मालूम?

सुधा– मैंने सुना है, इसीलिए चेताये देती हूं। चार बातें गम खाकर रहना होगा।

कृष्णा– मेरी झगड़ने की आदत नहीं। जब मेरी तरफ से कोई शिकायत ही न पायेंगी तो क्या अनायास ही बिगड़ेगी!

सुधा– हां, सुना तो ऐसा ही है। झूठ–मूठ लड़ा कारती है।

कृष्णा– मैं तो सौबात की एक बात जानती हूं, नम्रता पत्थर को भी मोम कर देती है।

सहसा शोर मचा– बारात आ रही है। दोनों रमणियां खिड़की के सामने आ बैठीं। एक क्षण में निर्मला भी आ पहुंची।

वर के बड़े भाई को देखने की उसे बड़ी उत्सुकता हो रही थी।

सुधा ने कहा– कैसे पता चलेगा कि बड़े भाई कौन हैं?

निर्मला– शास्त्रीजी से पूछूं, तो मालूम हो। हाथी पर तो कृष्णा के ससुर महाशय हैं। अच्छा डॉक्टर साहब यहां कैसे आ पहुँचे! वह घोड़े पर क्या

हैं, देखती नहीं हो?

सुधा– हां, हैं तो वही।

निर्मला– उन लोगों से मित्रता होगी। कोई सम्बन्ध तो नहीं है।

सुधा– अब भेंट हो तो पूछूं, मुझे तो कुछ नहीं मालूम।

निर्मला– पालकी मे जो महाशय बैठे हुए हैं, वह तो दूल्हा के भाई जैसे नहीं दीखते।

सुधा– बिलकुल नहीं। मालूम होता है, सारी देहे मे पेछ–ही–पेट है।

निर्मला– दूसरे हाथी पर कौन बैठा है, समझ में नही आता।

सुधा– कोई हो, दूल्हा का भाई नहीं हो सकता। उसकी उम्र नहीं देखती हो, चालीस के ऊपर होंगी।

निर्मला– शास्त्रजी तो इस वक्त द्वार–पूजा कि फिक्र में हैं, नहीं तोा उनसे पूछती।

संयोग से नाई आ गया। सन्दूकों की कुंलियां निर्मला के पास थीं। इस वक्त द्वारचार के लिए कुछ रुपये की जरुरत थी, माता ने भेजा था, यह नाई भी पण्डित मोटेराम जी के साथ तिलक लेकर गया था।

निर्मला ने कहा– क्या अभी रुपये चाहिए?

नाई– हां बहिनजी, चलकर दे दीजिए।

निर्मला– अच्छा चलती हूं। पहले यह बता, तू दूल्हा क बड़े भाई को पहचानता है?

नाई– पहचानता काहे नहीं, वह क्या सामने हैं।

निर्मला– कहां, मैं तो नहीं देखती?

नाई– अरे वह क्या घोड़े पर सवार हैं। वही तो हैं।

निर्मला ने चकित होकर कहा– क्या कहता है, घोड़े पर दूल्हा के भाई हैं! पहचानता है या अटकल से कह रहा है?

नाई– अरे बहिनजी, क्या इतना भूल जाऊंगा अभी तो जलपान का सामान दिये चला आता हूं।

निर्मल– अरे, यह तो डॉक्टर साहब हैं। मेरे पड़ोस में रहते हैं।

नाई– हां–हां, वही तो डॉक्टर साहब है।

निर्मला ने सुधा की ओर देखकर कहा– सुनती ही बहिन, इसकी बातें? सुधा ने हंसी रोककर कहा–झूठ बोलता है।

नाई– अच्छा साहब, झूठ ही सही, अब बड़ों के मुंह कौन लगे! अभी शास्त्रीजी से पूछवा दूंगा, तब तो मानिएगा?

नाई के आने में देर हुई, मोटेराम खुद आंगन में आकर शोर मचाने लगे–इस घर की मर्यादा रखना ईश्वर ही के हाथ है। नाई घण्टे भर से आया हुआ है, और अभी तक रुपये नहीं मिले।

निर्मला– जरा यहां चले आइएगा शास्त्रीजी, कितने रुपये दरकरार हैं, निकाल दूं?

शास्त्रीजी भुनभुनाते और जोर–जारे से हांफते हुए ऊपर आये और एक लम्बी सांस लेकर बोले–क्या है? यह बातों का समय नहीं है, जल्दी से रुपये निकाल दो।

निर्मला– लीजिए, निकाल तो रहीं हूं। अब क्या मुंह के बल गिर पड़ूं? पहले यह बताइए कि दूलहा के बड़े भाई कौन हैं?

शास्त्रीजी– रामे–राम, इतनी–सी बात के लिए मुझे आकाश पर लटका दिया। नाई क्या न पहचानता था?

निर्मला– नाई तो कहता है कि वह जो घोड़े पर सवार है, वही हैं।

शास्त्रीजी– तो फिर किसे बता दे? वही तो हैं ही।

नाई– घड़ी भर से कह रहा हूं, पर बहिनजी मानती ही नहीं।

निर्मला ने सुधा की ओर स्नेह, ममता, विनोद कृत्रिम तिरस्कार की दृष्टि से देखकर कहा– अच्छा, तो तुम्ही अब तक मेरे साथ यह त्रिया–चरित्र खेर रही थी! मैं जानती, तो तुम्हें यहां बुलाती ही नहीं। ओफ्फोह! बड़ा गहरा पेट है तुम्हारा! तुम महीनों से मेरे साथ शरारत करती चली आती हो, और कभी भूल से भी इस विषय का एक शब्द तुम्हारे मुंह से नहीं निकला। मैं तो दो–चार ही दिन में उबल पड़ती।

सुधा– तुम्हें मालूम हो जाता, तो तुम मेरे यहां आती ही क्यों?

निर्मला– गजब–रे–गजब, मैं डॉक्टर साहब से कई बार बातें कर चुकी हूं। तुम्हारो ऊपर यह सारा पाप पड़ेगा। देखा कृष्णा, तूने अपनी जेठानी की शरारत! यह ऐसी मायाविनी है, इनसे डरती रहना।

कृष्णा– मैं तो ऐसी देवी के चरणधो–धोकर माथे चढाऊंगी।धन्य–भाग कि इनके दर्शन हुए।

निर्मला– अब समझ गई। रुपये भी तुम्हें न भिजवाये होंगे। अब सिर हिलाया तो सच कहती हूं, मार बैठूंगी।

सुधा– अपने घर बुलाकर के मेहमान का अपमान नहीं किया जाता। निर्मला– देखो तो अभी कैसी–कैसी खबरे लेती हूं। मैंने तुम्हारा मान रखने को जरा–सा लिख दिया था और तुम सचमुच आ पहुंची। भला वहां वाले क्या कहते होंगे?

सुधा– सबसे कहकर आई हूं।

निर्मला– अब तुम्हारे पास कभी न आऊंगी। इतना तो इशारा कर देतीं कि डॉक्टर साहब से पर्दा रखना।

सुधा– उनके देख लेने ही से कौन बुराई हो गई? न देखते तो अपनी किस्मत को रोते कैसे? जानते कैसे कि लोभ में पड़कर कैसी चीज खो दी? अब तो तुम्हें देखकर लालाजी हाथ मलकर रह जाते हैं। मुंह से तो कुछ नहीं सकहते, पर मन में अपनी भूल पर पछताते हैं।

निर्मला– अब तुम्हारे घर कभी न आऊंगी।

सुधा– अब पिण्ड नहीं छूट सकता। मैंने कौन तुम्हारे घर की राह नीं देखी है।

द्वार–पूजा समाप्त हो चुकी थी। मेहमान लोग बैठ जलपान कर रहे थे। मुंशीजी की बेगल में ही डॉक्टर सिन्हा बैठे हुए थे। निर्मला

ने कोठे पर चिक की आड़ से उन्हें देखा और कलेजा थामकर रह गई। एक आरोग्य, यौवन और प्रतिभा का देवता था, पर दूसरा...इस विषय में कुछ न कहना ही दचित है।

निर्मल ने डॉक्टर साहब को सैकड़ों ही बार देखा था, पर आज उसके हृदय में जो विचार उठे, वे कभी न उठे थे। बार–बार यह जी चाहता था कि बुलाकर खूब फटकारुं, ऐसे–ऐसे ताने मारुं कि वह भी याद करें, रुला–रुलाकर छोडूं, मेगर रहम करके रह जाती थी। बारात जनवासे चली गई थी। भोजन की तैयारी हो रही थी। निर्मला भोजन के थाल चुनने में व्यस्त थी। सहसा महरी ने आकर कहा– बिट्टी, तुम्हें सुधा रानी बुला रही है। तुम्हारे कमरे में बैठी हैं।

निर्मला ने थाल छोड़ दिये और घबराई हुई सुधा के पास आई, मगर अन्दर कदम रखते ही ठिठक गई, डॉक्टर सिन्हा खड़े थे।

सुधा ने मुस्कराकर कहा– लो बहिन, बुला दिया। अब जितना चाहो, फटकारो। मैं दरवाजा रोके खड़ी हूं, भाग नहीं सकते।

डॉक्टर साहब ने गम्भीर भाव से कहा– भागता कौन है? यहां तो सिर झुकाए खड़ा हूं।

निर्मला ने हाथ जोड़कर कहा– इसी तरह सदा कृपा–दृष्टि रखिएगा, भूल न जाइएगा। यह मेरी विनय है।

नवाँ अध्याय

कृष्णा के विवाह के बाद सुधा चली गई, लेकिन निर्मला मैके ही में रह गई। वकील साहब बार–बार लिखते थे, पर वह न जाती थी। वहां जाने को उसका जी न चाहता था। वहां कोई ऐसी चीज न थी, जो उसे खींच ले जाऐ। यहां माता की सेवा और छोटे भाइयों की देखभाल में उसका समय बड़े आनन्द के कट जाता था। वकील साहब खुद आते तो शायद वह जाने पर राजी हो जाती, लेकिन इस विवाह में, मुहल्ले की लड़कियों ने उनकी वह दुर्गत की थी कि बेचारे आने का नाम ही न लेते थे। सुधा ने भी कई बार पत्र लिखा, पर निर्मला ने उससे भी हीले–हवाले किया। आखिर एक दिन सुधा ने नौकर को साथ लिया और स्वयं आधमकी।

जब दोनों गले मिल चुकीं, तो सुधा ने कहा–तुम्हें तो वहां जाते मानो डर लगता है।

निर्मला– हां बहिन, डर तो लगता है। ब्याह की गई तीन साल में आई, अब की तो वहां उम्र ही खतम हो जाऐगी, फिर कौन बुलाता है और कौन आता है?

सुधा– आने को क्या हुआ, जब जी चाहे चली आना। वहां वकील साहब बहुत बेचौन हो रहे हैं।

निर्मला– बहुत बेचौन, रात को शायद नींद न आती हो।

सुधा– बहिन, तुम्हारा कलेजा पत्थर का है। उनकी दशा देखकर तरस आता है। कहते थे, घर मे कोई पूछने वाला नहीं, न कोई लड़का, न बाला, किससे जी बहलायें? जब से दूसरे मकान में उठ आए हैं, बहुत दुखी रहते हैं।

निर्मला– लड़के तो ईश्वर के दिये दो–दो हैं।

सुधा– उन दोनों की तो बड़ी शिकायत करते थे। जियाराम तो अब बात ही नहीं सुनता–तुर्की–बतुर्की जवाब देता है। रहा छोटा, वह भी उसी के कहने में है। बेचारे बड़े लड़के की याद करके रोया करते हैं।

निर्मला– जियाराम तो शरीर न था, वह बदमाशी कब से सीख गया? मेरी तो कोई बात न टालता था, इशारे पर काम करता था।

सुधा– क्या जाने बहिन, सुना, कहता है, आप ही ने भैया को जहर देकर मार डाला, आप हत्यारे हैं। कई बार तुमसे विवाह करने के लिए ताने दे चुका है। ऐसी–ऐसी बातें कहता है कि वकील साहब रो पड़ते हैं। अरे, और तो क्या कहूं, एक दिन पत्थर उठाकर मारने दौड़ा था।

निर्मला ने गम्भीर चिन्ता में पड़कर कहा– यह लड़का तो बड़ा शैतान निकला। उसे यह किसने कहा कि उसके भाई को उन्होंने जहर दे दिया है?

सुधा– वह तुम्हीं से ठीक होगा।

निर्मला को यह नई चिन्ता पैदा हुई। अगर जिया की यही रंग है, अपने बाप से लड़ने पर तैयार रहता है, तो मुझसे क्यों दबने लगा? वह रात को बड़ी देर तक इसी फिक्र मे डूबी रही। मंसाराम की आज उसे बहुत याद आई। उसके साथ जिन्दगी आराम से कट

जाती। इस लड़के का जब अपने पिता के सामने ही वह हाल है, तो उनके पीछे उसके साथ कैसे निर्वाह होगा! घर हाथ से निकल ही गया। कुछ–न–कुछ कर्ज अभी सिर पर होगा ही, आमदनी का यह हाल। ईश्ववर ही बेड़ा पार लगायेंगे। आज पहली बार निर्मला को बच्चों की फिक्र पैदा हुई। इस बेचारी का न जाने क्या हाल होगा? ईश्वर ने यह विपत्ति सिर डाल दी। मुझे तो इसकी जरुरत न थी। जन्म ही लेना था, तो किसी भाग्यवान के घर जन्म लेती। बच्ची उसकी छाती से लिपटी हुई सो रही थी। माता ने उसको और भी चिपटा लिया, मानो कोई उसके हाथ से उसे छीने लिये जाता है।

निर्मला के पास ही सुधा की चारपाई भी थी। निर्मेला तो चिन्त्ज्ञ सागर मे गोता था रही थी और सुधा मीठी नींद का आनन्द उठा रही थी। क्या उसे अपने बालक की फिक्र सताती है? मृत्यु तो बूढ़े और जवान का भेद नहीं करती, फिनर सुधा को कोई चिन्ता क्यों नहीं सताती? उसे तो कभी भविष्य की चिन्ता से उदास नहीं देखा।

सहसा सुधा की नींद खुल गई। उसने निर्मला को अभी तक जागते देखा, तो बोली– अरे अभी तुम सोई नहीं?

निर्मला– नींद ही नहीं आती।

सुधा– आंखें बन्द कर लो, आप ही नींद आ जाऐगी। मैं तो चारपाई पर आते ही मर–सी जाती हूं। वह जागते भी हैं, तो खबर नहीं होती। न जाने मुझे क्यों इतनी नींद आती है। शायद कोई रोग है।

निर्मला– हां, बड़ा भारी रोग है। इसे राज–रोग कहते हैं। डॉक्टर साहब से कहो–दवा शुरु कर दें।

सुधा– तो आखिर जागकर क्या सोचूं? कभी–कभी मैके की याद आ जाती है, तो उस दिन जरा देर में आंख लगती है।

निर्मला– डॉक्टर साहब की यादा नहीं आती?

सुधा– कभी नहीं, उनकी याद क्यों आये? जानती हूं कि टेनिस खेलकर आये होंगे, खाना खाया होगा और आराम से लेटे होंगे।

निर्मला– लो, सोहन भी जाग गया। जब तुम जाग गईं

तो भला यह क्यों सोने लगा?

सुधा– हां बहिन, इसकी अजीब आदत है। मेरे साथ सोता और मेरे ही साथ जागता है। उस जन्म का कोई तपस्वी है। देखो, इसके माथे पर तिलक का कैसा निशान है। बांहों पर भी ऐसे ही निशान हैं। जरुर कोई तपस्वी है।

निर्मला– तपस्वी लोग तो चन्दन–तिलक नहीं लगाते। उस जन्म का कोईधूर्त पुजारी होगा। क्यों रे, तू कहां का पुजारी था? बता?

सुधा– इसका ब्याह मैं बच्ची से करुंगी।

निर्मला– चलो बहिन, गाली देती हो। बहिन से भी भाई का ब्याह होता है?

सुधा– मैं तो करुंगी, चाहे कोई कुछ कहे। ऐसी सुन्दर बहू और कहां पाऊंगी? जरा देखो तो बहन, इसकी देह कुछ गर्म है या मुझके ही मालूम होती है।

निर्मला ने सोहन का माथा छूकर कहा–नहीं–नहीं, देह गर्म है। यह ज्वर कब आ गया! दूध तो पी रहा है न?

सुधा– अभी सोया था, तब तो देह ठंडी थी। शायद सर्दी लग गई, उढ़ाकर सुलाये देती हूं। सबेरे तक ठीक हो जाएगा।

सबेरा हुआ तो सोहन की दशा और भी खराब हो गई। उसकी नाक बहने लगी और बुखार और भी तेज हो गया। आंखें चढ़ गईं और सिर झुक गया। न वह हाथ–पैर हिलाता था, न

हंसता–बोलता था, बस, चुपचाप पड़ा था। ऐसा मालूम होता था कि उसे इस वक्त किसी का बोलना अच्छा नहीं लगता। कुछ–कुछ खांसी भी आने लगी। अब तो सुधा घबराई। निर्मला की भी राय हुई कि डॉक्टर साहब को बुलाया जाऐ, लेकिन उसकी बूढ़ी माता ने कहा–डॉक्टर–हकीम साहब का यहां कुछ काम नहीं। साफ तो देख रही हूं। कि बच्चे को नजर लग गई है। भला डॉक्टर

आकर क्या करेंगे?

सुधा– अम्मांजी, भला यहां नजर कौन लगा देगा? अभी तक तो बाहर कहीं गया भी नहीं।

माता– नजर कोई लगाता नहीं बेटी, किसी–किसी आदमी की दीठ बुरी होती है, आप–ही–आप लग जाती है। कभी–कभी मां–बाप तक की नजर लग जाती है। जब से आया है, एक बार भी नहीं रोया। चोंचले बच्चों को यही गति होती है। मैं इसे हुमकते देखकर डरी थी कि कुछ–न–कुछ अनिष्ट होने वाला है। आंखें नहीं देखती हो, कितनी चढ़ गई हैं। यही नजर की सबसे बड़ी पहचान है।

बुढ़िया महरी और पड़ोस की पंडिताइन ने इस कथन का अनुमोदन कर दिया। बस महंगू ने आकर बच्चे का मुंह देखा और हंस कर बोला–मालकिन, यह दीठ है और नहीं। जरा पतली–पतली तीलियां मंगवा दीजिए। भगवान ने चाहा तो संझा तक बच्चा हंसने लगेगा।

सरकण्डे के पांच टुकड़े लाये गये। महगूं ने उन्हें बराबर करके एक डोरे से बांध दिया और कुछ बुदबुदाकर उसी पोले हाथों से पांच बार सोहन का सिर सहलाया। अब जो देखा, तो पांचों तीलियां छोटी–बड़ी हो गेई थी। सब स्त्रीयों यह कौतुक देखकर दंग रह गईं। अब नजर में किसे सन्देह हो सकता था। महगूं ने फिर बच्चे को तीलियों से सहलाना शुरु किया। अब की तीलियां बराबर हो

गईं। केवल थोड़ा–सा अन्तर रह गया। यह सब इस बात का प्रमाण था कि नजर का असर अब थोड़ा–सा और रह गया है। महगू सबको दिलासा देकर शाम को फिर आने का वायदा करके चला गया। बालक की दशा दिन को और खराब हो गई। खांसी का जोर हो गया। शाम के समय महगूं ने आकरा फिर तीलियों का तमाशा किया। इस वक्त पांचों तीलियों बराबर निकलीं। स्त्रीयां निश्चित हो गईं लेकिन सोहन को सारी रात खांसते गुजरी। यहां तक कि कई बार उसकी आंखें उलट गईं। सुधा और निर्मला दोनों ने बैठकर सबेरा किया। खैर, रात कुशल से कट गई। अब वृद्वा माताजी नया रंग लाईं। महगूं नजर न उतार सका, इसलिए अब किसी मौलवी से फूंक डलवाना जरुरी हो गया। सुधा फिर भी अपने पति को सूचना न दे सकी। मेहरी सोहन को एक चादर से लपेट कर एक मस्जिद में ले गई और फूंक डलवा लाई, शाम को भी फूंक छोड़ी, पर सोहन ने सिर न उठाया। रात आ गई, सुधा ने मन मे निश्चय किया कि रात कुशल से बीतेगी, तो प्रातरूकाल पति को तार दूंगी।

लेकिन रात कुशल से न बीतने पाई। आधी रात जाते–जाते बच्चा हाथ से निकल गया। सुधा की जीन– सम्पत्ति देखते–देखते उसके हाथों से छिन गई।

वही जिसके विवाह का दो दिन पहले विनोद हो रहा था, आज सारे घर को रुला रहा है। जिसकी भोली–भाली सूरत देखकर माता की छाती फूल उठती थी, उसी को देखकर आज माता की छाती फटी जाती है। सारा घर सुधा को समझाता था, पर उसके आंसू न थमते थे, सब्र न होता था। सबसे बड़ा दुरूख इस बात का था का पति को कौन मुंह दिखलाऊंगी! उन्हें खबर तक न दी।

रात ही को तार दे दिया गया और दूसरे दिन डॉक्टर सिन्हा नौ बजते–बजते मोटर पर आ पहुंचे। सुधा ने उनके आने की खबर पाई, तो और भी फूट–फूटकर रोने लगी। बालक की जल–क्रिया

हुई, डॉक्टर साहब कई बार अन्दर आये, किन्तु सुधा उनके पास न गई। उनके सामने कैसे जाऐ? कौन मुंह दिखाये? उसने अपनी नादानी से उनके जीवन का रत्न छीनकर दरिया में डाल दिया। अब उनके पास जाते उसकी छाती के टुकड़े–टुकड़े हुए जाते थे। बालक को उसकी गोद में देखकर पति की आंखे चमक उठती थीं। बालक हुमककर पिता की गोद में चला जाता था। माता फिर बुलाती, तो पिता की छाती से चिपट जाता था और लाख चुमराने–दुलारने पर भी बाप को गोद न छोड़ता था। तब मां कहती थी– बैड़ा मतलबी है। आज वह किसे गोद मे लेकर पति के पास जाऐगी? उसकी सूनी गोद देखकर कहीं वह चिल्लाकर रो न पड़े। पति के सम्मुख जाने की अपेक्षा उसे मर जाना कहीं आसान जान पड़ता था। वह एक क्षण के लिए भी निर्मला को न छोड़ती थी कि कहीं पति से सामना न हो जाऐ।

निर्मला ने कहा– बहिन, जो होना था वह हो चुका, अब उनसे कब तक भागती फिरोगी। रात ही को चले जाऐंगे। अम्मां कहती थीं।

सुधा से सजल नेत्रों से ताकते हुए कहा– कौन मुंह लेकर उनके पास जाऊं? मुझे डर लग रहा है कि उनके सामने जाते ही मेरा पैरा न थर्राने लगे और मैं गिर पड़ूं।

निर्मला– चलो, मैं तुम्हारे साथ चलती हूं। तुम्हें संभाले रहूंगी।

सुधा– मुझे छोड़कर भाग तो न जाओगी?

निर्मला– नहीं–नहीं, भागूंगी नहीं।

सुधा– मेरा कलेजा तो अभी से उमड़ा आता है। मैं इतना घोर व्रजपाता होने पर भी बैठी हूं, मुझे यही आश्चर्य हो रहा है। सोहन को वह बहुत प्यार करते थे बहिन। न जाने उनके चित्त की क्या दशा होगी। मैं उन्हें ढाढ़स क्या दूंगी, आप हो रोती रहूंगी। क्या रात ही को चले जाऐंगे?

निर्मला– हां, अम्मांजी तो कहती थी छुट्टी नहीं ली है।

दोनो सहेलियां मर्दाने कमरे की ओर चलीं, लेकिन कमरे के द्व ार पर पहुंचकर सुधा ने निर्मला से विदा कर दिया। अकेली कमरे मे दाखिल हुई।

डॉक्टर साहब घबरा रहे थे कि न जाने सुधा की क्या दशा हो रही है। भांति–भांति की शंकाएं मन मे आ रही थीं। जाने को तैयार बैठे थे, लेकिन जी न चाहता था। जीवन शून्य–सा मालूम होता था। मन–ही–मन कुढ़ रहे थे, अगर ईश्वर को इतनी जल्दी यह पदार्थ देकर छीन लेना था, तो दिया ही क्यों था? उन्होंने तो कभी सन्तान के लिए ईश्वर से प्रार्थना न की थी। वह आजन्म निरूसन्तान रह सकते थे, पर सन्तान पाकर उससे वंचित हो जाना उन्हं असह्य जान पड़ता था। क्या सचमुच मनुष्य ईश्वर का खिलौना है? यही मानव जीवन का महत्व है? यह केवल बालकों का घरौंदा है, जिसके बनने का न कोई हेतु है न बिगड़ने का? फिर बालकों को भी तो अपने घरौंदे से अपनी कागेज की नावों से, अपनी लकड़ी के घोड़ों से ममता होती है। अच्छे खिलौने का वह जान के पीछे छिपाकर रखते हैं। अगर ईश्वर बालक ही है तो वह विचित्र बालक है।

किन्तु बुद्दि तो ईश्चर का यह रुप स्वीकार नहीं करती। अनन्त सृष्टि का कर्त्ता उद्दण्ड बालक नहीं हो सकता है। हम उसे उन सारे गुणों से विभूषित करते हैं, जो हमारी बुद्दि का पहुंच से बाहर है। खिलाड़ीपन तो साउन महान् गुणों मे नहीं! क्या हंसते–खेलते बालकों का प्राण हर लेना खेल है? क्या ईश्वर ऐरा पैशाचिक खेल खेलता है?

सहसा सुधा दबे–पांव कमरे में दाखिल हुई। डासॅक्टर साहब उठ खड़े हुए और उसके समीप आकर बोले–तुम कहां थी, सुधा? मैं तुम्हारी राह देख रहा था।

सुधा की आंखों से कमरा तैरता हुआ जान पड़ा। पति की गर्दन मे हाथ डालकर उसने उनकी छाती पर सिर रख दिया और रोने लगी, लेकिन इस अश्रु–प्रवाह में उसे असीमधैर्य और सांत्वना का अनुभव हो रहा था। पति के वक्ष–स्थल से लिपटी हुई वह अपने हृदय में एक विचित्र स्फूर्ति और बल का संचार होते हुए पाती थी, मानो पवन से थरथराता हुआ दीपक अंचल की आड़ में आ गया हो।

डॉक्टर साहब ने रमणी के अश्रु–सिंचित कपोलों को दोनो हाथो में लेकर कहा–सुधा, तुम इतना छोटा दिल क्यों करती हो? सोहन अपने जीवन में जो कुछ करने आया था, वह कर चुका था, फिर वह क्यों बैठा रहता? जैसे कोई वृक्ष जल और प्रकाश से बढ़ता है, लेकिन पवन के प्रबल झोकों ही से सुदृढ़ होता है, उसी भांति प्रणय भी दुरूख के आघातों ही से विकास पाता है। खुशी के साथ हंसनेवाले बहुतेरे मिल जाते हैं, रंज में जो साथ रोये, वहर हमारा सच्चा मित्र है। जिन प्रेमियों को साथ रोना नहीं नसीब हुआ, वे मुहब्बत के मजे क्या जानें? सोहन की मृत्यु ने आज हमारे द्वैत को बिलकुल मिटा दिया। आज ही हमने एक दूसरे का सच्चा स्वरुप देखा।य?!

सुधा ने सिसकते हुए कहा– मैं नजर केधोखे में थी। हाय! तुम उसका मुंह भी न देखने पाये। न जाने इन सदिनों उसे इतनी समझ कहां से आ गई थी। जब मुझे रोते देखता, तो अपने केष्ट भूलकर मुस्करा देता। तीसरे ही दिन मरे लाडले की आंख बन्द हो गई। कुछ दवा–दर्पन भी न करने पाई।

यह कहते–कहते सुधा के आंसू फिर उमड़ आये। डॉक्टर सिन्हा ने उसे सीने से लगाकर करुणा से कांपती हुई आवाज में कहा–प्रिये, आज तक कोई ऐसा बालक या वृद्व न मरा होगा, जिससे घरवालों की दवा–दर्पन की लालसा पूरी हो गई।

सुधा– निर्मला ने मेरी बड़ी मदद की। मैं तो एकाध झपकी ले भी लेती थी, पर उसकी आंखें नहीं झपकी। रात–रात लिये बैठी या टहलती रहती थी। उसके अहसान कभी न भूलंगी। क्या तुम आज ही जा रहे हो?

डॉक्टर– हां, छुट्टी लेने का मौका न था। सिविल सर्जन शिकार खेलने गया हुआ था।

सुधा– यह सब हमेशा शिकार ही खेला करते हैं?

डॉक्टर– राजाओं को और काम ही क्या है?

सुधा– मैं तो आज न जाने दूंगी।

डॉक्टर– जी तो मेरा भी नहीं चाहता।

सुधा– तो मत जाओ, तार दे दो। मैं भी तुम्हारे साथ चलूंगी। निर्मला को भी लेती चलूंगी।

सुधा वहां से लौटी, तो उसके हृदय का बोझ हलका हो गया था। पति की प्रेमपूर्णा कोमल वाणी ने उसके सारे शोक और संताप का हरण कर लिया था। प्रेम में असीम विश्वास है, असीमधैर्य है और असीम बल है।

जब हमारे ऊपर कोई बड़ी विपत्ति आ पड़ती है, तो उससे हमें केवल दुःख ही नहीं होता, हमें दूसरों के ताने भी सहने पड़ते हैं। जनता को हमारे ऊपर टिप्पणियों करने का वह सुअवसर मिल जाता है, जिसके लिए वह हमेशा बेचौन रहती है। मंसाराम क्या मरा, मानों समाज को उन पर आवाजें कसने का बहान मिल गया। भीतर की बातें कौन जाने, प्रत्यक्ष बात यह थी कि यह सब सौतेली मां की करतूत है चारों तरफ यही चर्चा थी, ईश्वर ने करे लड़कों को सौतेली मां से पाला पड़े। जिसे अपना बना–बनाया घर उजाड़ना हो, अपने प्यारे बच्चों की गर्दन पर छुरी फेरनी हो, वह बच्चों के रहते

हुए अपना दूसरा ब्याह करे। ऐसा कभी नहीं देखा कि सौत के आने पर घर तबाह न हो गया हो, वही बाप जो बच्चों पर जान देता था सौत के आते ही उन्हीं बच्चों का दुश्मन हो जाता है, उसकी मति ही बदल जाती है। ऐसी देवी ने जैन्म ही नहीं लिया, जिसने सौत के बच्चों का अपना समझा हो।

मुश्किल यह थी कि लोग टिप्पणियों पर सन्तुष्ट न होते थे। कुछ ऐसे सज्जन भी थे, जिन्हें अब जियाराम और सियाराम से विशेष स्नेह हो गया था। वे दानों बालकों से बड़ी सहानुभूति प्रकट करते, यहां तक कि दो–सएक महिलाएं तो उसकी माता के शील और स्वभाव को याद करे आंसू बहाने लगती थीं। हाय–हाय! बेचारी क्या जानती थी कि उसके मरते ही लाड़लों की यह दुर्दशा होगी! अब दूध–मक्खन काहे को मिलता होगा!

जियाराम कहता– मिलता क्यों नहीं?

महिला कहती– मिलता है! अरे बेटा, मिलना भी कई तरह का होता है। पानीवाल दूध टके सेर का मंगाकर रख दिया, पियों चाहे न पियो, कौन पूछता है? नहीं तो बेचारी नौकर से दूध दुहवा कर मंगवाती थी। वह तो चेहरा ही कहे देता है। दूध की सूरत छिपी नहीं रहती, वह सूरत ही नहीं रहीं

जिया को अपनी मां के समय के दूध का स्वाद तो याद था सनहीं, जो इस आक्षेप का उत्तर देता और न उस समय की अपनी सूरत ही याद थी, चुप रह जाता। इन शुभाकांक्षाओं का असर भी पड़ना स्वाभाविक था। जियाराम को अपने घरवालों से चिढ़ होती जाती थी। मुंशीजी मकान नीलामी हो जोने के बाद दूसरे घर में उठ आये, तो किराये की फिक्र हुई। निर्मला ने मक्खन बन्द कर दिया। वह आमदनी हा नहीं रही, तो खर्च कैसे रहता। दोनों कहार अलगे कर दिये गये। जियाराम को यह कतर–ब्योंत बुरी लगती

थी। जब निर्मला मैके चली गयी, तो मुंशीजी ने दूध भी बन्द कर दिया। नवजात कन्या की चिनता अभी से उनके सिर पर सवार हा गयी थी।

सियाराम ने बिगड़कर कहा– दूध बन्द रहने से तो आपका महल बन रहा होगा, भोजन भी बंद कर दीजिए!

मुंशीजी– दूध पीने का शौक है, तो जाकर दुहा क्यों नही लाते? पानी के पैसे तो मुझसे न दिये जाऐंगे।

जियाराम– मैं दूध दुहाने जाऊं, कोई स्कूल का लड़का देख ले तब?

मुंशीजी– तब कुछ नहीं। कह देना अपने लिए दूध लिए जाता हूं। दूध लाना कोई चोरी नहीं है।

जियाराम– चोरी नहीं है! आप ही को कोई दूध लाते देख ले, तो आपको शर्म न आयेगी।

मुंशीजी– बिल्कुल नहीं। मैंने तो इन्हीं हाथों से पानी खींचा है, अनाज की गठरियां लाया हूं। मेरे बाप लखपति नहीं थे।

जियाराम–मेरे बाप तो गरीब नहीं, मैं क्यों दूध दुहाने जाऊं? आखिर आपने कहारों को क्यों जवाब दे दिया?

मंशीजी– क्या तुम्हें इतना भी नहीं सूझता कि मेरी आमदनी अब पहली सी नहीं रही इतने नादान तो नहीं हो?

जियाराम– आखिर आपकी आमदनी क्यों कम हो गयी?

मुंशीजी– जब तुम्हें अकल ही नहीं है, तो क्या समझाऊं। यहां जिन्दगी से तंगे आ गया हूं, मुकदमें कौन ले और ले भी तो तैयार कौन करे? वह दिल ही नहीं रहा। अब तो जिंदगी के दिन पूरे कर रहा हूं। सारे अरमान लल्लू के साथ चले गये।

जियाराम– अपने ही हाथों न।

मुंशीजी ने चीखकर कहा– अरे अहमक! यह ईश्वर की मर्जी थी। अपने हाथों कोई अपना गला काटता है।

जियाराम– ईश्वर तो आपका विवाह करने न आया था।

मंशीजी अब जब्त न कर सके, लाल–लाल आंखें निकालक बोले–क्या तुम आज लड़ने के लिए कमर बांधकर आये हो? आखिर किस बिरते पर? मेरी रोटियां तो नहीं चलाते? जब इस काबिल हो जाना, मुझे उपदेश देना। तब मैं सुन लूंगा। अभी तुमको मुझे उपदेश देने का अधिकार नहीं है। कुछ दिनों अदब और तमीज सीखो। तुम मेरे सलाहकार नहीं हो कि मैं जो काम करुं, उसमें तुमसे सलाह लूं। मेरी पैदा की हुई दौलत है, उसे जैसे चाहूं खर्च कर सकता हूं। तुमको जबान खोलने का भी हक नहीं है। अगर फिर तुमने मुझसे बेअदबी की, तो नतीजा बुरा होगा। जब मंसाराम ऐसा रत्न खोकर मरे प्राण न निकले, तो तुम्हारे बगैर मैं मर न जाऊंगा, समझ गये?

यह कड़ी फटकार पाकर भी जियाराम वहां से न टला। निरूशंक भाव से बोला–तो आप क्या चाहते हैं कि हमें चाहे कितनी ही तकलीफ हो मुंह न खोले? मुझसे तो यह न होगा। भाई साहब को अदब और तमीज का जो इनाम मिला, उसकी मुझे भूख नहीं। मुझमें जहर खाकर प्राण देने की हिम्मत नहीं। ऐसे अदब को दूर से दंडवत करता हूं।

मुंशीजी– तुम्हें ऐसी बातें करते हुए शर्म नहीं आती?

जियाराम– लड़के अपने बुजुर्गों ही की नकल करते हैं।

मुंशीजी का क्रोध शान्त हो गया। जियाराम पर उसका कुछ भी असर न होगा, इसका उन्हें यकीन हो गया। उठकर टहलने चले गये। आज उन्हें सूचना मिल गयी के इस घर का शीघ्र ही सर्वनाश होने वाला हैं।

उस दिन से पिता और पुत्र मे किसी न किसी बात पर रोज ही एक झपट हो जाती है। मुंशीजी ज्यों–त्यों तरह देते थे, जियाराम और भी शेर होता जाता था। एक दिन जियाराम ने रुक्मिणी से यहां तक कह डाला– बाप हैं, यह समझकर छोड़ देता हूं, नहीं तो मेरे ऐसे–ऐसे साथी हैं कि चाहूं तो भरे बाजार मे पिटवा दूं। रुक्मिण ी ने मुंशीजी से कह दिया। मुंशीजी ने प्रकट रुप से तो बेपरवाही ही दिखायी. पर उनके मन में शंका समा गया। शाम को सैर करना छोड़ दिया। यह नयी चिन्ता सवार हो गयी। इसी भय से निर्मला को भी न लाते थे कि शैतान उसके साथ भी यही बर्ताव करेगा। जियाराम एक बार दबी जबान में कह भी चुका था– देखूं, अबकी कैसे इस घर में आती है? मुंशीजी भी खूब समझ गये थे कि मैं इसका कुछ भी नहीं कर सकता। कोई बाहर का आदमी होता, तो उसे पुलिस और कानून के शिंजे में कसते। अपने लड़के को क्या करें? सच कहा है– आदमी हारता है, तो अपने लड़कों ही से।

एक दिन डॉक्टर सिन्हा ने जियाराम को बुलाकर समझाना शुरु किया। जियाराम उनका अदब करता था। चुपचाप बैठा सुनता रहा। जब डॉक्टर साहब ने अन्त में पूछा, आखिर तुम चाहते क्या हो? तो वह बोला– साफ–साफ कह दूं? बूरा तो न मानिएगा?

सिन्हा– नहीं, जो कुछ तुम्हारे दिल में हो साफ–साफ कह दो।

जियाराम– तो सुनिए, जब से भैया मरे हैं, मुझे पिताजी की सूरत देखकर क्रोध आता है। मुझे ऐसा मालूम होता है कि इन्हीं ने भैया की हत्या की है और एक दिन मौका पाकर हम दोनों भाइयों को भी हत्या करेंगे। अगर उनकी यह इच्छा न होती तो ब्याह ही क्यों करते?

डॉक्टर साहब ने बड़ी मुश्किल से हंसी रोककर कहा– तुम्हारी हत्या करने के लिए उन्हें ब्याह करने की क्या जरुरत थी, यह बात

मेरी समझ में नहीं आयी। बिना विवाह किये भी तो वह हत्या कर सकते थे।

जियाराम– कभी नहीं, उस वक्त तो उनका दिल ही कुछ और था, हम लोगों पर जान देते थे अब मुंह तके नहीं देखना चाहते। उनकी यही इच्छा है कि उन दोनों प्राणियों के सिवा घर में और कोई न रहे। अब जसे लड़के होंगे उनक रास्ते से हम लोगों का हटा देना चाहते है। यही उन दोनों आदमियों की दिली मंशा है। हमें तरह–तरह की तकलीफें देकर भगा देना चाहते हैं। इसीलिए आजकल मुकदमे नहीं लेते। हम दोनों भाई आज मर जाऐं, तो फिर देखिए कैसी बहार होती है।

डॉक्टर– अगर तुम्हें भागना ही होता, तो कोई इल्जाम लगाकर घर से निकल न देते?

जियाराम– इसके लिए पहले ही से तैयार बैठा हूं।

डॉक्टर– सुनूं, क्या तैयारी कही है?

जियाराम– जब मौका आयेगा, देख लीजिएगा।

यह कहकर जियराम चलता हुआ। डॉक्टर सिन्हा ने बहुत पुकारा, पर उसने फिर कर देखा भी नहीं।

कई दिन के बाद डॉक्टर साहब की जियाराम से फिर मुलाकात हो गयी। डॉक्टर साहब सिनेमा के प्रेमी थे और जियाराम की तो जान ही सिनेमा में बसती थी। डॉक्टर साहब ने सिनेमा पर आलोचना करके जियाराम को बातों में लगा लिया और अपने घर लाये। भोजन का समय आ गया था,, दोनों आदमी साथ ही भोजन करने बैठे। जियाराम को वहां भोजन बहुत स्वादिष्ट लगा, बोल– मेरे यहां तो जब से महाराज अलग हुआ खाने का मजा ही जाता रहा। बुआजी पक्का वैष्णवी भोजन बनाती हैं। जबरदस्ती खा लेता हूं, पर खाने की तरफ ताकने को जी नहीं चाहता।

डॉक्टर– मेरे यहां तो जब घर में खाना पकता है, तो इसे कहीं स्वादिष्ट होता है। तुम्हारी बुआजी प्याज–लहसुन न छूती होंगी?

जियाराम– हां साहब, उबालकर रख देती हैं। लालाली को इसकी परवाह ही नहीं कि कोई खाता है या नहीं। इसीलिए तो महाराज को अलग किया है। अगर रुपये नहीं है, तो गहने कहां से बनते हैं?

डॉक्टर– यह बात नहीं है जियाराम, उनकी आमदनी सचमुच बहुत कम हो गयी है। तुम उन्हें बहुत दिक करते हो।

जियाराम– (हंसकर) मैं उन्हें दिक करता हूं? मुझससे कसम ले लीजिए, जो कभी उनसे बोलता भी हूं। मुझे बदनाम करने का उन्होंने बीड़ा उठा लिया है। बेसबब, बेवजह पीछे पड़े रहते हैं। यहां तक कि मेरे दोस्तों से भी उन्हें चिढ़ है। आप ही सोचिए, दोस्तों के बगैर कोई जिन्दा रह सकता है? मैं कोई लुच्चा नहीं हू कि लुच्चों की सोहबत रखूं, मगर आप दोस्तों ही के पीछे मुझे रोज सताया करते हैं। कल तो मैंने साफ कह दिया– मेरे दोस्त घर

आयेंगे, किसी को अच्छा लगे या बुरा। जनाब, कोई हो, हर वक्त कीधौंस हीं सह सकता।

डॉक्टर– मुझे तो भाई, उन पर बड़ी दया आती है। यह जमाना उनके आराम करने का था। एक तो बुढ़ापा, उस पर जवान बेटे का शोक, स्वास्थ्य भी अच्छा नहीं। ऐसा आदमी क्या कर सकता है? वह जो कुछ थोड़ा–बहुत करते हैं, वही बहुत है। तुम अभी और कुछ नहीं कर सकते, तो कम–से–कम अपने आचरण से तो उन्हें प्रसन्न रख सकते हो। बुड्ढ़ों को प्रसन्न करना बहुत कठिन काम नहीं। यकीन मानो, तुम्हारा हंसकर बोलना ही उन्हें खुश करने को काफी है। इतना पूछने में तुम्हारा क्या खर्च होता है। बाबूजी, आपकी तबीयत कैसो है? वह तुम्हारी यह उद्दण्डता देखकर मन–ही–मन

कुढ़ते रहते हैं। मैं तुमसे सच कहता हूं, कई बार रो चुके हैं। उन्होनें मान लो शादी करने में गलती की। इसे वह भी स्वीकार करते हैं, लेकिन तुम अपने कर्त्तव्य से क्यों मुंह मोड़ते हो? वह तुम्हारे पिता है, तुम्हें उनकी सेवा करनी चाहिए। एक बात भी ऐसी मुंह से न निकालनी चाहिए, जिससे उनका दिल दुखे। उन्हें यह खयाल करने का मौका ही क्यों दे कि सब मेरी कमाई खाने वाले हैं, बात पूछने वाला कोई नहीं। मेरी उम्र तुमसे कहीं ज्यादा है, जियाराम, पर आज तक मैंने अपने पिताजी की किसी बात का जवाब नहीं दिया। वह आज भी मुझे डांटते है, सिर झुकाकर सुन लेता हूं। जानता हूं, वह जो कुछ कहते हैं, मेरे भले ही को कहते हैं। माता–पिता से बढ़कर हमारा हितैषी और कौन हो सकता है? उसके ऋण से कौन मुक्त हो सकता है?

जियाराम बैठा रोता रहा। अभी उसके सद्भावों का सम्पूर्णतरू लोप न हुआ था, अपनी दुर्जनता उसे साफ नजर आ रही थी। इतनी ग्लानि उसे बहुत दिनों से न आयी थी। रोकर डॉक्टर साहब से कहा– मैं बहुत लज्जित हूं। दूसरों के बहकाने में आ गया। अब आप मेरी जरा भी शिकयत न सुनेंगे। आप पिताजी से मेरे अपराध क्षमा कर दीजिए। मैं सचमुच बड़ा अभागा हूं। उन्हें मैंने बहुत सताया। उनसे कहिए– मेरे अपराध क्षमा कर दें, नहीं मैं मुंह में कालिख लगाकर कहीं निकल जाऊंगा, डूब मरुंगा।

डॉक्टर साहब अपनी उपदेश–कुशलता पर फूले न समाये। जियाराम को गले लगाकर विदा किया।

जियाराम घर पहुंचा, तो ग्यारह बज गये थे। मुंशीजी भोजन करे अभी बाहर आये थे। उसे देखते ही बोले– जानते हो कै बजे है? बारह का वक्त है।

जियाराम ने बड़ी नम्रता से कहा– डॉक्टर सिन्हा मिल गये।

उनके साथ उनके घर तक चला गया। उन्होंने खाने के लिए जिद कि, मजबूरन खाना पड़ा। इसी से देर हो गयी।

मुंशीज– डॉक्टर सिन्हा से दुखड़े रोने गये होंगे या और कोई काम था।

जियाराम की नम्रता का चौथा भाग उड़ गय, बोला– दुखड़े रोने की मेरी आदत नहीं है।

मुंशीजी– जरा भी नहीं, तुम्हारे मुंह मे तो जबान ही नहीं। मुझसे जो लोग तुम्हारी बातें करते हैं, वह गढ़ा करते होंगे?

जियाराम– और दिनों की मैं नहीं कहता, लेकिन आज डॉक्टर सिन्हा के यहां मैंने कोई बात ऐसी नहीं की, जो इस वक्त आपके सामने न कर सकूं।

मुंशीजी– बड़ी खुशी की बात है। बेहद खुशी हुई। आज से गुरुदीक्षा ले ली है क्या?

जियाराम की नम्रता का एक चतुर्थांश और गायब हो गया। सिर उठाकर बोला– आदमी बिना गुरुदीक्षा लिए हुए भी अपनी बुराइयों पर लज्जित हो सकता है। अपाना सुधार करने के लिए गुरुपन्त्र कोई जरुरी चीज नहीं।

मुंशीजी– अब तो लुच्चे न जमा होंगे?

जियाराम– आप किसी को लुच्चा क्यों कहते हैं, जब तक ऐसा कहने के लिए आपके पास कोई प्रमाण नहीं?

मुंशीजी– तुम्हारे दोस्त सब लुच्चे–लफंगे हैं। एक भी भला आदमी नही। मैं तुमसे कई बार कह चुका कि उन्हें यहां मत जमा किया करोख् पर तुमने सुना नहीं। आज में आखिर बार कहे देता हूं कि अगर तुमने उन शोहदों को जमा किया, तो मुझो पुलिस की सहायता लेनी पड़ेगी।

जियाराम की नम्रता का एक चतुर्थांश और गायब हो गया। फड़ककार बोला– अच्छी बात है, पुलिस की सहायता लीजिए। देखें क्या करती है? मेरे दोस्तों में आधे से ज्यादा पुलिस के अफसरों ही के बेटे हैं। जब आप ही मेरा सुधार करने पर तुले हुए है, तो मैं व्यर्थ क्यों कष्ट उठाऊं?

यह कहता हुआ जियाराम अपने कमरे मे चला गया और एक क्षण के बाद हारमोनिया के मीठे स्वरों की आवाज बाहर आने लगी।

दसवाँ अध्याय

अबकी सुधा के साथ निर्मला को भी आना पड़ा। वह तो मैके में कुछ दिन और रहना चाहती थी, लेकिन शोकातुर सुधा अकेले कैसे रही! उसको आखिर आना ही पड़ा। रुक्मिणी ने भूंगी से कहा– देखती है, बहू मैके से कैसा निखरकर आयी है!

भूंगी ने कहा– दीदी, मां के हाथ की रोटियां लड़कियों को बहुत अच्छी लगती है।

रुक्मिणी– ठीक कहती है भूंगी, खिलाना तो बस मां ही जानती है।

निर्मला को ऐसा मालूम हुआ कि घर का कोई आदमी उसके आने से खुश नहीं। मुंशीजी ने खुशी तो बहुत दिखाई, पर हृदयगत चिनता को न छिपा सके। बच्ची का नाम सुधा ने आशा रख दिया था। वह आशा की मूर्ति–सी थी भी। देखकर सारी चिन्ता भाग जाती थी। मुंशीजी ने उसे गोद में लेना चाहा, तो रोने लगी, दौड़कर मां से लिपट गयी, मानो पिता को पहचानती ही नहीं। मुंशीजी ने मिठाइयों से उसे परचाना चाहा। घर में कोई नौकर तो था नहीं, जाकर सियाराम से दो आने की मिठाइयां लाने को कहा।

जियराम भी बैठा हुआ था। बोल उठा– हम लोगों के लिए तो कभी मिठाइयां नहीं आतीं।

मंशीजी ने झुंझलाकर कहा– तुम लोग बच्चे नहीं हो।

जियाराम– और क्या बूढ़े हैं? मिठाइयां मंगवाकर रख दीजिए, तो मालूम हो कि बच्चे हैं या बूढ़े। निकालिए चार आना और आशा के बदौलत हमारे नसीब भी जागें।

मुंशीजी– मेरे पास इस वक्त पैसे नहीं है। जाओ सिया, जल्द जाना।

जियाराम– सिया नहीं जाऐगा। किसी का गुलाम नहीं है। आशा अपने बाप की बेटी है, तो वह भी अपने बाप का बेटा है।

मुंशीजी– क्या फजूज की बातें करते हो। नन्हीं–सी बच्ची की बराबरी करते तुम्हें शर्म नही आती? जाओ सियाराम, ये पैसे लो।

जियाराम– मत जाना सिया! तुम किसी के नौकर नहीं हो।

सिया बड़ी दुविधा में पड़ गया। किसका कहना माने? अन्त में उसने जियाराम का कहना मानने का निश्चय किया। बाप ज्यादा–से–ज्यादा घुड़क देंगे, जिया तो मारेगा, फिर वह किसके पास फरियाद लेकर जाऐगा। बोला– मैं न जाऊंगा।

मुंशीजी नेधमकाकर कहा– अच्छा, तो मेरे पास फिर कोई चीज मांगने मत आना।

मुंशीजी खुद बाजार चले गये और एक रुपये की मिठाई लेकर लौटे। दो आने की मिठाई मांगते हुए उन्हें शर्म आयी। हलवाई उन्हें पहचानता था। दिल में क्या कहेगा?

मिठाई लिए हुए मुंशीजी अन्दर चले गये। सियाराम ने मिठाई का बड़ा–सा दोना देखा, तो बाप का कहना न मानने का उसे दुख हुआ। अब वह किस मुंह से मिठाई लेने अन्द जाऐगा। बड़ी भूल हुई। वह मन–ही–मन जियाराम को चोटों की चोट और मिठाई की मिठास में तुलना करने लगा।

सहसा भूंगी ने दो तश्तरियां दोनो के सामने लाकर रख दीं। जियाराम ने बिगड़कर कहा– इसे उठा ले जा!

भूंगी– काहे को बिगड़ता हो बाबू क्या मिठाई अच्छी नहीं लगती?

जियाराम– मिठाई आशा के लिए आयी है, हमारे लिए नहीं आयी? ले जा, नहीं तो सड़क पर फेंक दूंगा। हम तो पैसे–पैसे के लिए रटते रहते ह। औ यहां रुपये की मिठाई आती है।

भूंगी– तुम ले लो सिया बाबू, यह न लेंगे न सहीं।

सियाराम ने डरते–डरते हाथ बढ़ाया था कि जियाराम ने डांटकर कहा– मत छूना मिठाई, नहीं तो हाथ तोड़कर रख दूंगा। लालची कहीं का!

सियाराम यहधुड़की सुनकर सहम उठा, मिठाई खाने की हिम्मत न पड़ी। निर्मला ने यह कथा सुनी, तो दोनों लड़कों को मनाने चली। मुंशजी ने कड़ी कसम रख दी।

निर्मला– आप समझते नहीं है। यह सारा गुस्सा मुझ पर है।

मुंशीजी– गुस्ताख हो गया है। इस खयाल से कोई सख्ती नहीं करता कि लोग कहेंगे, बिना मां के बच्चों को सताते हैं, नहीं तो सारी शरारत घड़ी भर में निकाल दूं।

निर्मला– इसी बदनामी का तो मुझे डर है।

मुंशीजी– अब न डरुंगा, जिसके जी में जो आये कहे।

निर्मला– पहले तो ये ऐसे न थे।

मुंशीजी– अजी, कहता है कि आपके लड़के मौजूद थे, आपने शादी क्यों की! यह कहते भी इसे संकोच नहीं हाता कि आप लोगों ने मंसाराम को विष दे दिया। लड़का नहीं है, शत्रु है।

जियाराम द्वार पर छिपकर खड़ा था। स्त्री–पुरुष मे मिठाई के विषय मे क्या बातें होती हैं, यही सुनने वह आया था। मुंशीजी का अन्तिम वाक्य सुनकर उससे न रहा गया। बोल उठा– शत्रु न होता, तो आप उसके पीछे क्यों पड़ते? आप जो इस वक्त कर हरे हैं, वह मैं बहुत पहले समझे बैठा हूं। भैया न समझ थे,धोखा ख गये। हमारे साथ आपकी दाला न गलेगी। सारा जमाना कह रहा है कि भाई साहब को जहर दिया गया है। मैं कहता हूं तो आपको क्यों गुस्सा आता है?

निर्मला तो सन्नाटे में आ गयी। मालूम हुआ, किसी ने उसकी देह पर अंगारे डाल दिये। मंशजी ने डांटकर जियाराम को चुप कराना चाहा, जियाराम निरूशं खड़ा ईंट का जवाब पत्थर से देता रहा। यहां तक कि निर्मला को भी उस पर क्रोध आ गया। यह कल का छोकरा, किसी काम का न काज का, यो खड़ा टर्रा रहा है, जैसे घर भर का पालन–पोषण यही करता हो। त्योंरियां चढ़ाकर बोली– बस, अब बहुत हुआ जियाराम, मालूम हो गया, तुम बड़े लायक हो, बाहर जाकर बैठो।

मुंशीजी अब तक तो कुछ दब–दबकर बोलते रहे, निर्मला की शह पाई तो दिल बढ़ गया। दांत पीसकर लपके और इसके पहले कि निर्मला उनके हाथ पकड़ सकें, एक थप्पड़ चला ही दिया। थप्पड़ निर्मला के मुंह पर पड़ा, वही सामने पडी। माथा चकरा गया। मुंशीजी ने सूखे हाथों में इतनी शक्ति है, इसका वह अनुमान न कर सकती थी। सिर पकड़कर बैठ गयी। मुंशीजी का क्रोध और भी भड़क उठा, फिर घूंसा चलाया पर अबकी जियाराम ने उनका हाथ पकड़ लिया और पीछे ढकेलकर बोला– दूर से बातें कीजिए, क्यों नाहक अपनी बेइज्जती करवाते हैं? अम्मांजी का लिहाज कर रहा हूं, नहीं तो दिखा देता।

यह कहता हुआ वह बाहर चला गया। मुंशीजी संज्ञा–शून्य से खड़े रहे। इस वक्त अगर जियाराम पर दैवी वज्र गिर पड़ता, तो शायद उन्हें हार्दिक आनन्द होता। जिस पुत्र का कभी गोद में लेकर निहाल हो जाते थे, उसी के प्रति आज भांति–भांति की दुष्कल्पनाएं मन में आ रही थीं।

रुक्मिणी अब तक तो अपनी कोठरी में थी। अब आकर बोली–बेटा आपने बराबर का हो जाऐ तो उस पर हाथ न छोड़ना चाहिए।

मुंशीजी ने ओंठ चबाकर कहा– मैं इसे घर से निकालकर छोडूंगा। भीख मांगे या चोरी करे, मुझसे कोई मतलब नहीं।

रुक्मिणी– नाक किसकी कटेगी?

मुंशीजी– इसकी चिन्ता नहीं।

निर्मला– मैं जानती कि मेरे आने से यह तुफान खड़ा हो जाऐगा, तो भूलकर भी न आती। अब भी भला है, मुझे भेज दीजिए। इस घर में मुझसे न रहा जाऐगा।

रुक्मिणी– तुम्हारा बहुत लिहाज करता है बहू, नहीं तो आज अनर्थ ही हो जाता।

निर्मल– अब और क्या अनर्थ होगा दीदीजी? मैं तो फूंक–फूंककर पांव रखती हूं, फिर भी अपयश लग ही जाता है। अभी घर में पांव रखते देर नहीं हुई और यह हाल हो गेया। ईश्वर ही कुशल करे।

रात को भोजन करने कोई न उठा, अकेले मुंशीजी ने खाया। निर्मला को आज नयी चिन्ता हो गयी– जीवन कैसे पार लगेगा? अपना ही पेट होता तो विशेष चिन्ता न थी। अब तो एक नयी विपत्ति गले पड़ गयी थी। वह सोच रही थी– मेरी बच्ची के भाग्य में क्या लिखा है राम?

चिन्ता में नींद कब आती है? निर्मला चारपाई पर करवटें बदल रही थी। कितना चाहती थी कि नींद आ जाऐ, पर नींद ने न आने की कसम सी खा ली थी। चिराग बुझा दिया था, खिड़की के दरवाजे खोल दिये थे, टिक–टिक करने वाली घड़ी भी दूसरे कमरे में रख आयीय थी, पर नींद का नाम था। जितनी बातें सोचनी थीं, सब सोच चुकी, चिन्ताओं का भी अन्त हो गया, पर पलकें न झपकीं। तब उसने फिर लैम्प जलाया और एक पुस्तक पढ़ने लगी। दो–चार ही पृष्ठ पढ़े होंगे कि झपकी आ गयी। किताब खुली रह गयी।

सहसा जियाराम ने कमरे में कदम रखा। उसके पांव थर–थर कांप रहे थे। उसने कमरे मे ऊपर–नीचे देखा। निर्मला सोई हुई थी, उसके सिरहाने ताक पर, एक छोटा–सा पीतल का सन्दूकचा रक्खा हुआ था। जियाराम दबे पांव गया,धीरे से सन्दूकचा उतारा और बड़ी तेजी से कमरे के बाहर निकला। उसी वक्त निर्मला की आंखें खुल गयीं। चौंककर उठ खड़ी हुई। द्वार पर आकर देखा। कलेजाधक् से हो गया। क्या यह जियाराम है? मेरे केमरे मे क्या करने आया था। कहीं मुझेधोखा तो नहीं हुआ? शायद दीदीजी के कमरे से आया हो। यहां उसका काम ही क्या था? शायद मुझसे कुछ कहने आया हो, लेकिन इस वक्त क्या कहने आया होगा? इसकी नीयत क्या है? उसका दिल कांप उठा।

मुंशीजी ऊपर छत पर सो रहे थे। मुंडेर न होने के कारण निर्मला ऊपर न सो सकती थी। उसने सोचा चलकर उन्हें जगाऊं, पर जाने की हिम्मत न पड़ी। शक्की आदमी है, न जाने क्या समझ बैठें और क्या करने पर तैयार हो जाऐं? आकर फिर पुस्तक पढ़ने लगी। सबेरे पूछने पर आप ही मालूम हो जाऐगा। कौन जाने मुझेधोखा ही हुआ हो। नींद मे कभी–कभीधोखा हो जाता है, लेकिन सबेरे पूछने का निश्चय कर भी उसे फिर नींद नहीं आयी।

सबेरे वह जलपान लेकर स्वयं जियाराम के पास गयी, तो वह उसे देखकर चौंक पड़ा। रोज तो भूंगी आती थी आज यह क्यों आ रही है? निर्मला की ओर ताकने की उसकी हिम्मत न पड़ी।

निर्मला ने उसकी ओर विश्वासपूर्ण नेत्रों से देखकर पूछा– रात को तुम मेरे कमरे मे गये थे?

जियाराम ने विस्मय दिखाकर कहा– मैं? भला मैं रात को क्या करने जाता? क्या कोई गया था?

निर्मला ने इस भाव से कहा, मानो उसे उसकी बात का पूरी विश्वास हो गया– हां, मुझे ऐसा मालूम हुआ कि कोई मेरे कमरे से निकला। मैंने उसका मुंह तो न देखा, पर उसकी पीठ देखकर अनुमान किया कि शयद तुम किसी काम से आये हो। इसका पता कैसे चले कौन था? कोई था जरुर इसमें कोई सन्देह नहीं।

जियाराम अपने को निरपराध सिद्व करने की चेष्टा कर कहने लगा– मै। तो रात को थियेटर देखने चला गया था। वहां से लौटा तो एक मित्र के घर लेट रहा। थोड़ी देर हुई लौटा हूं। मेरे साथ और भी कई मित्र थे। जिससे जी चाहे, पूछ लें। हां, भाई मैं बहुत डरता हूं। ऐसा न हो, कोई चीज गायब हो गयी, तो मेरा नामे लगे। चोर को तो कोई पकड़ नहीं सकता, मेरे मत्थे जाऐगी। बाबूजी को आप जानती हैं। मुझो मारने दौडेंगे।

निर्मला– तुम्हारा नाम क्यों लगेगा? अगर तुम्हीं होते तो भी तुम्हें कोई चोरी नहीं लगा सकता। चोरी दूसरे की चीज की जाती है, अपनी चीज की चोरी कोई नहीं करता।

अभी तक निर्मला की निगाह अपने सन्दूकचे पर न पड़ी थी। भोजन बनाने लगी। जब वकील साहब कचहरी चले गये, तो वह सुधा से मिलने चली। इधर कई दिनों से मुलाकात न हुई थी, फिर

रातवाली घटना पर विचार परिवर्तन भी करना था। भूंगी से कहा– कमरे मे से गहनों का बक्स उठा ला।

भूंगी ने लौटकर कहा– वहां तो कहीं सन्दूक नहीं हैं। ककहां रखा था? निर्मला ने चिढ़कर कहा– एक बार में तो तेरा काम ही कभी नहीं होता। वहां छोड़कर और जाऐगा कहां। आलमारी में देखा था?

भूंगी– नहीं बहूजी, आलमारी में तो नहीं देखा, झूठ क्यों बोलूं?

निर्मला मुस्करा पड़ी। बोली– जा देख, जल्दी आ। एक क्षण में भूंगी फिर खाली हाथ लौट आयी– आलमारी में भी तो नहीं है। अब जहां बताओ वहां देखूं।

निर्मला झुंझलाकर यह कहती हुई उठ खड़ी हुई– तुझे ईश्वर ने आंखें ही न जाने किसलिए दी! देख, उसी कमरे में से लाती हूं कि नहीं।

भूंगी भी पीछे–पीछे कमरे में गयी। निर्मला ने ताक पर निगाह डाली, अलमारी खोलकर देखी। चारपाई के नीचे झांककार देखा, फिर कपड़ों का बडा संदूक खोलकर देखा। बक्स का कहीं पता नहीं। आश्चर्य हुआ, आखिर बक्सा गया कहां?

सहसा रातवाली घटना बिजली की भांति उसकी आंखों के सामने चमक गयी। कलेजा उछल पड़ा। अब तक निश्चिन्त होकर खोज रही थी। अब ताप–सा चढ़ आया। बड़ी उतावली से चारों ओर खोजने लगी। कहीं पता नहीं। जहां खोजना चाहिए था, वहां भी खोजा और जहां नहीं खोजना चाहिए था, वहां भी खोजा। इतना बड़ा सन्दूकचा बिछावन के नीचे कैसे छिप जाता? पर बिछावन भी झाड़कर देखा। क्षण–क्षण मुख की कान्ति मलिन होती जाती थी। प्राण नहीं मे समाते जाते थे। अनत में निराशा होकर उसने छाती पर एक घूंसा मारा और रोने लगी।

गहने ही स्त्री की सम्पत्ति होते हैं। पति की और किसी सम्पत्ति पर उसका अधिकार नहीं होता। इन्हीं का उसे बल और गौरव होता है। निर्मला के पास पांच–छरू हजार के गहने थे। जब उन्हें पहनकर वह निकलती थी, तो उतनी देर के लिए उल्लास से उसका हृदय खिला रहता था। एक–एक गहना मानो विपत्ति और बाधा से बचाने के लिए एक–एक रक्षास्त्र था। अभी रात ही उसने सोचा था, जियाराम की लौंडी बनकर वह न रहेगी। ईश्वर न करे कि वह किसी के सामने हाथ फैलाये। इसी खेवे से वह अपनी नाव को भी पार लगा देगी और अपनी बच्ची को भी किसी–न–किसी घाट पहुंचा देगी। उसे किस बात की चिन्त है! उन्हें तो कोई उससे न छीन लेगा। आज ये मेरे सिंगार हैं, कल को मेरे आधार हो जाऐंगे। इस विचार से उसके हृदय को कितनी सान्तवना मिली थी! वह सम्पत्ति आज उसके हाथ से निकल गयी। अब वह निराधार थी। संसार उसे कोई अवलम्ब कोई सहारा न था। उसकी आशाओं का आधार जड़ से कट गया, वह फूट–फूटकर रोने लगी। ईश्चर! तुमसे इतना भी न देखा गया? मुझ दुखिया को तुमने यों ही अपंग बना दिया थ, अब आंखे भी फोड़ दीं। अब वह किसके सामने हाथ फैलायेगी, किसके द्वार पर भीख मांगेगी। पसीने से उसकी देह भीग गयी, रोते–रोते आंखे सूज गयीं। निर्मला सिर नीचा किये रा रही थी। रुक्मिणी उसेधीरज दिला रही थीं, लेकिन उसकें आंसू न रुकते थे, शोके की ज्वाल केम ने होती थी।

तीन बजे जियाराम स्कूल से लौटा। निर्मला उसने आने की खबर पाकर विक्षिप्त की भांति उठी और उसके कमरे के द्वार पर आकर बोली–भैया, दिल्लगी की हो तो दे दो। दुखिया को सताकर क्या पाओगे?

जियाराम एक क्षण के लिए कातर हो उठा। चोर–कला में उसका यह पहला ही प्रयास था। यह कठारेता, जिससे हिंसा में

मनोरंजन होता है अभी तक उसे प्राप्त न हुई थी। यदि उसके पास सन्दूकचा होता और फिर इतना मौका मिलता कि उसे ताक पर रख आवे, तो कदाचित् वह उसे मौके को न छोड़ता, लेकिन सन्दूक उसके हाथ से निकल चुका था। यारों ने उसे सराफें में पहुंचा दिया था और औने–पौने बेच भी डाला थ। चोरों की झूठ के सिवा और कौन रक्षा कर सकता है। बोला–भला अम्मांजी, मैं आपसे ऐसी दिल्लगी करुंगा? आप अभी तक मुझ पर शक करती जा रही हैं। मैं कह चुका कि मैं रात को घर पर न था, लेकिन आपको यकीन ही नहीं आता। बड़े दुरूख की बात है कि मुझे आप इतना नीच समझती हैं।

निर्मला ने आंसू पोंछते हुए कहा– मैं तुम्हारे पर शक नहीं करती भैया, तुम्हें चोरी नहीं लगाती। मैंने समझा, शायद दिल्लगी की हो।

जियाराम पर वह चोरी का संदेह कैसे कर सकती थी? दुनिया यही तो कहेगी कि लड़के की मां मर गई है, तो उस पर चोरी का इलजाम लगाया जा रहा है। मेरे मुंह मे ही तो कालिख लगेगी!

जियाराम ने आश्वासन देते हुए कहा– चलिए, मैं देखूं, आखिर ले कौन गया? चोर आया किस रास्ते से?

भूंगी– भैया, तुम चोरों के आने को कहते हो। चूहे के बिल से तो निकल ही आते हैं, यहां तो चारो ओर ही खिड़कियां हैं।

जियाराम– खूब अच्छी तरह तलाश कर लिया है?

निर्मला– सारा घर तो छान मारा, अब कहां खोजने को कहते हो?

जियाराम– आप लोग सो भी तो जाती हैं मुर्दों से बाजी लगाकर।

चार बजे मुंशीजी घर आये, तो निर्मला की दशा देखकर पूछा– कैसी तबीयत है? कहीं दर्द तो नहीं है? कह कहकर उन्होंने आशा को गोद में उठा लिया।

निर्मला कोई जवाब न दे सकी, फिर रोने लगी।

भूंगी ने कहा– ऐसा कभी नहीं हुआ था। मेरी सारी उर्म इसी घर मं कट गयी। आज तक एक पैसे की चोरी नहीं हुई। दुनिया यही कहेगी कि भूंगी का कोम है, अब तो भगेवान ही पत–पानी रखें।

मुंशीजी अचकन के बटन खोल रहे थे, फिर बटन बन्द करते हुए बोले– क्या हुआ? कोई चीज चोरी हो गयी?

भूंगी– बहूजी के सारे गहने उठ गये।

मुंशीजी– रखे कहां थे?

निर्मला ने सिसकियां लेते हुए रात की सारी घटना बयाना कर दी, पर जियाराम की सूरत के आदमी के अपने कमरे से निकलने की बात न कही। मुंशीजी ने ठंडी सांस भरकर कहा– ईश्वर भी बड़ा अन्यायी है। जो मरे उन्हीं को मारता है। मालूम होता है, अदिन आ गये हैं। मगर चोर आया तो किधर से? कहीं सेंध नहीं पड़ी और किसी तरफ से आने का रास्ता नहीं। मैंने तो कोई ऐसा पाप नहीं किया, जिसकी मुझे यह सजा मिल रही है। बार–बार कहता रहा, गहने का सन्दूकचा ताक पर मत रखो, मगेर कौन सुनता है।

निर्मला– मैं क्या जानती थी कि यह गजब टूट पड़ेगा!

मुंशीजी– इतना तो जानती थी कि सब दिन बराबर नहीं जाते। आज बनवाने जाऊं, तो इस हजार से कम न लगेंगे। आजकल अपनी जो दशा है, वह तुमसे छिपी नहीं, खर्च भर का मुश्किल से मिलता है, गहने कहां से बनेंगे। जाता हूं, पुलिस में इत्तिला कर आता हूं, पर मिलने की उम्मीद न समझो।

निर्मला ने आपत्ति के भाव से कहा– जब जानते हैं कि पुलिस में इत्तिला करने से कुद न होगा, तो क्यों जा रहे हैं?

मुंशीजी– दिल नहीं मानता और क्या? इतना बड़ा नुकसान उठाकर चुपचाप तो नहीं बैठ जाता।

निर्मला– मिलनेवाले होते, तो जाते ही क्यों? तकदीर में न थे, तो कैसे रहते?

मुंशीजी– तकदीर मे होंगे, तो मिल जाएंगे, नहीं तो गये तो हैं ही।

मुंशीजी कमरे से निकले। निर्मला ने उनका हाथ पकड़कर कहा– मैं कहती हूं, मत जाओ, कहीं ऐसा न हो, लेने के देने पड़ जाऐं।

मुंशीजी ने हाथ छुड़ाकर कहा– तुम भी बच्चों की–सी जिद्द कर रही हो। दस हजार का नुकसान ऐसा नहीं है, जिसे मैं यों ही उठा लूं। मैं रो नहीं रहा हूं, पर मेरे ह्रदय पर जो बीत रही है, वह मैं ही जानता हूं। यह चोट मेरे कलेजे पर लगी है। मुंशीजी और कुछ न कह सके। गला फंस गया। वह तेजी से कमरे से निकल आये और थाने पर जा पहुँचे। थानेदार उनका बहुत लिहाज करता था। उसे एक बार रिश्वत के मुकदमे से बरी करा चुके थे। उनके साथ ही तफ्तीश करने आ पहुंचा। नाम था अलायार खां।

शाम हो गयी थी। थानेदार ने मकान के अगवाड़े–पिछवाड़े घूम–घूमकर देखा। अन्दर जाकर निर्मला के कमरे को गौर से देखा। ऊपर की मुंडेर की जांच की। मुहल्ले के दो–चार आदमियों से चुपके–चुपके कुछ बातें की और तब मुंशीजी से बोले– जनाब, खुदा की कसम, यह किसी बाहर के आदमी का काम नहीं। खुदा की कसम, अगर कोई बाहर की आमदी निकले, तो आज से थानेदारी करना छोड़ दूं। आपके घर में कोई मुलाजिम ऐसा तो नहीं है, जिस पर आपको शुबहा हो।

मुंशीजी– घर मे तो आजकल सिर्फ एक महरी है।

थानेदार–अजी, वह पगली है। यह किसी बड़े शातिर का काम है, खुदा की कसम।

मुंशीजी– तो घर में और कौन है? मेरे दोने लड़के हैं, स्त्री है और बहन है। इनमें से किस पर शक करुं?

थानेदार– खुदा की कसम, घर ही के किसी आदमी का काम है, चाहे, वह कोई हो, इन्शाअल्लाह, दो–चार दिन में मैं आपको इसकी खबर दूंगा। यह तो नहीं कह सकता कि माल भी सब मिल जाऐगा, पर खुदा की कसम, चोर जरुर पकड़ दिखाऊंगा।

थानेदार चला गया, तो मुंशीजी ने आकर निर्मला से उसकी बातें कहीं। निर्मला सहम उठी– आप थानेदार से कह दीजिए, तफतीश न करें, आपके पैरों पड़ती हूं।

मुंशीजी– आखिर क्यों?

निर्मला– अब क्यों बताऊं? वह कह रहा है कि घर ही के किसी का काम है।

मुंशीजी– उसे बकने दो।

जियाराम अपने कमरे में बैठा हुआ भगवान् को याद कर रहा था। उसक मुंह पर हवाइयां उड़ रही थीं। सुन चुका थाकि पुलिसवाले चेहरे से भांप जाते हैं। बाहर निकलने की हिम्मत न पड़ती थी। दोनों आदमियों में क्या बातें हो रही हैं, यह जानने के लिए छटपटा रहा था। ज्योंही थानेदार चला गया और भूंगी किसी काम से बाहर निकली, जियाराम ने पूछा–थानेदार क्या कर रहा था भूंगी?

भूंगी ने पास आकर कहा– दाढ़ीजार कहता था, घर ही से किसी आदमी का काम है, बाहर को कोई नहीं है।

जियाराम– बाबूजी ने कुछ नहीं कहा?

भूंगी– कुछ तो नहीं कहा, खड़े श्हूं–हूंश करते रहे। घर मे एक भूंगी ही गैर है न! और तो सब अपने ही हैं।

जियाराम– मैं भी तो गैर हूं, तू ही क्यों?

भूंगी– तुम गैर काहे हो भैया?

जियाराम– बाबूजी ने थानेदार से कहा नहीं, घर में किसी पर उनका शुबहा नहीं है।

भूंगी– कुछ तो कहते नहीं सुना। बेचारे थानेदार ने भले ही कहा– भूंगी तो पगली है, वह क्या चोरी करेगी। बाबूजी तो मुझे फंसाये ही देते थे।

जियाराम– तब तो तू भी निकल गयी। अकेला मैं ही रह गया। तू ही बता, तूने मुझे उस दिन घर में देखा था?

भूंगी– नहीं भैया, तुम तो ठेठर देखने गये थे।

जियाराम– गवाही देगी न?

भूंगी– यह क्या कहते हो भैया? बहूजी तफ्तीश बन्द कर देंगी।

जियराम– सच?

भूंगी– हां भैया, बार–बार कहती है कि तफ्तीश न कराओ। गहने गये, जाने दो, पर बाबूजी मानते ही नहीं।

पांच–छरू दिन तक जियाराम ने पेट भर भोजन नहीं किया। कभी दो–चार कौर खा लेता, कभी कह देता, भूख नहीं है। उसके चेहरे का रंग उड़ा रहता था। रातें जागतें कटतीं, प्रतिक्षण थानेदार की शंका बनी रहती थी। यदि वह जानता कि मामला इतना तूल खींचेंगा, तो कभी ऐसा काम न करता। उसने तो समझा था– किसी चोर पर शुबहा होगा। मेरी तरफ किसी काध्यान भी न जाऐगा, पर

अब भण्डा फूटता हुआ मालूम होता था। अभागा थानेदार जिस ढंगे से छान–बीन कर रहा था, उससे जियाराम को बड़ी शंका हो रही थी।

सातवें दिन संध्या समय घर लौटा तो बहुत चिन्तित था। आज तक उसे बचने की कुछ–न–कुछ आशा थी। माल अभी तक कहीं बरामद न हुआ था, पर आज उसे माल के बरामद होने की खबर मिल गयी थी। इसी दम थानेदार कांस्टेबिल के लिए आता होगा। बचने को कोई उपाय नहीं। थानेदार को रिश्वत देने से सम्भव है मुकदमे को दबा दे, रुपये हाथ में थे, पर क्या बात छिपी रहेगी? अभी माल बरामद नही हुआ, फिर भी सारे शहर में अफवाह थी कि बेटे ने ही माल उड़ाया है। माल मिल जाने पर तो गली–गली बात फैल जाएगी। फिर वह किसी को मुंह न दिखा सकेगा।

मुंशीजी कचहरी से लौटे तो बहुत घबराये हुए थे। सिर थामकर चारपाई पर बैठ गये।

निर्मला ने कहा– कपड़े क्यों नहीं उतारते? आज तो और दिनों से देर हो गयी है।

मुंशीजी– क्या कपडे ऊतारुं? तुमने कुछ सुना?

निर्म्ला– क्य बात है? मैंने तो कुछ नहीं सुना?

मुंशीजी– माल बरामद हो गया। अब जिया का बचना मुश्किल है।

निर्मला को आश्चर्य नहीं हुआ। उसके चेहरे से ऐसा जान पड़ा, मानो उसे यह बात मालूम थी। बोली– मैं तो पहले ही कर रही थी कि थाने में इत्तला मत कीजिए।

मुंशीजी– तुम्हें जिया पर शका था?

निर्मला– शक क्यों नहीं था, मैंने उन्हें अपने कमरे से निकलते देखा था।

मुंशीजी– फिर तुमने मुझसे क्यों न कह दिया?

निर्मला– यह बात मेरे कहने की न थी। आपके दिल में जरुर खयाल आता कि यह ईर्ष्यावश आक्षेप लगा रही है। कहिए, यह खयाल होता या नहीं? झूठ न बोलिएगा।

मुंशीजी– सम्भव है, मैं इन्कार नहीं कर सकता। फिर भी उसक दशा में तुम्हें मुझसे कह देना चाहिए था। रिपोर्ट की नौबत न आती। तुमने अपनी नेकनामी की तो– फिक्र की, पर यह न सोचा कि परिण ाम क्या होगा? मैं अभी थाने में चला आता हूं। अलायार खां आता ही होगा!

निर्मला ने हताश होकर पूछा– फिर अब?

मुंशीजी ने आकाश की ओर ताकते हुए कहा– फिर जैसी भगवान् की इच्छा। हजार–दो हजार रुपये रिश्वत देने के लिए होते तो शायद मामेला दब जाता, पर मेरी हालत तो तुम जानती हो। तकदीर खोटी है और कुछ नहीं। पाप तो मैंने किया है, दण्ड कौन भोगेगा? एक लड़का था, उसकी वह दशा हुई, दूसरे की यह दशा हो रही है। नालायक था, गुस्ताख था, गुस्ताख था, कामचोर था, पर था ता अपना ही लड़का, कभी–न–कभी चेत ही जाता। यह चोट अब न सही जाएगी।

निर्मला– अगर कुछ दे–दिलाकर जान बच सके, तो मैं रुपये का प्रबन्ध कर दूं।

मुंशीजी– कर सकती हो? कितने रुपये दे सकती हो?

निर्मला– कितना दरकार होगा?

मुंशीजी– एक हजार से कम तो शायद बातचीत न हो सके। मैंने एक मुकदमे में उससे एक हजार लिए थे। वह कसर आज निकालेगा।

निर्मला– हो जाएगा। अभी थाने जाइए।

मुंशीजी को थाने में बड़ी देर लगी। एकान्त में बातचीत करने का बहुत देर मे मौका मिला। अलायार खां पुराना घाघ थ। बड़ी मुश्किल से अण्टी पर चढ़ा। पांच सौ रुवये लेकर भी अहसान का बोझा सिर पर लाद ही दिया। काम हो गया। लौटकर निर्मला से बोला– लो भाई, बाजी मार ली, रुपये तुमने दिये, पर काम मेरी जबान ही ने किया। बड़ी–बड़ी मुश्किलों से राजी हो गया। यह भी याद रहेगी। जियाराम भोजन कर चुका है?

निर्मला– कहां, वह तो अभी घूमकर लौटे ही नहीं।

मुंशीजी– बारह तो बज रहे होंगें।

निर्मला– कई दफे जा–जाकर देख आयी। कमरे में अंधेरा पड़ा हुआ है।

मुंशीजी– और सियाराम?

निर्मला– वह तो खा–पीकर सोये हैं।

मुंशीजी– उससे पूछा नहीं, जिया कहां गया?

निर्मला– वह तो कहते हैं, मुझसे कुछ कहकर नहीं गये।

मुंशीजी को कुछ शंका हुई। सियाराम को जगाकर पूछा– तुमसे जियाराम ने कुछ कहा नहीं, कब तक लौटेगा? गया कहां है?

सियाराम ने सिर खुजलाते और आंखों मलते हुए कहा– मुझसे कुछ नहीं कहा।

मुंशीजी– कपड़े सब पहनकर गया है?

सियाराम– जी नहीं, कुर्ता औरधोती।

मुंशीजी– जाते वक्त खुश था?

सियाराम– खुश तो नहीं मालूम होते थे। कई बार अन्दर आने का इरादा किया, पर देहरी से ही लौट गये। कई मिनट तक

सायबान में खड़े रहे। चलने लगे, तो आंखें पोंछ रहे थे। इधर कई दिन से अक्सा रोया करते थे।

मुंशीजी ने ऐसी ठंडी सांस ली, मानो जीवन में अब कुछ नहीं रहा और निर्मला से बोले– तुमने किया तो अपनी समझ में भले ही के लिए, पर कोई शत्रु भी मुझ पर इससे कठारे आघात न कर सकता था। जियाराम की माता होती, तो क्या वह यह संकोच करती? कदापि नहीं।

निर्मला बोली– जरा डॉक्टर साहब के यहां क्यों नहीं चले जाते? शायद वहां बैठे हों। कई लड़के रोज आते है, उनसे पूछिए, शायद कुछ पता लग जाऐ। फूंक–फूंककर चलने पर भी अपयश लग ही गया।

मुंशीजी ने मानो खुली हुई खिड़की से कहा– हां, जाता हूं और क्या करुंगा।

मुंशीज बाहर आये तो देखा, डॉक्टर सिन्हा खड़े हैं। चौंककर पूछा– क्या आप देर से खड़े हैं?

डॉक्टर– जी नहीं, अभी आया हूं। आप इस वक्त कहां जा रहे हैं? साढ़े बारह हो गये हैं।

मुंशीजी– आप ही की तरफ आ रहा था। जियाराम अभी तक घूमकर नहीं आया। आपकी तरफ तो नहीं गया था?

डॉक्टर सिन्हा ने मुंशीजी के दोनों हाथ पकड़ लिए और इतना कह पाये थे, श्भाई साहब, अबधैर्य से काम..श कि मुंशीजी गोली खाये हुए मनुष्य की भांति जमीन पर गिर पड़े।

अबकी सुधा के साथ निर्मला को भी आना पड़ा। वह तो मैके में कुछ दिन और रहना चाहती थी, लेकिन शोकातुर सुधा अकेले कैसे रही! उसको आखिर आना ही पड़ा। रुक्मिणी ने भूंगी से कहा– देखती है, बहू मैके से कैसा निखरकर आयी है!

भूंगी ने कहा– दीदी, मां के हाथ की रोटियां लड़कियों को बहुत अच्छी लगती है।

रुक्मिणी– ठीक कहती है भूंगी, खिलाना तो बस मां ही जानती है।

निर्मला को ऐसा मालूम हुआ कि घर का कोई आदमी उसके आने से खुश नहीं। मुंशीजी ने खुशी तो बहुत दिखाई, पर हृदयगत चिनता को न छिपा सके। बच्ची का नाम सुधा ने आशा रख दिया था। वह आशा की मूर्ति–सी थी भी। देखकर सारी चिन्ता भाग जाती थी। मुंशीजी ने उसे गोद में लेना चाहा, तो रोने लगी, दौड़कर मां से लिपट गयी, मानो पिता को पहचानती ही नहीं। मुंशीजी ने मिठाइयों से उसे परचाना चाहा। घर में कोई नौकर तो था नहीं, जाकर सियाराम से दो आने की मिठाइयां लाने को कहा।

जियराम भी बैठा हुआ था। बोल उठा– हम लोगों के लिए तो कभी मिठाइयां नहीं आतीं।

मंशीजी ने झुंझलाकर कहा– तुम लोग बच्चे नहीं हो।

जियाराम– और क्या बूढ़े हैं? मिठाइयां मंगवाकर रख दीजिए, तो मालूम हो कि बच्चे हैं या बूढ़े। निकालिए चार आना और आशा के बदौलत हमारे नसीब भी जागें।

मुंशीजी– मेरे पास इस वक्त पैसे नहीं है। जाओ सिया, जल्द जाना।

जियाराम– सिया नहीं जाऐगा। किसी का गुलाम नहीं है। आशा अपने बाप की बेटी है, तो वह भी अपने बाप का बेटा है।

मुंशीजी– क्या फजूज की बातें करते हो। नन्हीं–सी बच्ची की बराबरी करते तुम्हें शर्म नही आती? जाओ सियाराम, ये पैसे लो।

जियाराम– मत जाना सिया! तुम किसी के नौकर नहीं हो।

सिया बड़ी दुविधा में पड़ गया। किसका कहना माने? अन्त में उसने जियाराम का कहना मानने का निश्चय किया। बाप ज्यादा–से–ज्यादा घुड़क देंगे, जिया तो मारेगा, फिर वह किसके पास फरियाद लेकर जाऐगा। बोला– मैं न जाऊंगा।

मुंशीजी नेधमकाकर कहा– अच्छा, तो मेरे पास फिर कोई चीज मांगने मत आना।

मुंशीजी खुद बाजार चले गये और एक रुपये की मिठाई लेकर लौटे। दो आने की मिठाई मांगते हुए उन्हें शर्म आयी। हलवाई उन्हें पहचानता था। दिल में क्या कहेगा?

मिठाई लिए हुए मुंशीजी अन्दर चले गये। सियाराम ने मिठाई का बड़ा–सा दोना देखा, तो बाप का कहना न मानने का उसे दुख हुआ। अब वह किस मुंह से मिठाई लेने अन्द जाऐगा। बड़ी भूल हुई। वह मन–ही–मन जियाराम को चोटों की चोट और मिठाई की मिठास में तुलना करने लगा।

सहसा भूंगी ने दो तश्तरियां दोनो के सामने लाकर रख दीं। जियाराम ने बिगड़कर कहा– इसे उठा ले जा!

भूंगी– काहे को बिगड़ता हो बाबू क्या मिठाई अच्छी नहीं लगती?

जियाराम– मिठाई आशा के लिए आयी है, हमारे लिए नहीं आयी? ले जा, नहीं तो सड़क पर फेंक दूंगा। हम तो पैसे–पैसे के लिए रटते रहते ह। औ यहां रुपये की मिठाई आती है।

भूंगी– तुम ले लो सिया बाबू, यह न लेंगे न सहीं।

सियाराम ने डरते–डरते हाथ बढ़ाया था कि जियाराम ने डांटकर कहा– मत छूना मिठाई, नहीं तो हाथ तोड़कर रख दूंगा। लालची कहीं का!

सियाराम यहधुड़की सुनकर सहम उठा, मिठाई खाने की हिम्मत न पड़ी। निर्मला ने यह कथा सुनी, तो दोनों लड़कों को मनाने चली। मुंशजी ने कड़ी कसम रख दी।

निर्मला– आप समझते नहीं है। यह सारा गुस्सा मुझ पर है।

मुंशीजी– गुस्ताख हो गया है। इस खयाल से कोई सख्ती नहीं करता कि लोग कहेंगे, बिना मां के बच्चों को सताते हैं, नहीं तो सारी शरारत घड़ी भर में निकाल दूं।

निर्मला– इसी बदनामी का तो मुझे डर है।

मुंशीजी– अब न डरुंगा, जिसके जी में जो आये कहे।

निर्मला– पहले तो ये ऐसे न थे।

मुंशीजी– अजी, कहता है कि आपके लड़के मौजूद थे, आपने शादी क्यों की! यह कहते भी इसे संकोच नहीं हाता कि आप लोगों ने मंसाराम को विष दे दिया। लड़का नहीं है, शत्रु है।

जियाराम द्वार पर छिपकर खड़ा था। स्त्री–पुरुष मे मिठाई के विषय मे क्या बातें होती हैं, यही सुनने वह आया था। मुंशीजी का अन्तिम वाक्य सुनकर उससे न रहा गया। बोल उठा– शत्रु न होता, तो आप उसके पीछे क्यों पड़ते? आप जो इस वक्त कर हरे हैं, वह मैं बहुत पहले समझे बैठा हूं। भैया न समझ थे,धोखा ख गये। हमारे साथ आपकी दाला न गलेगी। सारा जमाना कह रहा है कि भाई साहब को जहर दिया गया है। मैं कहता हूं तो आपको क्यों गुस्सा आता है?

निर्मला तो सन्नाटे में आ गयी। मालूम हुआ, किसी ने उसकी देह पर अंगारे डाल दिये। मंशजी ने डांटकर जियाराम को चुप कराना चाहा, जियाराम निरूशं खड़ा ईंट का जवाब पत्थर से देता रहा। यहां तक कि निर्मला को भी उस पर क्रोध आ गया। यह कल

का छोकरा, किसी काम का न काज का, यो खड़ा टर्रा रहा है, जैसे घर भर का पालन–पोषण यही करता हो। त्योंरियां चढ़ाकर बोली– बस, अब बहुत हुआ जियाराम, मालूम हो गया, तुम बड़े लायक हो, बाहर जाकर बैठो।

मुंशीजी अब तक तो कुछ दब–दबकर बोलते रहे, निर्मला की शह पाई तो दिल बढ़ गया। दांत पीसकर लपके और इसके पहले कि निर्मला उनके हाथ पकड़ सकें, एक थप्पड़ चला ही दिया। थप्पड़ निर्मला के मुंह पर पड़ा, वही सामने पडी। माथा चकरा गया। मुंशीजी ने सूखे हाथों में इतनी शक्ति है, इसका वह अनुमान न कर सकती थी। सिर पकड़कर बैठ गयी। मुंशीजी का क्रोध और भी भड़क उठा, फिर घूंसा चलाया पर अबकी जियाराम ने उनका हाथ पकड़ लिया और पीछे ढकेलकर बोला– दूर से बातें कीजिए, क्यों नाहक अपनी बेइज्जती करवाते हैं? अम्मांजी का लिहाज कर रहा हूं, नहीं तो दिखा देता।

यह कहता हुआ वह बाहर चला गया। मुंशीजी संज्ञा–शून्य से खड़े रहे। इस वक्त अगर जियाराम पर दैवी वज्र गिर पड़ता, तो शायद उन्हें हार्दिक आनन्द होता। जिस पुत्र का कभी गोद में लेकर निहाल हो जाते थे, उसी के प्रति आज भांति–भांति की दुष्कल्पनाएं मन में आ रही थीं।

रुक्मिणी अब तक तो अपनी कोठरी में थी। अब आकर बोली–बेटा आपने बराबर का हो जाऐ तो उस पर हाथ न छोड़ना चाहिए।

मुंशीजी ने ओंठ चबाकर कहा– मैं इसे घर से निकालकर छोडूंगा। भीख मांगे या चोरी करे, मुझसे कोई मतलब नहीं।

रुक्मिणी– नाक किसकी कटेगी?

मुंशीजी– इसकी चिन्ता नहीं।

निर्मला– मैं जानती कि मेरे आने से यह तुफान खड़ा हो जाऐगा, तो भूलकर भी न आती। अब भी भला है, मुझे भेज दीजिए। इस घर में मुझसे न रहा जाऐगा।

रुक्मिणी– तुम्हारा बहुत लिहाज करता है बहू, नहीं तो आज अनर्थ ही हो जाता।

निर्मला– अब और क्या अनर्थ होगा दीदीजी? मैं तो फूंक–फूंककर पांव रखती हूं, फिर भी अपयश लग ही जाता है। अभी घर में पांव रखते देर नहीं हुई और यह हाल हो गेया। ईश्वर ही कुशल करे।

रात को भोजन करने कोई न उठा, अकेले मुंशीजी ने खाया। निर्मला को आज नयी चिन्ता हो गयी– जीवन कैसे पार लगेगा? अपना ही पेट होता तो विशेष चिन्ता न थी। अब तो एक नयी विपत्ति गले पड़ गयी थी। वह सोच रही थी– मेरी बच्ची के भाग्य में क्या लिखा है राम?

चिन्ता में नींद कब आती है? निर्मला चारपाई पर करवटें बदल रही थी। कितना चाहती थी कि नींद आ जाऐ, पर नींद ने न आने की कसम सी खा ली थी। चिराग बुझा दिया था, खिड़की के दरवाजे खोल दिये थे, टिक–टिक करने वाली घड़ी भी दूसरे कमरे में रख आयीय थी, पर नींद का नाम था। जितनी बातें सोचनी थीं, सब सोच चुकी, चिन्ताओं का भी अन्त हो गया, पर पलकें न झपकीं। तब उसने फिर लैम्प जलाया और एक पुस्तक पढ़ने लगी। दो–चार ही पृष्ठ पढ़े होंगे कि झपकी आ गयी। किताब खुली रह गयी।

सहसा जियाराम ने कमरे में कदम रखा। उसके पांव थर–थर कांप रहे थे। उसने कमरे मे ऊपर–नीचे देखा। निर्मला सोई हुई थी, उसके सिरहाने ताक पर, एक छोटा–सा पीतल का सन्दूकचा रक्खा हुआ था। जियाराम दबे पांव गया,धीरे से सन्दूकचा उतारा और बड़ी तेजी से कमरे के बाहर निकला। उसी वक्त निर्मला की आंखें खुल

गयीं। चौंककर उठ खड़ी हुई। द्वार पर आकर देखा। कलेजाधक् से हो गया। क्या यह जियाराम है? मेरे केमरे मे क्या करने आया था। कहीं मुझेधोखा तो नहीं हुआ? शायद दीदीजी के कमरे से आया हो। यहां उसका काम ही क्या था? शायद मुझसे कुछ कहने आया हो, लेकिन इस वक्त क्या कहने आया होगा? इसकी नीयत क्या है? उसका दिल कांप उठा।

मुंशीजी ऊपर छत पर सो रहे थे। मुंडेर न होने के कारण निर्मला ऊपर न सो सकती थी। उसने सोचा चलकर उन्हें जगाऊं, पर जाने की हिम्मत न पड़ी। शक्की आदमी है, न जाने क्या समझ बैठें और क्या करने पर तैयार हो जाएं? आकर फिर पुस्तक पढ़ने लगी। सबेरे पूछने पर आप ही मालूम हो जाएगा। कौन जाने मुझेधोखा ही हुआ हो। नींद मे कभी–कभीधोखा हो जाता है, लेकिन सबेरे पूछने का निश्चय कर भी उसे फिर नींद नहीं आयी।

सबेरे वह जलपान लेकर स्वयं जियाराम के पास गयी, तो वह उसे देखकर चौंक पड़ा। रोज तो भूंगी आती थी आज यह क्यों आ रही है? निर्मला की ओर ताकने की उसकी हिम्मत न पड़ी।

निर्मला ने उसकी ओर विश्वासपूर्ण नेत्रों से देखकर पूछा– रात को तुम मेरे कमरे मे गये थे?

जियाराम ने विस्मय दिखाकर कहा– मैं? भला मैं रात को क्या करने जाता? क्या कोई गया था?

निर्मला ने इस भाव से कहा, मानो उसे उसकी बात का पूरी विश्वास हो गया– हां, मुझे ऐसा मालूम हुआ कि कोई मेरे कमरे से निकला। मैंने उसका मुंह तो न देखा, पर उसकी पीठ देखकर अनुमान किया कि शयद तुम किसी काम से आये हो। इसका पता कैसे चले कौन था? कोई था जरुर इसमें कोई सन्देह नहीं।

जियाराम अपने को निरपराध सिद्व करने की चेष्टा कर कहने लगा– मै। तो रात को थियेटर देखने चला गया था। वहां से लौटा

तो एक मेत्र के घर लेट रहा। थोड़ी देर हुई लौटा हूं। मेरे साथ और भी कई मित्र थे। जिससे जी चाहे, पूछ लें। हां, भाई मैं बहुत डरता हूं। ऐसा न हो, कोई चीज गायब हो गयी, तो मेरा नामे लगे। चोर को तो कोई पकड़ नहीं सकता, मेरे मत्थे जाऐगी। बाबूजी को आप जानती हैं। मुझो मारने दौडेंगे।

निर्मला– तुम्हारा नाम क्यों लगेगा? अगर तुम्हीं होते तो भी तुम्हें कोई चोरी नहीं लगा सकता। चोरी दूसरे की चीज की जाती है, अपनी चीज की चोरी कोई नहीं करता।

अर्भ तक निर्मला की निगाह अपने सन्दूकचे पर न पड़ी थी। भोजन बनाने लगी। जब वकील साहब कचहरी चले गये, तो वह सुधा से मिलने चली। इधर कई दिनों से मुलाकात न हुई थी, फिर रातवाली घटना पर विचार परिवर्तन भी करना था। भूंगी से कहा– कमरे मे से गहनों का बक्स उठा ला।

भूंगी ने लौटकर कहा– वहां तो कहीं सन्दूक नहीं हैं। ककहां रखा था? निर्मला ने चिढ़कर कहा– एक बार में तो तेरा काम ही कभी नहीं होता। वहां छोड़कर और जाऐगा कहां। आलमारी में देखा था?

भूंगी– नहीं बहूजी, आलमारी में तो नहीं देखा, झूठ क्यों बोलूं?

निर्मला मुस्करा पड़ी। बोली– जा देख, जल्दी आ। एक क्षण में भूंगी फिर खाली हाथ लौट आयी– आलमारी में भी तो नहीं है। अब जहां बताओ वहां देखूं।

निर्मला झुंझलाकर यह कहती हुई उठ खड़ी हुई– तुझे ईश्वर ने आंखें ही न जाने किसलिए दी! देख, उसी कमरे में से लाती हूं कि नहीं।

भूंगी भी पीछे–पीछे कमरे में गयी। निर्मला ने ताक पर निगाह डाली, अलमारी खोलकर देखी। चारपाई के नीचे झांककार देखा,

फिर कपड़ों का बडा संदूक खोलकर देखा। बक्स का कहीं पता नहीं। आश्चर्य हुआ, आखिर बक्सा गया कहां?

सहसा रातवाली घटना बिजली की भांति उसकी आंखों के सामने चमक गयी। कलेजा उछल पड़ा। अब तक निश्चिन्त होकर खोज रही थी। अब ताप–सा चढ़ आया। बड़ी उतावली से चारों ओर खोजने लगी। कहीं पता नहीं। जहां खोजना चाहिए था, वहां भी खोजा और जहां नहीं खोजना चाहिए था, वहां भी खोजा। इतना बड़ा सन्दूकचा बिछावन के नीचे कैसे छिप जाता? पर बिछावन भी झाड़कर देखा। क्षण–क्षण मुख की कान्ति मलिन होती जाती थी। प्राण नहीं मे समाते जाते थे। अनत में निराशा होकर उसने छाती पर एक घूंसा मारा और रोने लगी।

गहने ही स्त्री की सम्पत्ति होते हैं। पति की और किसी सम्पत्ति पर उसका अधिकार नहीं होता। इन्हीं का उसे बल और गौरव होता है। निर्मला के पास पांच–छरू हजार के गहने थे। जब उन्हें पहनकर वह निकलती थी, तो उतनी देर के लिए उल्लास से उसका हृदय खिला रहता था। एक–एक गहना मानो विपत्ति और बाधा से बचाने के लिए एक–एक रक्षास्त्र था। अभी रात ही उसने सोचा था, जियाराम की लौंडी बनकर वह न रहेगी। ईश्वर न करे कि वह किसी के सामने हाथ फैलाये। इसी खेवे से वह अपनी नाव को भी पार लगा देगी और अपनी बच्ची को भी किसी–न–किसी घाट पहुंचा देगी। उसे किस बात की चिन्त है! उन्हें तो कोई उससे न छीन लेगा। आज ये मेरे सिंगार हैं, कल को मेरे आधार हो जाऐंगे। इस विचार से उसके हृदय को कितनी सान्तवना मिली थी! वह सम्पत्ति आज उसके हाथ से निकल गयी। अब वह निराधार थी। संसार उसे कोई अवलम्ब कोई सहारा न था। उसकी आशाओं का आधार जड़ से कट गया, वह फूट–फूटकर रोने लगी। ईश्चर! तुमसे इतना भी न देखा गया? मुझ दुखिया को तुमने यों ही अपंग बना दिया थ, अब

आंखे भी फोड़ दीं। अब वह किसके सामने हाथ फैलायेगी, किसके द्वार पर भीख मांगेगी। पसीने से उसकी देह भीग गयी, रोते–रोते आंखे सूज गयीं। निर्मला सिर नीचा किये रा रही थी। रुक्मिणी उसेधीरज दिला रही थीं, लेकिन उसके आंसू न रुकते थे, शोके की ज्वाल केम ने होती थी।

तीन बजे जियाराम स्कूल से लौटा। निर्मला उसने आने की खबर पाकर विक्षिप्त की भांति उठी और उसके कमरे के द्वार पर आकर बोली–भैया, दिल्लगी की हो तो दे दो। दुखिया को सताकर क्या पाओगे?

जियाराम एक क्षण के लिए कातर हो उठा। चोर–कला में उसका यह पहला ही प्रयास था। यह कठारेता, जिससे हिंसा में मनोरंजन होता है अभी तक उसे प्राप्त न हुई थी। यदि उसके पास सन्दूकचा होता और फिर इतना मौका मिलता कि उसे ताक पर रख आवे, तो कदाचित् वह उसे मौके को न छोड़ता, लेकिन सन्दूक उसके हाथ से निकल चुका था। यारों ने उसे सराफें में पहुंचा दिया था और औने–पौने बेच भी डाला थ। चोरों की झूठ के सिवा और कौन रक्षा कर सकता है। बोला–भला अम्मांजी, मैं आपसे ऐसी दिल्लगी करुंगा? आप अभी तक मुझ पर शक करती जा रही हैं। मैं कह चुका कि मैं रात को घर पर न था, लेकिन आपको यकीन ही नहीं आता। बड़े दुरूख की बात है कि मुझे आप इतना नीच समझती हैं।

निर्मला ने आंसू पोंछते हुए कहा– मैं तुम्हारे पर शक नहीं करती भैया, तुम्हें चोरी नहीं लगाती। मैंने समझा, शायद दिल्लगी की हो।

जियाराम पर वह चोरी का संदेह कैसे कर सकती थी? दुनिया यही तो कहेगी कि लड़के की मां मर गई है, तो उस पर चोरी का इलजाम लगाया जा रहा है। मेरे मुंह मे ही तो कालिख लगेगी!

जियाराम ने आश्वासन देते हुए कहा– चलिए, मैं देखूं, आखिर ले कौन गया? चोर आया किस रास्ते से?

भूंगी– भैया, तुम चोरों के आने को कहते हो। चूहे के बिल से तो निकल ही आते हैं, यहां तो चारो ओर ही खिड़कियां हैं।

जियाराम– खूब अच्छी तरह तलाश कर लिया है?

निर्मला– सारा घर तो छान मारा, अब कहां खोजने को कहते हो?

जियाराम– आप लोग सो भी तो जाती हैं मुर्दों से बाजी लगाकर।

चार बजे मुंशीजी घर आये, तो निर्मला की दशा देखकर पूछा– कैसी तबीयत है? कहीं दर्द तो नहीं है? कह कहकर उन्होंने आशा को गोद में उठा लिया।

निर्मला कोई जवाब न दे सकी, फिर रोने लगी।

भूंगी ने कहा– ऐसा कभी नहीं हुआ था। मेरी सारी उर्म इसी घर मं कट गयी। आज तक एक पैसे की चोरी नहीं हुई। दुनिया यही कहेगी कि भूंगी का कोम है, अब तो भगेवान ही पत–पानी रखें।

मुंशीजी अचकन के बटन खोल रहे थे, फिर बटन बन्द करते हुए बोले– क्या हुआ? कोई चीज चोरी हो गयी?

भूंगी– बहूजी के सारे गहने उठ गये।

मुंशीजी– रखे कहां थे?

निर्मला ने सिसकियां लेते हुए रात की सारी घटना बयाना कर दी, पर जियाराम की सूरत के आदमी के अपने कमरे से निकलने की बात न कही। मुंशीजी ने ठंडी सांस भरकर कहा– ईश्वर भी बड़ा अन्यायी है। जो मरे उन्हीं को मारता है। मालूम होता है, अदिन आ गये हैं। मगर चोर आया तो किधर से? कहीं सेंध नहीं पड़ी और

किसी तरफ से आने का रास्ता नहीं। मैंने तो कोई ऐसा पाप नहीं किया, जिसकी मुझे यह सजा मिल रही है। बार–बार कहता रहा, गहने का सन्दूकचा ताक पर मत रखो, मगेर कौन सुनता है।

निर्मला– मैं क्या जानती थी कि यह गजब टूट पड़ेगा!

मुंशीजी– इतना तो जानती थी कि सब दिन बराबर नहीं जाते। आज बनवाने जाऊं, तो इस हजार से कम न लगेंगे। आजकल अपनी जो दशा है, वह तुमसे छिपी नहीं, खर्च भर का मुश्किल से मिलता है, गहने कहां से बनेंगे। जाता हूं, पुलिस में इत्तिला कर आता हूं, पर मिलने की उम्मीद न समझो।

निर्नला ने आपत्ति के भाव से कहा– जब जानते हैं कि पुलिस में इत्तिला करने से कुद न होगा, तो क्यों जा रहे हैं?

मुंशोजी– दिल नहीं मानता और क्या? इतना बड़ा नुकसान उठाकर चुपचाप तो नहीं बैठ जाता।

निर्मला– मिलनेवाले होते, तो जाते ही क्यों? तकदीर में न थे, तो कैसे रहते?

मुंशोजी– तकदीर मे होंगे, तो मिल जाएंगे, नहीं तो गये तो हैं ही।

मुंशीजी कमरे से निकले। निर्मला ने उनका हाथ पकड़कर कहा– मैं कहती हूं, मत जाओ, कहीं ऐसा न हो, लेने के देने पड़ जाएं।

मुंशीजी ने हाथ छुड़ाकर कहा– तुम भी बच्चों की–सी जिद्द कर रही हो। दस हजार का नुकसान ऐसा नहीं है, जिसे मैं यों ही उठा लूं। मैं रो नहीं रहा हूं, पर मेरे हृदय पर जो बीत रही है, वह मैं ही जानता हूं। यह चोट मेरे कलेजे पर लगी है। मुंशीजी और कुछ न कह सके। गला फंस गया। वह तेजी से कमरे से निकल आये और

थाने पर जा पहुँचे। थानेदार उनका बहुत लिहाज करता था। उसे एक बार रिश्वत के मुकदमे से बरी करा चुके थे। उनके साथ ही तफ्तीश करने आ पहुंचा। नाम था अलायार खां।

शाम हो गयी थी। थानेदार ने मकान के अगवाड़े–पिछवाड़े घूम–घूमकर देखा। अन्दर जाकर निर्मला के कमरे को गौर से देखा। ऊपर की मुंडेर की जांच की। मुहल्ले के दो–चार आदमियों से चुपके–चुपके कुछ बातें की और तब मुंशीजी से बोले– जनाब, खुदा की कसम, यह किसी बाहर के आदमी का काम नहीं। खुदा की कसम, अगर कोई बाहर की आमदी निकले, तो आज से थानेदारी करना छोड़ दूं। आपके घर में कोई मुलाजिम ऐसा तो नहीं है, जिस पर आपको शुबहा हो।

मुंशीजी– घर मे तो आजकल सिर्फ एक महरी है।

थानेदार–अजी, वह पगली है। यह किसी बड़े शातिर का काम है, खुदा की कसम।

मुंशीजी– तो घर में और कौन है? मेरे दोने लड़के हैं, स्त्री है और बहन है। इनमें से किस पर शक करुं?

थानेदार– खुदा की कसम, घर ही के किसी आदमी का काम है, चाहे, वह कोई हो, इन्शाअल्लाह, दो–चार दिन में मैं आपको इसकी खबर दूंगा। यह तो नहीं कह सकता कि माल भी सब मिल जाऐगा, पर खुदा की कसम, चोर जरुर पकड़ दिखाऊंगा।

थानेदार चला गया, तो मुंशीजी ने आकर निर्मला से उसकी बातें कहीं। निर्मला सहम उठी– आप थानेदार से कह दीजिए, तफतीश न करें, आपके पैरों पड़ती हूं।

मुंशीजी– आखिर क्यों?

निर्मला– अब क्यों बताऊं? वह कह रहा है कि घर ही के किसी का काम है।

मुंशीजी– उसे बकने दो।

जियाराम अपने कमरे में बैठा हुआ भगवान् को याद कर रहा था। उसक मुंह पर हवाइयां उड़ रही थीं। सुन चुका थाकि पुलिसवाले चेहरे से भांप जाते हैं। बाहर निकलने की हिम्मत न पड़ती थी। दोनों आदमियों में क्या बातें हो रही हैं, यह जानने के लिए छटपटा रहा था। ज्योंही थानेदार चला गया और भूंगी किसी काम से बाहर निकली, जियाराम ने पूछा–थानेदार क्या कर रहा था भूंगी?

भूंगी ने पास आकर कहा– दाढ़ीजार कहता था, घर ही से किसी आदमी का काम है, बाहर को कोई नहीं है।

जियाराम– बाबूजी ने कुछ नहीं कहा?

भूंगी– कुछ तो नहीं कहा, खड़े श्हूं–हूंश करते रहे। घर मे एक भूंगी ही गैर है न! और तो सब अपने ही हैं।

जियाराम– मैं भी तो गैर हूं, तू ही क्यों?

भूंगी– तुम गैर काहे हो भैया?

जियाराम– बाबूजी ने थानेदार से कहा नहीं, घर में किसी पर उनका शुबहा नहीं है।

भूंगी– कुछ तो कहते नहीं सुना। बेचारे थानेदार ने भले ही कहा– भूंगी तो पगली है, वह क्या चोरी करेगी। बाबूजी तो मुझे फंसाये ही देते थे।

जियाराम– तब तो तू भी निकल गयी। अकेला मैं ही रह गया। तू ही बता, तूने मुझे उस दिन घर में देखा था?

भूंगी– नहीं भैया, तुम तो ठेठर देखने गये थे।

जियाराम– गवाही देगी न?

भूंगी– यह क्या कहते हो भैया? बहूजी तफ्तीश बन्द कर देंगी।

जियराम– सच?

भूंगी– हां भैया, बार–बार कहती है कि तफ्तीश न कराओ। गहने गये, जाने दो, पर बाबूजी मानते ही नहीं।

पांच–छरू दिन तक जियाराम ने पेट भर भोजन नहीं किया। कभी दो–चार कौर खा लेता, कभी कह देता, भूख नहीं है। उसके चेहरे का रंग उड़ा रहता था। रातें जागतें कटतीं, प्रतिक्षण थानेदार की शंका बनी रहती थी। यदि वह जानता कि मामला इतना तूल खींचेंगा, तो कभी ऐसा काम न करता। उसने तो समझा था– किसी चोर पर शुबहा होगा। मेरी तरफ किसी काध्यान भी न जाऐगा, पर अब भण्डा फूटता हुआ मालूम होता था। अभागा थानेदार जिस ढंगे से छान–बीन कर रहा था, उससे जियाराम को बड़ी शंका हो रही थी।

सातवें दिन संध्या समय घर लौटा तो बहुत चिन्तित था। आज तक उसे बचने की कुछ–न–कुछ आशा थी। माल अभी तक कहीं बरामद न हुआ था, पर आज उसे माल के बरामद होने की खबर मिल गयी थी। इसी दम थानेदार कांस्टेबिल के लिए आता होगा। बचने को कोई उपाय नहीं। थानेदार को रिश्वत देने से सम्भव है मुकदमे को दबा दे, रुपये हाथ में थे, पर क्या बात छिपी रहेगी? अभी माल बरामद नही हुआ, फिर भी सारे शहर में अफवाह थी कि बेटे ने ही माल उड़ाया है। माल मिल जाने पर तो गली–गली बात फैल जाऐगी। फिर वह किसी को मुंह न दिखा सकेगा।

मुंशीजी कचहरी से लौटे तो बहुत घबराये हुए थे। सिर थामकर चारपाई पर बैठ गये।

निर्मला ने कहा– कपड़े क्यों नहीं उतारते? आज तो और दिनों से देर हो गयी है।

मुंशीजी– क्या कपडे ऊतारुं? तुमने कुछ सुना?

निर्मला– क्य बात है? मैंने तो कुछ नहीं सुना?

मुंशीजी– माल बरामद हो गया। अब जिया का बचना मुश्किल है।

निर्मला को आश्चर्य नहीं हुआ। उसके चेहरे से ऐसा जान पड़ा, मानो उसे यह बात मालूम थी। बोली– मैं तो पहले ही कर रही थी कि थाने में इत्तला मत कीजिए।

मुंशीजी– तुम्हें जिया पर शका था?

निर्मला– शक क्यों नहीं था, मैंने उन्हें अपने कमरे से निकलते देखा था।

मुंशीजी– फिर तुमने मुझसे क्यों न कह दिया?

निर्मला– यह बात मेरे कहने की न थी। आपके दिल में जरुर खयाल आता कि यह ईर्ष्यावश आक्षेप लगा रही है। कहिए, यह खयाल होता या नहीं? झूठ न बोलिएगा।

मुंशीजी– सम्भव है, मैं इन्कार नहीं कर सकता। फिर भी उसक दशा में तुम्हें मुझसे कह देना चाहिए था। रिपोर्ट की नौबत न आती। तुमने अपनी नेकनामी की तो– फिक्र की, पर यह न सोचा कि परिण ाम क्या होगा? मैं अभी थाने में चला आता हूं। अलायार खां आता ही होगा!

निर्मला ने हताश होकर पूछा– फिर अब?

मुंशीजी ने आकाश की ओर ताकते हुए कहा– फिर जैसी भगवान् की इच्छा। हजार–दो हजार रुपये रिश्वत देने के लिए होते तो शायद मामेला दब जाता, पर मेरी हालत तो तुम जानती हो। तकदीर खोटी है और कुछ नहीं। पाप तो मैंने किया है, दण्ड कौन भोगेगा? एक लड़का था, उसकी वह दशा हुई, दूसरे की यह दशा

हो रही है। नालायक था, गुस्ताख था, गुस्ताख था, कामचोर था, पर था ता अपना ही लड़का, कभी–न–कभी चेत ही जाता। यह चोट अब न सही जाऐगी।

निर्मला– अगर कुछ दे–दिलाकर जान बच सके, तो मैं रुपये का प्रबन्ध कर दूं।

मुंशीजी– कर सकती हो? कितने रुपये दे सकती हो?

निर्मला– कितना दरकार होगा?

मुंशीजी– एक हजार से कम तो शायद बातचीत न हो सके। मैंने एक मुकदमे में उससे एक हजार लिए थे। वह कसर आज निकालेगा।

निर्मला– हो जाऐगा। अभी थाने जाइए।

मुंशीजी को थाने में बड़ी देर लगी। एकान्त में बातचीत करने का बहुत देर मे मौका मिला। अलायार खां पुराना घाघ थ। बड़ी मुश्किल से अण्टी पर चढ़ा। पांच सौ रुवये लेकर भी अहसान का बोझा सिर पर लाद ही दिया। काम हो गया। लौटकर निर्मला से बोला– लो भाई, बाजी मार ली, रुपये तुमने दिये, पर काम मेरी जबान ही ने किया। बड़ी–बड़ी मुश्किलों से राजी हो गया। यह भी याद रहेगी। जियाराम भोजन कर चुका है?

निर्मला– कहां, वह तो अभी घूमकर लौटे ही नहीं।

मुंशीजी– बारह तो बज रहे होंगें।

निर्मला– कई दफे जा–जाकर देख आयी। कमरे में अंधेरा पड़ा हुआ है।

मुंशीजी– और सियाराम?

निर्मला– वह तो खा–पीकर सोये हैं।

मुंशीजी– उससे पूछा नहीं, जिया कहां गया?

निर्मला– वह तो कहते हैं, मुझसे कुछ कहकर नहीं गये।

मुंशीजी को कुछ शंका हुई। सियाराम को जगाकर पूछा– तुमसे जियाराम ने कुछ कहा नहीं, कब तक लौटेगा? गया कहां है?

सियाराम ने सिर खुजलाते और आंखों मलते हुए कहा– मुझसे कुछ नहीं कहा।

मुंशीजी– कपड़े सब पहनकर गया है?

सियाराम– जी नहीं, कुर्ता औरधोती।

मुंशीजी– जाते वक्त खुश था?

सियाराम– खुश तो नहीं मालूम होते थे। कई बार अन्दर आने का इरादा किया, पर देहरी से ही लौट गये। कई मिनट तक सायबान में खड़े रहे। चलने लगे, तो आंखें पोंछ रहे थे। इधर कई दिन से अक्सा रोया करते थे।

मुंशीजी ने ऐसी ठंडी सांस ली, मानो जीवन में अब कुछ नहीं रहा और निर्मला से बोले– तुमने किया तो अपनी समझ में भले ही के लिए, पर कोई शत्रु भी मुझ पर इससे कठारे आघात न कर सकता था। जियाराम की माता होती, तो क्या वह यह संकोच करती? कदापि नहीं।

निर्मला बोली– जरा डॉक्टर साहब के यहां क्यों नहीं चले जाते? शायद वहां बैठे हों। कई लड़के रोज आते है, उनसे पूछिए, शायद कुछ पता लग जाए। फूंक–फूंककर चलने पर भी अपयश लग ही गया।

मुंशीजी ने मानो खुली हुई खिड़की से कहा– हां, जाता हूं और क्या करुंगा।

मुंशीज बाहर आये तो देखा, डॉक्टर सिन्हा खड़े हैं। चौंककर पूछा– क्या आप देर से खड़े हैं?

डॉक्टर– जी नहीं, अभी आया हूं। आप इस वक्त कहां जा रहे हैं? साढ़े बारह हो गये हैं।

मुंशीजी– आप ही की तरफ आ रहा था। जियाराम अभी तक घूमकर नहीं आया। आपकी तरफ तो नहीं गया था?

डॉक्टर सिन्हा ने मुंशीजी के दोनों हाथ पकड़ लिए और इतना कह पाये थे, श्भाई साहब, अबधैर्य से काम..श कि मुंशीजी गोली खाये हुए मनुष्य की भांति जमीन पर गिर पड़े।

अबकी सुधा के साथ निर्मला को भी आना पड़ा। वह तो मैके में कुछ दिन और रहना चाहती थी, लेकिन शोकातुर सुधा अकेले कैसे रही! उसको आखिर आना ही पड़ा। रुक्मिणी ने भूंगी से कहा– देखती है, बहू मैके से कैसा निखरकर आयी है!

भूंगी ने कहा– दीदी, मां के हाथ की रोटियां लड़कियों को बहुत अच्छी लगती है।

रुक्मिणी– ठीक कहती है भूंगी, खिलाना तो बस मां ही जानती है।

निर्मला को ऐसा मालूम हुआ कि घर का कोई आदमी उसके आने से खुश नहीं। मुंशीजी ने खुशी तो बहुत दिखाई, पर हृदयगत चिनता को न छिपा सके। बच्ची का नाम सुधा ने आशा रख दिया था। वह आशा की मूर्ति–सी थी भी। देखकर सारी चिन्ता भाग जाती थी। मुंशीजी ने उसे गोद में लेना चाहा, तो रोने लगी, दौड़कर मां से लिपट गयी, मानो पिता को पहचानती ही नहीं। मुंशीजी ने मिठाइयों से उसे परचाना चाहा। घर में कोई नौकर तो था नहीं, जाकर सियाराम से दो आने की मिठाइयां लाने को कहा।

जियराम भी बैठा हुआ था। बोल उठा– हम लोगों के लिए तो कभी मिठाइयां नहीं आतीं।

मंशीजी ने झुंझलाकर कहा– तुम लोग बच्चे नहीं हो।

जियाराम– और क्या बूढ़े हैं? मिठाइयां मंगवाकर रख दीजिए, तो मालूम हो कि बच्चे हैं या बूढ़े। निकालिए चार आना और आशा के बदौलत हमारे नसीब भी जागें।

मुंशीजी– मेरे पास इस वक्त पैसे नहीं है। जाओ सिया, जल्द जाना।

जियाराम– सिया नहीं जाऐगा। किसी का गुलाम नहीं है। आशा अपने बाप की बेटी है, तो वह भी अपने बाप का बेटा है।

मुंशीजी– क्या फजूज की बातें करते हो। नन्हीं–सी बच्ची की बराबरी करते तुम्हें शर्म नही आती? जाओ सियाराम, ये पैसे लो।

जियाराम– मत जाना सिया! तुम किसी के नौकर नहीं हो।

सिया बड़ी दुविधा में पड़ गया। किसका कहना माने? अन्त में उसने जियाराम का कहना मानने का निश्चय किया। बाप ज्यादा--से–ज्यादा घुड़क देंगे, जिया तो मारेगा, फिर वह किसके पास फरियाद लेकर जाऐगा। बोला– मैं न जाऊंगा।

मुंशीजी नेधमकाकर कहा– अच्छा, तो मेरे पास फिर कोई चीज मांगने मत आना।

मुंशीजी खुद बाजार चले गये और एक रुपये की मिठाई लेकर लौटे। दो आने की मिठाई मांगते हुए उन्हें शर्म आयी। हलवाई उन्हें पहचानता था। दिल में क्या कहेगा?

मिठाई लिए हुए मुंशीजी अन्दर चले गये। सियाराम ने मिठाई का बड़ा–सा दोना देखा, तो बाप का कहना न मानने का उसे दुख हुआ। अब वह किस मुंह से मिठाई लेने अन्द जाऐगा। बड़ी भूल हुई। वह मन–ही–मन जियाराम को चोटों की चोट और मिठाई की मिठास में तुलना करने लगा।

सहसा भूंगी ने दो तश्तरियां दोनो के सामने लाकर रख दीं। जियाराम ने बिगड़कर कहा– इसे उठा ले जा!

भूंगी– काहे को बिगड़ता हो बाबू क्या मिठाई अच्छी नहीं लगती?

जियाराम– मिठाई आशा के लिए आयी है, हमारे लिए नहीं आयी? ले जा, नहीं तो सड़क पर फेंक दूंगा। हम तो पैसे–पैसे के लिए रटते रहते ह। औ यहां रुपये की मिठाई आती है।

भूंगी– तुम ले लो सिया बाबू, यह न लेंगे न सहीं।

सियाराम ने डरते–डरते हाथ बढ़ाया था कि जियाराम ने डांटकर कहा– मत छूना मिठाई, नहीं तो हाथ तोड़कर रख दूंगा। लालची कहीं का!

सियाराम यहधुड़की सुनकर सहम उठा, मिठाई खाने की हिम्मत न पड़ी। निर्मला ने यह कथा सुनी, तो दोनों लड़कों को मनाने चली। मुंशजी ने कड़ी कसम रख दी।

निर्मला– आप समझते नहीं है। यह सारा गुस्सा मुझ पर है।

मुंशीजी– गुस्ताख हो गया है। इस खयाल से कोई सख्ती नहीं करता कि लोग कहेंगे, बिना मां के बच्चों को सताते हैं, नहीं तो सारी शरारत घड़ी भर में निकाल दूं।

निर्मला– इसी बदनामी का तो मुझे डर है।

मुंशीजी– अब न डरुंगा, जिसके जी में जो आये कहे।

निर्मला– पहले तो ये ऐसे न थे।

मुंशीजी– अजी, कहता है कि आपके लड़के मौजूद थे, आपने शादी क्यों की! यह कहते भी इसे संकोच नहीं हाता कि आप लोगों ने मंसाराम को विष दे दिया। लड़का नहीं है, शत्रु है।

जियाराम द्वार पर छिपकर खड़ा था। स्त्री–पुरुष मे मिठाई के विषय मे क्या बातें होती हैं, यही सुनने वह आया था। मुंशीजी का अन्तिम वाक्य सुनकर उससे न रहा गया। बोल उठा– शत्रु न होता, तो आप उसके पीछे क्यों पड़ते? आप जो इस वक्त कर हरे हैं, वह मैं बहुत पहले समझे बैठा हूं। भैया न समझ थे,धोखा ख गये। हमारे साथ आपकी दाला न गलेगी। सारा जमाना कह रहा है कि भाई साहब को जहर दिया गया है। मैं कहता हूं तो आपको क्यों गुस्सा आता है?

निर्मला तो सन्नाटे में आ गयी। मालूम हुआ, किसी ने उसकी देह पर अंगारे डाल दिये। मंशजी ने डांटकर जियाराम को चुप कराना चाहा, जियाराम निरूशं खड़ा ईंट का जवाब पत्थर से देता रहा। यहां तक कि निर्मला को भी उस पर क्रोध आ गया। यह कल का छोकरा, किसी काम का न काज का, यो खड़ा टर्रा रहा है, जैसे घर भर का पालन–पोषण यही करता हो। त्योंरियां चढ़ाकर बोली– बस, अब बहुत हुआ जियाराम, मालूम हो गया, तुम बड़े लायक हो, बाहर जाकर बैठो।

मुंशीजी अब तक तो कुछ दब–दबकर बोलते रहे, निर्मला की शह पाई तो दिल बढ़ गया। दांत पीसकर लपके और इसके पहले कि निर्मला उनके हाथ पकड़ सकें, एक थप्पड़ चला ही दिया। थप्पड़ निर्मला के मुंह पर पड़ा, वही सामने पडी। माथा चकरा गया। मुंशीजी ने सूखे हाथों में इतनी शक्ति है, इसका वह अनुमान न कर सकती थी। सिर पकड़कर बैठ गयी। मुंशीजी का क्रोध और भी भड़क उठा, फिर घूंसा चलाया पर अबकी जियाराम ने उनका हाथ पकड़ लिया और पीछे ढकेलकर बोला– दूर से बातें कीजिए, क्यों नाहक अपनी बेइज्जती करवाते हैं? अम्मांजी का लिहाज कर रहा हूं, नहीं तो दिखा देता।

यह कहता हुआ वह बाहर चला गया। मुंशीजी संज्ञा–शून्य से खड़े रहे। इस वक्त अगर जियाराम पर दैवी वज्र गिर पड़ता, तो शायद उन्हें हार्दिक आनन्द होता। जिस पुत्र का कभी गोद में लेकर निहाल हो जाते थे, उसी के प्रति आज भांति–भांति की दुष्कल्पनाएं मन में आ रही थीं।

रुक्मिणी अब तक तो अपनी कोठरी में थी। अब आकर बोली–बेटा आपने बराबर का हो जाऐ तो उस पर हाथ न छोड़ना चाहिए।

मुंशीजी ने ओंठ चबाकर कहा– मैं इसे घर से निकालकर छोड़ूंगा। भीख मांगे या चोरी करे, मुझसे कोई मतलब नहीं।

रुक्मिणी– नाक किसकी कटेगी?

मुंशीजी– इसकी चिन्ता नहीं।

निर्मला– मैं जानती कि मेरे आने से यह तुफान खड़ा हो जाऐगा, तो भूलकर भी न आती। अब भी भला है, मुझे भेज दीजिए। इस घर में मुझसे न रहा जाऐगा।

रुक्मिणी– तुम्हारा बहुत लिहाज करता है बहू, नहीं तो आज अनर्थ ही हो जाता।

निर्मला– अब और क्या अनर्थ होगा दीदीजी? मैं तो फूंक–फूंककर पांव रखती हूं, फिर भी अपयश लग ही जाता है। अभी घर में पांव रखते देर नहीं हुई और यह हाल हो गेया। ईश्वर ही कुशल करे।

रात को भोजन करने कोई न उठा, अकेले मुंशीजी ने खाया। निर्मला को आज नयी चिन्ता हो गयी– जीवन कैसे पार लगेगा? अपना ही पेट होता तो विशेष चिन्ता न थी। अब तो एक नयी विपत्ति गले पड़ गयी थी। वह सोच रही थी– मेरी बच्ची के भाग्य में क्या लिखा है राम?

चिन्ता में नींद कब आती है? निर्मला चारपाई पर करवटें बदल रही थी। कितना चाहती थी कि नींद आ जाऐ, पर नींद ने न आने की कसम सी खा ली थी। चिराग बुझा दिया था, खिड़की के दरवाजे खोल दिये थे, टिक–टिक करने वाली घड़ी भी दूसरे कमरे में रख आयीय थी, पर नींद का नाम था। जितनी बातें सोचनी थीं, सब सोच चुकी, चिन्ताओं का भी अन्त हो गया, पर पलकें न झपकीं। तब उसने फिर लैम्प जलाया और एक पुस्तक पढ़ने लगी। दो–चार ही पृष्ठ पढ़े होंगे कि झपकी आ गयी। किताब खुली रह गयी।

सहसा जियाराम ने कमरे में कदम रखा। उसके पांव थर–थर कांप रहे थे। उसने कमरे मे ऊपर–नीचे देखा। निर्मला सोई हुई थी, उसके सिरहाने ताक पर, एक छोटा–सा पीतल का सन्दूकचा रक्खा हुआ था। जियाराम दबे पांव गया,धीरे से सन्दूकचा उतारा और बड़ी तेजी से कमरे के बाहर निकला। उसी वक्त निर्मला की आंखें खुल गयीं। चौंककर उठ खड़ी हुई। द्वार पर आकर देखा। कलेजाधक् से हो गया। क्या यह जियाराम है? मेरे केमरे मे क्या करने आया था। कहीं मुझेधोखा तो नहीं हुआ? शायद दीदीजी के कमरे से आया हो। यहां उसका काम ही क्या था? शायद मुझसे कुछ कहने आया हो, लेकिन इस वक्त क्या कहने आया होगा? इसकी नीयत क्या है? उसका दिल कांप उठा।

मुंशीजी ऊपर छत पर सो रहे थे। मुंडेर न होने के कारण निर्मला ऊपर न सो सकती थी। उसने सोचा चलकर उन्हें जगाऊं, पर जाने की हिम्मत न पड़ी। शक्की आदमी है, न जाने क्या समझ बैठें और क्या करने पर तैयार हो जाऐं? आकर फिर पुस्तक पढ़ने लगी। सबेरे पूछने पर आप ही मालूम हो जाऐगा। कौन जाने मुझेधोखा ही हुआ हो। नींद मे कभी–कभीधोखा हो जाता है, लेकिन सबेरे पूछने का निश्चय कर भी उसे फिर नींद नहीं आयी।

सबेरे वह जलपान लेकर स्वयं जियाराम के पास गयी, तो वह उसे देखकर चौंक पड़ा। रोज तो भूंगी आती थी आज यह क्यों आ रही है? निर्मला की ओर ताकने की उसकी हिम्मत न पड़ी।

निर्मला ने उसकी ओर विश्वासपूर्ण नेत्रों से देखकर पूछा– रात को तुम मेरे कमरे मे गये थे?

जियाराम ने विस्मय दिखाकर कहा– मैं? भला मैं रात को क्या करने जाता? क्या कोई गया था?

निर्मला ने इस भाव से कहा, मानो उसे उसकी बात का पूरी विश्वास हो गया– हां, मुझे ऐसा मालूम हुआ कि कोई मेरे कमरे से निकला। मैंने उसका मुंह तो न देखा, पर उसकी पीठ देखकर अनुमान किया कि शयद तुम किसी काम से आये हो। इसका पता कैसे चले कौन था? कोई था जरुर इसमें कोई सन्देह नहीं।

जियाराम अपने को निरपराध सिद्व करने की चेष्टा कर कहने लगा– मै। तो रात को थियेटर देखने चला गया था। वहां से लौटा तो एक मित्र के घर लेट रहा। थोड़ी देर हुई लौटा हूं। मेरे साथ और भी कई मित्र थे। जिससे जी चाहे, पूछ लें। हां, भाई मैं बहुत डरता हूं। ऐसा न हो, कोई चीज गायब हो गयी, तो मेरा नामे लगे। चोर को तो कोई पकड़ नहीं सकता, मेरे मत्थे जाऐगी। बाबूजी को आप जानती हैं। मुझो मारने दौडेंगे।

निर्मला– तुम्हारा नाम क्यों लगेगा? अगर तुम्हीं होते तो भी तुम्हें कोई चोरी नहीं लगा सकता। चोरी दूसरे की चीज की जाती है, अपनी चीज की चोरी कोई नहीं करता।

अभी तक निर्मला की निगाह अपने सन्दूकचे पर न पड़ी थी। भोजन बनाने लगी। जब वकील साहब कचहरी चले गये, तो वह सुधा से मिलने चली। इधर कई दिनों से मुलाकात न हुई थी, फिर रातवाली घटना पर विचार परिवर्तन भी करना था। भूंगी से कहा– कमरे मे से गहनों का बक्स उठा ला।

भूंगी ने लौटकर कहा– वहां तो कहीं सन्दूक नहीं हैं। ककहां रखा था? निर्मला ने चिढ़कर कहा– एक बार में तो तेरा काम ही कभी नहीं होता। वहां छोड़कर और जाऐगा कहां। आलमारी में देखा था?

भूंगी– नहीं बहूजी, आलमारी में तो नहीं देखा, झूठ क्यों बोलूं?

निर्मला मुस्करा पड़ी। बोली– जा देख, जल्दी आ। एक क्षण में भूंगी फिर खाली हाथ लौट आयी– आलमारी में भी तो नहीं है। अब जहां बताओ वहां देखूं।

निर्मला झुंझलाकर यह कहती हुई उठ खड़ी हुई– तुझे ईश्वर ने आंखें ही न जाने किसलिए दी! देख, उसी कमरे में से लाती हूं कि नहीं।

भूंगी भी पीछे–पीछे कमरे में गयी। निर्मला ने ताक पर निगाह डाली, अलमारी खोलकर देखी। चारपाई के नीचे झांककार देखा, फिर कपड़ों का बडा संदूक खोलकर देखा। बक्स का कहीं पता नहीं। आश्चर्य हुआ, आखिर बक्सा गया कहां?

सहसा रातवाली घटना बिजली की भांति उसकी आंखों के सामने चनक गयी। कलेजा उछल पड़ा। अब तक निश्चिन्त होकर खोज रही थी। अब ताप–सा चढ़ आया। बड़ी उतावली से चारों ओर खोजने लगी। कहीं पता नहीं। जहां खोजना चाहिए था, वहां भी खोजा और जहां नहीं खोजना चाहिए था, वहां भी खोजा। इतना बड़ा सन्दूकचा बिछावन के नीचे कैसे छिप जाता? पर बिछावन भी झाड़कर देखा। क्षण–क्षण मुख की कान्ति मलिन होती जाती थी। प्राण नहीं मे समाते जाते थे। अनत में निराशा होकर उसने छाती पर एक घूंसा मारा और रोने लगी।

गहने ही स्त्री की सम्पत्ति होते हैं। पति की और किसी सम्पत्ति पर उसका अधिकार नहीं होता। इन्हीं का उसे बल और गौरव

होता है। निर्मला के पास पांच–छरू हजार के गहने थे। जब उन्हें पहनकर वह निकलती थी, तो उतनी देर के लिए उल्लास से उसका हृदय खिला रहता था। एक–एक गहना मानो विपत्ति और बाधा से बचाने के लिए एक–एक रक्षास्त्र था। अभी रात ही उसने सोचा था, जियाराम की लौंडी बनकर वह न रहेगी। ईश्वर न करे कि वह किसी के सामने हाथ फैलाये। इसी खेवे से वह अपनी नाव को भी पार लगा देगी और अपनी बच्ची को भी किसी–न–किसी घाट पहुंचा देगी। उसे किस बात की चिन्त है! उन्हें तो कोई उससे न छीन लेगा। आज ये मेरे सिंगार हैं, कल को मेरे आधार हो जाएंगे। इस विचार से उसके हृदय को कितनी सान्तवना मिली थी! वह सम्पत्ति आज उसके हाथ से निकल गयी। अब वह निराधार थी। संसार उसे कोई अवलम्ब कोई सहारा न था। उसकी आशाओं का आधार जड़ से कट गया, वह फूट–फूटकर रोने लगी। ईश्चर! तुमसे इतना भी न देखा गया? मुझ दुखिया को तुमने यों ही अपंग बना दिया थ, अब आंखे भी फोड़ दीं। अब वह किसके सामने हाथ फैलायेगी, किसके द्वार पर भीख मांगेगी। पसीने से उसकी देह भीग गयी, रोते–रोते आंखे सूज गयीं। निर्मला सिर नीचा किये रा रही थी। रुक्मिणी उसेधीरज दिला रही थीं, लेकिन उसके आंसू न रुकते थे, शोके की ज्वाल केम ने होती थी।

तीन बजे जियाराम स्कूल से लौटा। निर्मला उसने आने की खबर पाकर विक्षिप्त की भांति उठी और उसके कमरे के द्वार पर आकर बोली–भैया, दिल्लगी की हो तो दे दो। दुखिया को सताकर क्या पाओगे?

जियाराम एक क्षण के लिए कातर हो उठा। चोर–कला में उसका यह पहला ही प्रयास था। यह कठारेता, जिससे हिंसा में मनोरंजन होता है अभी तक उसे प्राप्त न हुई थी। यदि उसके पास सन्दूकचा होता और फिर इतना मौका मिलता कि उसे ताक पर

रख आवें, तो कदाचित् वह उसे मौके को न छोड़ता, लेकिन सन्दूक उसके हाथ से निकल चुका था। यारों ने उसे सराफें में पहुंचा दिया था और औने–पौने बेच भी डाला थ। चोरों की झूठ के सिवा और कौन रक्षा कर सकता है। बोला–भला अम्मांजी, मैं आपसे ऐसी दिल्लगी करुंगा? आप अभी तक मुझ पर शक करती जा रही हैं। मैं कह चुका कि मैं रात को घर पर न था, लेकिन आपको यकीन ही नहीं आता। बड़े दुरूख की बात है कि मुझे आप इतना नीच समझती हैं।

निर्मला ने आंसू पोंछते हुए कहा– मैं तुम्हारे पर शक नहीं करती भैया, तुम्हें चोरी नहीं लगाती। मैंने समझा, शायद दिल्लगी की हो।

जियाराम पर वह चोरी का संदेह कैसे कर सकती थी? दुनिया यही तो कहेगी कि लड़के की मां मर गई है, तो उस पर चोरी का इलजाम लगाया जा रहा है। मेरे मुंह मे ही तो कालिख लगेगी!

जियाराम ने आश्वासन देते हुए कहा– चलिए, मैं देखूं, आखिर ले कौन गया? चोर आया किस रास्ते से?

भूंगी– भैया, तुम चोरों के आने को कहते हो। चूहे के बिल से तो निकल ही आते हैं, यहां तो चारो ओर ही खिड़कियां हैं।

जियाराम– खूब अच्छी तरह तलाश कर लिया है?

निर्मला– सारा घर तो छान मारा, अब कहां खोजने को कहते हो?

जियाराम– आप लोग सो भी तो जाती हैं मुर्दों से बाजी लगाकर।

चार बजे मुंशीजी घर आये, तो निर्मला की दशा देखकर पूछा– कैसी तबीयत है? कहीं दर्द तो नहीं है? कह कहकर उन्होंने आशा को गोद में उठा लिया।

निर्मला कोई जवाब न दे सकी, फिर रोने लगी।

भूंगी ने कहा– ऐसा कभी नहीं हुआ था। मेरी सारी उर्म इसी घर मं कट गयी। आज तक एक पैसे की चोरी नहीं हुई। दुनिया यही कहेगी कि भूंगी का कोम है, अब तो भगेवान ही पत–पानी रखें।

मुंशीजी अचकन के बटन खोल रहे थे, फिर बटन बन्द करते हुए बोले– क्या हुआ? कोई चीज चोरी हो गयी?

भूंगी– बहूजी के सारे गहने उठ गये।

मुंशीजी– रखे कहां थे?

निर्मला ने सिसकियां लेते हुए रात की सारी घटना बयाना कर दी, पर जियाराम की सूरत के आदमी के अपने कमरे से निकलने की बात न कही। मुंशीजी ने ठंडी सांस भरकर कहा– ईश्वर भी बड़ा अन्यायी है। जो मरे उन्हीं को मारता है। मालूम होता है, अदिन आ गये हैं। मगर चोर आया तो किधर से? कहीं सेंध नहीं पड़ी और किसी तरफ से आने का रास्ता नहीं। मैंने तो कोई ऐसा पाप नहीं किया, जिसकी मुझे यह सजा मिल रही है। बार–बार कहता रहा, गहने का सन्दूकचा ताक पर मत रखो, मगेर कौन सुनता है।

निर्मला– मैं क्या जानती थी कि यह गजब टूट पड़ेगा!

मुंशीजी– इतना तो जानती थी कि सब दिन बराबर नहीं जाते। आज बनवाने जाऊं, तो इस हजार से कम न लगेंगे। आजकल अपनी जो दशा है, वह तुमसे छिपी नहीं, खर्च भर का मुश्किल से मिलता है, गहने कहां से बनेंगे। जाता हूं, पुलिस में इत्तिला कर आता हूं, पर मिलने की उम्मीद न समझो।

निर्मला ने आपत्ति के भाव से कहा– जब जानते हैं कि पुलिस में इत्तिला करने से कुद न होगा, तो क्यों जा रहे हैं?

मुंशीजी– दिल नहीं मानता और क्या? इतना बड़ा नुकसान उठाकर चुपचाप तो नहीं बैठ जाता।

निर्मला– मिलनेवाले होते, तो जाते ही क्यों? तकदीर में न थे, तो कैसे रहते?

मुंशीजी– तकदीर मे होंगे, तो मिल जाएंगे, नहीं तो गये तो हैं ही।

मुंशीजी कमरे से निकले। निर्मला ने उनका हाथ पकड़कर कहा– मैं कहती हूं, मत जाओ, कहीं ऐसा न हो, लेने के देने पड़ जाएं।

मुंशीजी ने हाथ छुड़ाकर कहा– तुम भी बच्चों की–सी जिद्द कर रही हो। दस हजार का नुकसान ऐसा नहीं है, जिसे मैं यों ही उठा लूं। मैं रो नहीं रहा हूं, पर मेरे हृदय पर जो बीत रही है, वह मैं ही जानता हूं। यह चोट मेरे कलेजे पर लगी है। मुंशीजी और कुछ न कह सके। गला फंस गया। वह तेजी से कमरे से निकल आये और थाने पर जा पहुँचे। थानेदार उनका बहुत लिहाज करता था। उसे एक बार रिश्वत के मुकदमे से बरी करा चुके थे। उनके साथ ही तफ्तीश करने आ पहुंचा। नाम था अलायार खां।

शाम हो गयी थी। थानेदार ने मकान के अगवाड़े–पिछवाड़े घूम–घूमकर देखा। अन्दर जाकर निर्मला के कमरे को गौर से देखा। ऊपर की मुंडेर की जांच की। मुहल्ले के दो–चार आदमियों से चुपके–चुपके कुछ बातें की और तब मुंशीजी से बोले– जनाब, खुदा की कसम, यह किसी बाहर के आदमी का काम नहीं। खुदा की कसम, अगर कोई बाहर की आमदी निकले, तो आज से थानेदारी करना छोड़ दूं। आपके घर में कोई मुलाजिम ऐसा तो नहीं है, जिस पर आपको शुबहा हो।

मुंशीजी– घर मे तो आजकल सिर्फ एक महरी है।

थानेदार–अजी, वह पगली है। यह किसी बड़े शातिर का काम है, खुदा की कसम।

मुंशीजी– तो घर में और कौन है? मेरे दोने लड़के हैं, स्त्री है और बहन है। इनमें से किस पर शक करुं?

थानेदार– खुदा की कसम, घर ही के किसी आदमी का काम है, चाहे, वह कोई हो, इन्शाअल्लाह, दो–चार दिन में मैं आपको इसकी खबर दूंगा। यह तो नहीं कह सकता कि माल भी सब मिल जाऐगा, पर खुदा की कसम, चोर जरुर पकड़ दिखाऊंगा।

थानेदार चला गया, तो मुंशीजी ने आकर निर्मला से उसकी बातें कहीं। निर्मला सहम उठी– आप थानेदार से कह दीजिए, तफतीश न करें, आपके पैरों पड़ती हूं।

मुंशीजी– आखिर क्यों?

निर्मला– अब क्यों बताऊं? वह कह रहा है कि घर ही के किसी का काम है।

मुंशीजी– उसे बकने दो।

जियाराम अपने कमरे में बैठा हुआ भगवान् को याद कर रहा था। उसक मुंह पर हवाइयां उड़ रही थीं। सुन चुका थाकि पुलिसवाले चेहरे से भांप जाते हैं। बाहर निकलने की हिम्मत न पड़ती थी। दोनों आदमियों में क्या बातें हो रही हैं, यह जानने के लिए छटपटा रहा था। ज्योंही थानेदार चला गया और भूंगी किसी काम से बाहर निकली, जियाराम ने पूछा–थानेदार क्या कर रहा था भूंगी?

भूंगी ने पास आकर कहा– दाढ़ीजार कहता था, घर ही से किसी आदमी का काम है, बाहर को कोई नहीं है।

जियाराम– बाबूजी ने कुछ नहीं कहा?

भूंगी– कुछ तो नहीं कहा, खड़े शहूं–हूंश करते रहे। घर मे एक भूंगी ही गैर है न! और तो सब अपने ही हैं।

जियाराम– मैं भी तो गैर हूं, तू ही क्यों?

भूंगी– तुम गैर काहे हो भैया?

जियाराम– बाबूजी ने थानेदार से कहा नहीं, घर में किसी पर उनका शुबहा नहीं है।

भूंगी– कुछ तो कहते नहीं सुना। बेचारे थानेदार ने भले ही कहा– भूंगी तो पगली है, वह क्या चोरी करेगी। बाबूजी तो मुझे फंसाये ही देते थे।

जियाराम– तब तो तू भी निकल गयी। अकेला मैं ही रह गया। तू ही बता, तूने मुझे उस दिन घर में देखा था?

भूंगी– नहीं भैया, तुम तो ठेठर देखने गये थे।

जियाराम– गवाही देगी न?

भूंगी– यह क्या कहते हो भैया? बहूजी तफ्तीश बन्द कर देंगी।

जियराम– सच?

भूंगी– हां भैया, बार–बार कहती है कि तफ्तीश न कराओ। गहने गये, जाने दो, पर बाबूजी मानते ही नहीं।

पांच–छरू दिन तक जियाराम ने पेट भर भोजन नहीं किया। कभी दो–चार कौर खा लेता, कभी कह देता, भूख नहीं है। उसके चेहरे का रंग उड़ा रहता था। रातें जागतें कटतीं, प्रतिक्षण थानेदार की शंका बनी रहती थी। यदि वह जानता कि मामला इतना तूल खींचेगा, तो कभी ऐसा काम न करता। उसने तो समझा था– किसी चोर पर शुबहा होगा। मेरी तरफ किसी काध्यान भी न जाएगा, पर अब भण्डा फूटता हुआ मालूम होता था। अभागा थानेदार जिस ढंगे से छान–बीन कर रहा था, उससे जियाराम को बड़ी शंका हो रही थी।

सातवें दिन संध्या समय घर लौटा तो बहुत चिन्तित था। आज तक उसे बचने की कुछ–न–कुछ आशा थी। माल अभी तक कहीं

बरामद न हुआ था, पर आज उसे माल के बरामद होने की खबर मिल गयी थी। इसी दम थानेदार कांस्टेबिल के लिए आता होगा। बचने को कोई उपाय नहीं। थानेदार को रिश्वत देने से सम्भव है मुकदमे को दबा दे, रुपये हाथ में थे, पर क्या बात छिपी रहेगी? अभी माल बरामद नही हुआ, फिर भी सारे शहर में अफवाह थी कि बेटे ने ही माल उड़ाया है। माल मिल जाने पर तो गली–गली बात फैल जाऐगी। फिर वह किसी को मुंह न दिखा सकेगा।

मुंशीजी कचहरी से लौटे तो बहुत घबराये हुए थे। सिर थामकर चारपाई पर बैठ गये।

निर्मला ने कहा– कपड़े क्यों नहीं उतारते? आज तो और दिनों से देर हो गयी है।

मुंशीजी– क्या कपडे ऊतारुं? तुमने कुछ सुना?

निर्मला– क्य बात है? मैंने तो कुछ नहीं सुना?

मुंशीजी– माल बरामद हो गया। अब जिया का बचना मुश्किल है।

निर्मला को आश्चर्य नहीं हुआ। उसके चेहरे से ऐसा जान पड़ा, मानो उसे यह बात मालूम थी। बोली– मैं तो पहले ही कर रही थी कि थाने में इत्तला मत कीजिए।

मुंशीजी– तुम्हें जिया पर शका था?

निर्मला– शक क्यों नहीं था, मैंने उन्हें अपने कमरे से निकलते देखा था।

मुंशीजी– फिर तुमने मुझसे क्यों न कह दिया?

निर्मला– यह बात मेरे कहने की न थी। आपके दिल में जरुर खयाल आता कि यह ईर्ष्यावश आक्षेप लगा रही है। कहिए, यह खयाल होता या नहीं? झूठ न बोलिएगा।

मुंशीजी– सम्भव है, मैं इन्कार नहीं कर सकता। फिर भी उसक दशा में तुम्हें मुझसे कह देना चाहिए था। रिपोर्ट की नौबत न आती। तुमने अपनी नेकनामी की तो– फिक्र की, पर यह न सोचा कि परिण ााम क्या होगा? मैं अभी थाने में चला आता हूं। अलायार खां आता ही होगा!

निर्मला ने हताश होकर पूछा– फिर अब?

मुंशीजी ने आकाश की ओर ताकते हुए कहा– फिर जैसी भगवान् की इच्छा। हजार–दो हजार रुपये रिश्वत देने के लिए होते तो शायद मामेला दब जाता, पर मेरी हालत तो तुम जानती हो। तकदीर खोटी है और कुछ नहीं। पाप तो मैंने किया है, दण्ड कौन भोगेगा? एक लड़का था, उसकी वह दशा हुई, दूसरे की यह दशा हो रही है। नालायक था, गुस्ताख था, गुस्ताख था, कामचोर था, पर था ता अपना ही लड़का, कभी–न–कभी चेत ही जाता। यह चोट अब न सही जाऐगी।

निर्मला– अगर कुछ दे–दिलाकर जान बच सके, तो मैं रुपये का प्रबन्ध कर दूं।

मुंशीजी– कर सकती हो? कितने रुपये दे सकती हो?

निर्मला– कितना दरकार होगा?

मुंशीजी– एक हजार से कम तो शायद बातचीत न हो सके। मैंने एक मुकदमे में उससे एक हजार लिए थे। वह कसर आज निकालेगा।

निर्मला– हो जाऐगा। अभी थाने जाइए।

मुंशीजी को थाने में बड़ी देर लगी। एकान्त में बातचीत करने का बहुत देर मे मौका मिला। अलायार खां पुराना घाघ थ। बड़ी मुश्किल से अण्टी पर चढ़ा। पांच सौ रुवये लेकर भी अहसान का

बोझा सिर पर लाद ही दिया। काम हो गया। लौटकर निर्मला से बोला– लो भाई, बाजी मार ली, रुपये तुमने दिये, पर काम मेरी जबान ही ने किया। बड़ी–बड़ी मुश्किलों से राजी हो गया। यह भी याद रहेगी। जियाराम भोजन कर चुका है?

निर्मला– कहां, वह तो अभी घूमकर लौटे ही नहीं।

मुंशीजी– बारह तो बज रहे होंगें।

निर्मला– कई दफे जा–जाकर देख आयी। कमरे में अंधेरा पड़ा हुआ है।

मुंशीजी– और सियाराम?

निर्मला– वह तो खा–पीकर सोये हैं।

मुंशीजी– उससे पूछा नहीं, जिया कहां गया?

निर्मला– वह तो कहते हैं, मुझसे कुछ कहकर नहीं गये।

मुंशीजी को कुछ शंका हुई। सियाराम को जगाकर पूछा– तुमसे जियाराम ने कुछ कहा नहीं, कब तक लौटेगा? गया कहां है?

सियाराम ने सिर खुजलाते और आंखों मलते हुए कहा– मुझसे कुछ नहीं कहा।

मुंशीजी– कपड़े सब पहनकर गया है?

सियाराम– जी नहीं, कुर्ता औरधोती।

मुंशीजी– जाते वक्त खुश था?

सियाराम– खुश तो नहीं मालूम होते थे। कई बार अन्दर आने का इरादा किया, पर देहरी से ही लौट गये। कई मिनट तक सायबान में खड़े रहे। चलने लगे, तो आंखें पोंछ रहे थे। इधर कई दिन से अक्सा रोया करते थे।

मुंशीजी ने ऐसी ठंडी सांस ली, मानो जीवन में अब कुछ नहीं रहा और निर्मला से बोले– तुमने किया तो अपनी समझ में भले

ही के लिए, पर कोई शत्रु भी मुझ पर इससे कठारे आघात न कर सकता था। जियाराम की माता होती, तो क्या वह यह संकोच करती? कदापि नहीं।

निर्मला बोली– जरा डॉक्टर साहब के यहां क्यों नहीं चले जाते? शायद वहां बैठे हों। कई लड़के रोज आते है, उनसे पूछिए, शायद कुछ पता लग जाऐ। फूंक–फूंककर चलने पर भी अपयश लग ही गया।

मुंशीजी ने मानो खुली हुई खिड़की से कहा– हां, जाता हूं और क्या करुंगा।

मुंशीज बाहर आये तो देखा, डॉक्टर सिन्हा खड़े हैं। चौंककर पूछा– क्या आप देर से खड़े हैं?

डॉक्टर– जी नहीं, अभी आया हूं। आप इस वक्त कहां जा रहे हैं? साढ़े बारह हो गये हैं।

मुंशीजी– आप ही की तरफ आ रहा था। जियाराम अभी तक घूमकर नहीं आया। आपकी तरफ तो नहीं गया था?

डॉक्टर सिन्हा ने मुंशीजी के दोनों हाथ पकड़ लिए और इतना कह पाये थे, श्भाई साहब, अबधैर्य से काम..श कि मुंशीजी गोली खाये हुए मनुष्य की भांति जमीन पर गिर पड़े।

ग्याहरवाँ अध्याय

रुक्मिणी ने निर्मला से त्यौरियां बदलकर कहा– क्या नंगे पांव ही मदरसे जाऐगा?

निर्मला ने बच्ची के बाल गूंथते हुए कहा– मैं क्या करुं? मेरे पास रुपये नहीं हैं।

रुक्मिणी– गहने बनवाने को रुपये जुड़ते हैं, लड़के के जूतों के लिए रुपयों में आग लग जाती है। दो तो चले ही गये, क्या तीसरे को भी रुला–रुलाकर मार डालने का इरादा है?

निर्मला ने एक सांस खींचकर कहा– जिसको जीना है, जियेगा, जिसको मरना है, मरेगा। मैं किसी को मारने–जिलाने नहीं जाती।

आजकल एक–न–एक बात पर निर्मला और रुक्मिणी में रोज ही झड़प हो जाती थी। जब से गहने चोरी गये हैं, निर्मला का स्वभाव बिलकुल बदल गया है। वह एक–एक कौड़ी दांत से पकड़ने लगी है। सियाराम रोते–रोते चहे जान दे दे, मगर उसे मिठाई के लिए पैसे नहीं मिलते और यह बर्ताव कुछ सियाराम ही के साथ नहीं है, निर्मला स्वयं अपनी जरुरतों को टालती रहती है। धोती जब तक फटकनर तार–तार न हो जाऐ, नयी धोती नहीं आती। महीनों सिर का तेल नहीं मंगाया जाता। पान खाने का उसे शौक था, कई–कई

दिन तक पानदान खाली पड़ा रहता है, यहां तक कि बच्ची के लिए दूध भी नहीं आता। नन्हे से शिशु का भविष्य विराट् रुप धारण करके उसके विचार–क्षेत्र पर मंडराता रहता ।

मुंशीजी ने अपने को सम्पूर्णतया निर्मला के हाथों मे सौंप दिया है। उसके किसी काम में दखल नहीं देते। न जाने क्यों उससे कुछ दबे रहते हैं। वह अब बिना नागा कचहरी जाते हैं। इतनी मेहनत उन्होंने जवानी में भी न की थी। आंखें खराब हो गयी हैं, डॉक्टर सिन्हा ने रात को लिखने–पढ़ने की मुमुनियत कर दी है, पाचनशक्ति पहले ही दुर्बल थी, अब और भी खराब हो गयी है, दमें की शिकायत भी पैदा ही चली है, पर बेचारे सबेरे से आधी–आधी रात तक काम करते हैं। काम करने को जी चाहे या न चाहे, तबीयत अच्छी हो या न हो, काम करना ही पड़ता है। निर्मला को उन पर जरा भी दया आती। वही भविष्य की भीषण चिन्ता उसके आन्तरिक सद्भावों को सर्वनाश कर रही है। किसी भिक्षुक की आवाज सुनकर झल्ला पड़ती है। वह एक कोड़ी भी खर्च करना नहीं चाहती ।

एक दिन निर्मला ने सियाराम को घी लाने के लिए बाजार भेजा। भूंगी पर उनका विश्वास न था, उससे अब कोई सौदा न मांगती थी। सियाराम में काट–कपट की आदत न थी। औने–पौने करना न जानता था। प्रायरू बाजार का सारा काम उसी को करना पड़ता। निर्मला एक–एक चीज को तोलती, जरा भी कोई चीज तोल में कम पड़ती, तो उसे लौटा देती। सियाराम का बहुत–सा समय इसी लौट–फेरी में बीत जाता था। बाजार वाले उसे जल्दी कोई सौदा न देते। आज भी वही नौबत आयी। सियाराम अपने विचार से बहुत अच्छा घी, कई दूकारन से देखकर लाया, लेकिन निर्मला ने उसे सूंघते ही कहा– घी खराब है, लौटा आओ।

सियाराम ने झुंझलाकर कहा– इससे अच्छा घी बाजार में नहीं है, मैं सारी दूकाने देखकर लाया हूं?

निर्मला– तो मैं झूठ कहती हूं?

सियाराम– यह मैं नहीं कहता, लेकिन बनिया अब घी वापिस न लेगा। उसने मुझसे कहा था, जिस तरह देखना चाहो, यहीं देखो, माल तुम्हारे सामने है। बोहिनी–बट्टे के वक्त में सौदा वापस न लूंगा। मैंने सूंघकर, चखकर लिया। अब किस मुंह से लौटने जाऊ?

निर्मला ने दांत पीसकर कहा– घी में साफ चरबी मिली हुई है और तुम कहते हो, घी अच्छा है। मैं इसे रसोई में न ले जाऊंगी, तुम्हारा जी चाहे लौटा दो, चाहे खा जाओ।

घी की हांड़ी वहीं छोड़कर निर्मला घर में चली गयी। सियाराम क्रोध और क्षोभ से कातर हो उठा। वह कौन मुंह लेकर लौटाने जाए? बनिया साफ कह देगा– मैं नहीं लौटाता। तब वह क्या करेगा? आस–पास के दस–पांच बनिये और सड़क पर चलने वाले आदमी खाड़े हो जाएंगे। उन सबों के सामने उसे लज्जित होना पड़ेगा। बाजार में यों ही कोई बनिया उसे जल्दी सौदा नहीं देता, वह किसी दूकान पर खड़ा होने नहीं पाता। चारों ओर से उसी पर लताड़ पड़ेगी। उसने मन–ही–मन झुंझलाकर कहा– पड़ा रहे घी, मैं लौटाने न जाऊंगा।

मातृ–हीन बालक के समान दुखी, दीन–प्राणी संसार में दूसरा नहीं होता और सारे दुरूख भूल जाते हैं। बालक को माता याद आयी, अम्मां होती, तो क्या आज मुझे यह सब सहना पड़ता? भैया चले गये, मैं ही अकेला यह विपत्ति सहने के लिए क्यों बचा रहा? सियाराम की आंखों में आंसू की झड़ी लग गयी। उसके शोक कातर कण्ठ से एक गहरे निरूश्वास के साथ मिले हुए ये शब्द निकल आये– अम्मां! तुम मुझे भूल क्यों गयीं, क्यों नहीं बुला लेतीं?

सहसा निर्मला फिर कमरे की तरफ आयी। उसने समझा था, सियाराम चला गया होगा। उसे बैठा देखा, तो गुस्से से बोली– तुम अभी तक बैठे ही हो? आखिर खाना कब बनेगा?

सियाराम ने आंखें पोंड डालीं। बोला– मुझे स्कूल जाने में देर हो जाऐगी।

निर्नला– एक दिन देर हो जाऐगी तो कौन हरज है? यह भी तो घर ही का काम है?

सियाराम– रोज तो यही धन्धा लगा रहता है। कभी वक्त पर स्कूल नहीं पहुंचता। घर पर भी पढ़ने का वक्त नहीं मिलता। कोई सौदा दो–चार बार लौटाये बिना नहीं जाता। डांट तो मुझ पर पड़ती है, शर्मिंदा तो मुझे होना पड़ता है, आपको क्या?

निर्मला– हां, मुझे क्या? मैं तो तुम्हारी दुश्मन ठहरी! अपना होता, तब तो उसे दुरूख होता। मैं तो ईश्वर से मानाया करती हूं कि तुम पढ़–लिख न सको। मुझमें सारी बुराइयां–ही–बुराइयां हैं, तुम्हारा कोई कसूर नहीं। विमाता का नाम ही बुरा होता है। अपनी मां विष भी खिलाये, तो अमृत हैंय मैं अमृत भी पिलाऊं, तो विष हो जाऐगा। तुम लोगों के कारण में मिट्टी में मिल गयी, रोते–रोत उम्र काटी जाती है, मालूम ही न हुआ कि भगवान ने किसलिए जन्म दिया था और तुम्हारी समझ में मैं विहार कर रही हूं। तुम्हें सताने में मुझे बड़ा मजा आता है। भगवान् भी नहीं पूछते कि सारी विपत्ति का अन्त हो जाता।

यह कहते–कहते निर्मला की आंखें भर आयी। अन्दर चली गयी। सियाराम उसको रोते देखकर सहम उठा। ग्लानिक तो नहीं आयीय पर शंका हुई कि ने जाने कौन–सा दण्ड मिले। चुपके से हांड़ी उठ ली और घी लौटाने चला, इस तरह जैसे कोई कुत्ता किसी नये गांव में जाता है। उसे देखकर साधारण बुद्धि का मनुष्य भी आनुमान कर सकता था कि वह अनाथ है।

सियाराम ज्यों–ज्यों आगे बढ़ता था, आनेवाले संग्राम के भय से उसकी हृदय–गति बढ़ती जाती थी। उसने निश्चय किया–बनिये ने

घी न लौटाया, तो वह घी वहीं छोड़कर चला आयेगा। झख मारकर बनिया आप ही बुलायेगा। बनिये को डांटने के लिए भी उसने शब्द सोच लिए। वह कहेगा– क्यों साहूजी, आंखों में धूल झोंकते हो? दिखाते हो चोखा माल और और देते ही रद्दी माल? पर यह निश्चय करने पर भी उसके पैर आगे बहुत धीरे–धीरे उठते थे। वह यह न चाहता था, बनिया उसे आता हुआ देखे, वह अकस्मात् ही उसके सामने पहुंच जाना चाहता था। इसलिए वह चक्कार काटकर दूसरी गली से बनिये की दूकान पर गया।

बनिये ने उसे देखते ही कहा– हमने कह दिया था कि हमे सौदा वापस न लेंगे। बोलों, कहा था कि नहीं।

सियाराम ने बिगड़कर कहा– तुमने वह घी कहां दिया, जो दिखाया था? दिखाया एक माल, दिया दूसरा माल, लौटाओगे कैसे नहीं? क्या कुछ राहजनी है?

साह– इससे चोखा घी बाजार में निकल आये तो जरीबाना दूं। उठा लो हांड़ी और दो–चार दूकार देख आओ।

सियाराम– हमें इतनी फुर्सत नहीं है। अपना घी लौटा लो।

साह– घी न लौटेगा।

बनिये की दुकान पर एक जटाधारी साधू बैठा हुआ यह तमाश देख रहा था। उठकर सियाराम के पास आया और हांड़ी का घी सूंघकर बोला– बच्चा, घी तो बहुत अच्छा मालूम होता है।

साह सने शह पाकर कहा– बाबाजी हम लोग तो आप ही इनको घटिया माल नहीं देते। खराब माल क्या जाने–सुने ग्राहकों को दिया जाता है?

साधु– घी ले जाव बच्चा, बहुत अच्छा है।

सियाराम रो पड़ा। घी को बुरा सिद्ध करने के लिए उसके पास अब क्या प्रमाण था? बोला– वही तो कहती हैं, घी अच्छा नहीं है, लौटा आओ। मैं तो कहता था कि घी अच्छा है।

साधु– कौन कहता है?

साह– इसकी अम्मां कहती होंगी। कोई सौदा उनके मन ही नहीं भाता।

बेचारे लड़के को बार–बार दौड़ाया करती है। सौतेली मां है न! अपनी मां हो तो कुछ ख्याल भी करे।

साधु ने सियराम को सदय नेत्रों से देखा, मानो उसे त्राण देने के लिए उनका हृदय विकल हो रहा है। तब करुण स्वर से बोले– तुम्हारी माता का स्वर्गवास हुए कितने दिन हुए बच्च?

सियाराम– छठा साल है।

साधु– ता तुम उस वक्त बहुत ही छोटे रहे होंगे। भगेवान् तुम्हारी लीला कितनी विचित्र है। इस दुधमुंहे बालक को तुमने मात–प्रेम से वंचित कर दिया। बड़ा अनर्थ करते हो भगवान्! छरू साल का बालक और राक्षसी विमाता के पानले पड़े! धन्य हो दयानिधि! साहजी, बालक पर दया करो, घी लौटा लो, नहीं तो इसकी मात इसे घर में रहने न देगी। भगवान की इच्छा से तुम्हारा घी जल्द बिक जाऐगा। मेरा आशीर्वाद तुम्हारे साथ रहेगां

साहजी ने रुपये वापस न किये। आखिर लड़के को फिर घी लेने आना ही पड़ेगा। न जाने दिन में कितनी बार चक्कर लगाना पड़े और किस जालिये से पाला पड़े। उसकी दुकान में जो घी सबसे अच्छा था, वह सियाराम दिल से सोच रहा था, बाबाजी कितने दयालु हैं? इन्होंने सिफारिश न की होती, तो साहजी क्यों अच्छा घी देते?

सियाराम घी लेकर चला, तो बाबाजी भी उसके साथ ही लिये। रास्ते में मीठी–मीठी बातें करने लगे।

शबच्चा, मेरी माता भी मुझे तीन साल का छोड़कर परलोक सिधारी थीं। तभी से मातृ–विहीन बालकों को देखता हूं तो मेरा हृदय फटने लगता हैं।श

सियाराम ने पूछा– आपके पिताजी ने भी तो दूसरा विवाह कर लिया था?

साधु– हां, बच्चा, नहीं तो आज साधु क्यों होता? पहले तो पिताजी विवाह न करते थे। मुझे बहुत प्यार करते थे, फिर न जाने क्यों मन बदल गया, विवाह कर लिया। साधु हूं, कटु वचन मुंह से नहीं निकालना चाहिए, पर मेरी विमात जितनी ही सुन्दर थीं, उतनी ही कठोर थीं। मुझे दिन–दिन–भर खाने को न देतीं, रोता तो मारतीं। पिताजी की आंखें भी फिर गयीं। उन्हें मेरी सूरत से घृण ा होने लगी। मेरा रोना सुनकर मुझे पीटने लगते। अन्त को मैं एक दिन घर से निकल खड़ा हुआ।

सियाराम के मन में भी घर से निकल भागने का विचार कई बार हुआ था। इस समय भी उसके मन में यही विचार उठ रहा था। बड़ी उत्सुकता से बोला–घर से निकलकर आप कहां गये?

बाबाजी ने हंसकर कहा– उसी दिन मेरे सारे कष्टों का अन्त हो गया जिस दिन घर के मोह–बन्धन से छूटा और भय मन से निकला, उसी दिन मानो मेरा उद्धार हो गया। दिन भर मैं एक पुल के नीचे बैठा रहा। संध्या समय मुझे एक महात्मा मिल गये। उनका स्वामी परमानन्दजी था। वे बाल–ब्रह्मचारी थे। मुझ पर उन्होंने दया की और अपने साथ रख लिया। उनके साथ रख लिया। उनके साथ मैं देश–देशान्तरों में घूमने लगा। वह बड़े अच्छे योगी थे। मुझे भी उन्होंने योग–विद्या सिखाई। अब तो मेरे को इतना अभ्यास हो येगया है कि जब इच्छा होती है, माताजी के दर्शन कर लेता हूं, उनसे बात कर लेता हूं।

सियाराम ने विस्फारित नेत्रों से देखकर पूछा– आपकी माता का तो देहान्त हो चुका था?

साधु– तो क्या हुआ बच्च, योग–विद्या में वह शक्ति है कि जिस मृत–आत्म को चाहे, बुला ले।

सियाराम– मैं योग–विद्या सीख् लूं, तो मुझे भी माताजी के दर्शन होंगे?

साधु– अवश्य, अभ्यास से सब कुछ हो सकता है। हां, योग्य गुरु चाहिए। योग से बड़ी–बड़ी सिद्धियां प्राप्त हो सकती हैं। जितना धन चाहो, पल–मात्र में मंगा सकते हो। कैसी ही बीमारी हो, उसकी औषधि अता सकते हो।

सियाराम– आपका स्थान कहां है?

साधु– बच्चा, मेरे को स्थान कहीं नहीं है। देश–देशान्तरों से रमता फिरता हूं। अच्छा, बच्चा अब तुम जाओ, मै। जरा स्नान–ध्ययान करने जाऊंगा।

सियराम– चलिए मैं भी उसी तरफ चलता हूं। आपके दर्शन से जी नहीं भरा।

साधु– नहीं बच्चा, तुम्हें पाठशाला जाने की देरी हो रही है।

सियराम– फिर आपके दर्शन कब होंगे?

साधु– कभी आ जाऊंगा बच्चा, तुम्हारा घर कहां है?

सियाराम प्रसन्न होकर बोला– चलिएगा मेरे घर? बहुत नजदीक है। आपकी बड़ी कृपा होगी।

सियाराम कदम बढ़ाकर आगे–आगे चलने लगा। इतना प्रसन्न था, मानो सोने की गठरी लिए जाता हो। घर के सामने पहुंचकर बोला– आइए, बैठिए कुछ देर।

साधु– नहीं बच्चा, बैठूंगा नहीं। फिर कल–परसों किसी समय आ जाऊंगा। यही तुम्हारा घर है?

सियाराम– कल किस वक्त आइयेगा?

साधु– निश्चय नहीं कह सकता। किसी समय आ जाऊंगा।

साधु आगे बढ़े, तो थोड़ी ही दूर पर उन्हें एक दूसरा साधु मिला। उसका नाम था हरिहरानन्द।

परमानन्द से पूछा– कहां–कहां की सैर की? कोई शिकार फंसा?

हरिहरानन्द– इधरा चारों तरफ घूम आया, कोई शिकार न मिलां एकाध मिला भी, तो मेरी हंसी उड़ाने लगा।

परमानन्द– मुझे तो एक मिलता हुआ जान पड़ता है! फंस जाऐ तो जानूं।

हरिहरानन्द– तुम यों ही कहा करते हो। जो आता है, दो–एक दिन के बाद निकल भागता है।

परमानन्द– अबकी न भागेगा, देख लेना। इसकी मां मर गयी है। बाप ने दूसरा विवाह कर लिया है। मां भी सताया करती है। घर से ऊबा हुआ है।

हरिहरानन्द– खूब अच्छी तरह। यही तरकीब सबसे अच्छी है। पहले इसका पता लगा लेना चाहिए कि मुहल्ले में किन–किन घरों में विमाताएं हैं? उन्हीं घरों में फन्दा डालना चाहिए।

निर्मला ने बिगड़कर कहा– इतनी देर कहां लगायी?

सियाराम ने ढिठाई से कहा– रास्ते में एक जगह सो गया था।

निर्मला– यह तो मैं नहीं कहती, पर जानते हो कै बज गये हैं? दस कभी के बज गये। बाजार कुद दूर भी तो नहीं है।

सियाराम– कुछ दूर नहीं। दरवाजे ही पर तो है।

निर्मला– सीधे से क्यों नहीं बोलते? ऐसा बिगड़ रहे हो, जैसे मेरा ही कोई कामे करने गये हो?

सियाराम– तो आप व्यर्थ की बकवास क्यों करती हैं? लिया सौदा लौटाना क्या आसान काम है? बनिये से घंटों हुज्जत करनी पड़ी यह तो कहो, एक बाबाजी ने कह–सुनकर फेरवा दिया, नहीं तो किसी तरह न फेरता। रास्ते में कहीं एक मिनट भी न रुका, सीधा चला आता हूं।

निर्मला– घी के लिए गये–गये, तो तुम ग्यारह बजे लौटे हो, लकड़ी के लिए जाओगे, तो सांझ ही कर दोगे। तुम्हारे बाबूजी बिना खाये ही चले गये। तुम्हें इतनी देर लगानी था, तो पहले ही क्यों न कह दिया? जाते ही लकड़ी के लिए।

सियाराम अब अपने को संभाल न सका। झल्लाकर बोला– लकड़ी किसी और से मंगाइए। मुझे स्कूल जाने को देर हो रही है।

निर्मला– खाना न खाओगे?

सियाराम– न खाऊंगा।

निर्मला– मैं खाना बनाने को तैयार हूं। हां, लकड़ी लाने नहीं जा सकती।

सियाराम– भूंगी को क्यों नहीं भेजती?

निर्मला– भूंगी का लाया सौदा तुमने कभी देखा नहीं हैं?

सियाराम– तो मैं इस वक्त न जाऊंगा।

निर्मला– मुझे दोष न देना।

सियाराम कई दिनों से स्कूल नहीं गया था। बाजार–हाट के मारे उसे किताबें देखने का समय ही न मिलता था। स्कूल जाकर

झिड़कियां खान, से बेंच पर खड़े होने या ऊंची टोपी देने के सिवा और क्या मिलता? वह घर से किताबें लेकर चलता, पर शहर के बाहर जाकर किसी वृक्ष की छांह में बैठा रहता या पल्टनों की कवायद देखता। तीन बजे घर से लौट आता। आज भी वह घर से चला, लेकिन बैठने में उसका जी न लगा, उस पर आंतें अल ग जल रही थीं। हा! अब उसे रोटियों के भी लाले पड़ गये। दस बजे क्या खाना न बन सकता था? माना कि बाबूजी चले गये थे। क्या मेरे लिए घर में दो–चार पैसे भी न थे? अम्मां होतीं, तो इस तरह बिना कुछ खाये–पिये आने देतीं? मेरा अब कोई नहीं रहा।

सियाराम का मन बाबाजी के दर्शन के लिए व्याकुल हो उठा। उसने सोचा– इस वक्त वह कहां मिलेंगे? कहां चलकर देखूं? उनकी मनोहर वाणी, उनकी उत्साहप्रद सान्त्वना, उसके मन को खींचने लगी। उसने आतुर होकर कहा– मैं उनके साथ ही क्यों न चला गया? घर पर मेरे लिए क्या रखा था?

वह आज यहां से चला तो घर न जाकर सीधा घी वाले साहजी की दुकान पर गया। शायद बाबाजी से वहां मुलाकात हो जाए, पर वहां बाबाजी न थे। बड़ी देर तक खड़ा–खड़ा लौट आया।

घर आकर बैठा ही था किस निर्मला ने आकर कहा– आज देर कहां लगाई? सवेरे खाना नहीं बना, क्या इस वक्त भी उपवास होगा? जाकर बाजार से कोई तरकारी लाओ।

सियाराम ने झल्लाकर कहा– दिनभर का भूखा चला आता हूंय कुछ पीनी पीने तक को लाई नहीं, ऊपर से बाजार जाने का हुक्म दे दिया। मैं नहीं जाता बाजार, किसी का नौकर नहीं हूं। आखिर रोटियां ही तो खिलाती हो या और कुछ? ऐसी रोटियां जहां मेहनत करुंगा, वहीं मिल जाएंगी। जब मजूरी ही करनी है, तो आपकी न करुंगा, जाइए मेरे लिए खाना मत बनाइएगा।

निर्मला अवाक् रह गयी। लड़के को आज क्या हो गया? और दिन तो चुपके से जाकर काम कर लाता था, आज क्यों त्योरियां बदल रहा है? अब भी उसको यह न सूझी कि सियाराम को दो–चार पैसे कुछ खाने के दे दे। उसका स्वभाव इतना कृपण हो गया था, बोली– घर का काम करना तो मजूरी नहीं कहलाती। इसी तरह मैं भी कह दूं कि मैं खाना नहीं पकाती, तुम्हारे बाबूजी कह दें कि कचहरी नहीं जाता, तो क्या हो बताओ? नहीं जाना चाहते, तो मत जाओ, भूंगी से मंगा लूंगी। मैं क्या जानती थी कि तुम्हें बाजार जाना बुरा लगता है, नहीं तो बला से धेले की चीज पैसे में आती, तुम्हें न भेजती। लो, आज से कान पकड़ती हूं।

सियाराम दिल में कुछ लज्जित तो हुआ, पर बाजार न गया। उसका ध्यान बाबाजी की ओर लगा हुआ था। अपने सारे दुखों का अन्त और जीवन की सारी आशाएं उसे अब बाबाजी क आशीर्वाद में मालूम होती थीं। उन्हीं की शरण जाकर उसका यह आधारहीन जीवन सार्थक होगा। सूर्यास्त के समय वह अधीर हो गया। सारा बाजार छान मारा, लेकिन बाबाजी का कहीं पता न मिला। दिनभर का भूख–प्यासा, वह अबोध बालक दुखते हुए दिल को हाथों से दबाये, आशा और भय की मूर्ति बना, दुकानों, गालियों और मन्दिरों में उस आश्रमे को खोजता फिरता था, जिसके बिना उसे अपना जीवन दुस्सह हो रहा था। एक बार मन्दिर के सामने उसे कोई साधु खड़ा दिखाई दिया। उसने समझा वही हैं। हर्षोल्लास से वह फूल उठा। दौड़ा और साधु के पास खड़ा हो गया। पर यह कोई और ही महात्मा थे। निराश हो कर आगे बढ़ गया।

धारे–धीरे सड़कों पर सन्नाटा दा गया, घरों के द्वारा बन्द होने लगे। सड़क की पटरियों पर और गलियों में बंसखटे या बोरे बिछा–बिछाकर भारत की प्रजा सुख–निद्रा में मग्न होने लगी, लेकिन

सियाराम घर न लौटा। उस घर से उसक दिल फट गया था, जहां किसी को उससे प्रेम न था, जहां वह किसी पराश्रित की भांति पड़ा हुआ था, केवल इसीलिए कि उसे और कहीं शरण न थी। इस वक्त भी उसके घर न जाने को किसे चिन्ता होगी? बाबूजी भोजन करके लेटे होंगे, अम्मांजी भी आराम करने जा रही होंगी। किसी ने मेरे कमरे की ओर झांककर देखा भी न होगा। हां, बुआजी घबरा रही होंगी, वह अभी तक मेरी राह देखती होंगी। जब तक मैं न जाऊंगा, भोजन न करेंगी।

रुक्मिणी की याद आते ही सियाराम घर की ओर चल दिया। वह अगर और कुछ न कर सकती थी, तो कम–से–कम उसे गोद में चिमटाकर रोती थी? उसके बाहर से आने पर हाथ–मुंह धोने के लिए पानी तो रख देती थीं। संसार में सभी बालक दूध की कुल्लियों नहीं करते, सभी सोने के कौर नहीं खाते। कितनों के पेट भर भोजन भी नहीं मिलताय पर घर से विरक्त वही होते हैं, जो मातृ–स्नेह से वंचित हैं।

सियाराम घर की ओर चला ही कि सहसा बाबा परमानन्द एक गली से आते दिखायी दिये।

सियाराम ने जाकर उनका हाथ पकड़ लिया। परमानन्द ने चौंककर पूछा– बच्चा, तुम यहां कहां?

सियाराम ने बात बनाकर कहा– एक दोस्त से मिलने आया था। आपका स्थान यहां से कितनी दूर है?

परमानन्द– हम लोग तो आज यहां से जा रहे हैं, बच्चा, हरिद्व ार की यात्रा है।

सियाराम ने हतोत्साह होकर कहा– क्या आज ही चले जाइएगा?

परमानन्द– हां बच्चा, अब लौटकर आऊंगा, तो दर्शन दूंगा?

सियाराम ने कात कंठ से कहा– मैं भी आपके साथ चलूंगा।

परमानन्द– मेरे साथ! तुम्हारे घर के लोग जाने देंगे?

सियाराम– घर के लोगों को मेरी क्या परवाह है? इसके आगे सियाराम और कुछ सन कह सका। उसके अश्रु–पूरित नेत्रों ने उसकी करुणा

–गाथा उससे कहीं विस्तार के साथ सुना दी, जितनी उसकी वाणी कर सकती थी।

परमानन्द ने बालक को कंठ से लगाकर कहा– अच्छा बच्च, तेरी इच्छा हो तो चल। साधु–सन्तों की संगति का आनन्द उठा। भगवान् की इच्छा होगी, तो तेरी इच्छा पूरी होगी।

दाने पर मण्डराता हुआ पक्षी अन्त में दाने पर गिर पड़ा। उसके जीवन का अन्त पिंजरे में होगा या व्याध की छुरी के तले– यह कौन जानता है?

बारहवाँ अध्याय

मुंशीजी पांच बजे कचहरी से लौटे और अन्दर आकर चारपाई पर गिर पड़े। बुढ़ापे की देह, उस पर आज सारे दिन भोजन न मिला। मुंह सूख गया। निर्मला समझ गयी, आज दिन खाली गयां निर्मला ने पूछा– आज कुछ न मिला।

मुंशीजी– सारा दिन दौड़ते गुजरा, पर हाथ कुछ न लगा।

निर्मला– फौजदारी वाले मामले में क्या हुआ?

मुंशीजी– मेरे मुवक्किल को सजा हो गयी।

निर्मला– पंडित वाले मुकदमे में?

मुंशीजी– पंडित पर डिग्री हो गयी।

निर्मला– आप तो कहते थे, दावा खरिज हो जाऐगा।

मुंशीजी– कहता तो था, और जब भी कहता हूं कि दावा खारिज हो जाना चाहिए था, मगर उतना सिर मगजन कौन करे?

निर्मला– और सीरवाले दावे में?

मुंशीजी– उसमें भी हार हो गयी।

निर्मला– तो आज आप किसी अभागे का मुंह देखकर उठे थे।

मुंशीजी से अब काम बिलकुल न हो सकता थां एक तो उसके पास मुकदमे आते ही न थे और जो आते भी थे, वह बिगड़ जाते थे। मगर अपनी असफलताओं को वह निर्मला से छिपाते रहते थे। जिस दिन कुछ हाथ न लगता, उस दिन किसी से दो–चार रुपये उधार लाकर निर्मला को देते, प्रायरू सभी मित्रों से कुछ–न–कुछ ले चुके थे। आज वह डौल भी न लगा।

निर्मला ने चिन्तापूर्ण स्वर में कहा– आमदनी का यह हाल है, तो ईश्श्वर ही मालिक है, उसक पर बेटे का यह हाल है कि बाजार जाना मुश्किल है। भूंगी ही से सब काम कराने को जी चाहता है। घी लेकर ग्यारह बजे लौटा। कितना कहकर हार गयी कि लकड़ी लेते आओ, पर सुना ही नहीं।

मुंशीजी– तो खाना नहीं पकाया?

निर्मला– ऐसी ही बातों से तो आप मुकदमे हारते हैं। ईंधन के बिना किसी ने खाना बनाया है कि मैं ही बना लेती?

मुंशीजी– तो बिना कुछ खाये ही चला गया।

निर्मला– घर में और क्या रखा था जो खिला देती?

मुंशीजी ने डरते–डरते कहका– कुछ पैसे–वैसे न दे दिये?

निर्मला ने भौंहे सिकोड़कर कहा– घर में पैसे फलते हैं न?

मुंशीजी ने कुछ जवाब न दिया। जरा देर तक तो प्रतीक्षा करते रहे कि शायद जलपान के लिए कुछ मिलेगा, लेकिन जब निर्मला ने पानी तक न मंगवाय, तो बेचारे निराश होकर चले गये। सियाराम के कष्ट का अनुमान करके उनका चित्त चचंल हो उठा। एक बार भूंगी ही से लकड़ी मंगा ली जाती, तो ऐसा क्या नुकसान हो जाता? ऐसी किफायत भी किस काम की कि घर के आदमी भूखे रह जाएं। अपना संदूकचा खोलकर टटोलने लगे कि शायद दो–चार आने पैसे

मिल जाए। उसके अन्दर के सारे कागज निकाल डाले, एक–एक, खाना देखा, नीचे हाथ डालकर देखा पर कुछ न मिला। अगर निर्मला के सन्दूक में पैसे न फलते थे, तो इस सन्दूकचे में शायद इसके फूल भी न लगते हों, लेकिन संयोग ही कहिए कि कागजों को झाडकते हुए एक चवन्नी गिर पड़ी। मारे हर्ष के मुंशीजी उछल पड़े। बड़ी–बड़ी रकमें इसके पहले कमा चुके थे, पर यह चवन्नी पाकर इस समय उन्हें जितना आह्लाद हुआ, उनका पहले कभी न हुआ था। चवन्नी हाथ में लिए हुए सियाराम के कमरे के सामने आकर पुकारा। कोई जवाब न मिला। तब कमरे में जाकर देखा। सियाराम का कहीं पता नहीं– क्या अभी स्कूल से नहीं लौटा? मन में यह प्रश्न उठते ही मुंशीजी ने अन्दर जाकर भूंगी से पूछा। मालूम हुआ स्कूल से लौट आये।

मुंशीजी ने पूछा– कुछ पानी पिया है?

भूंगी ने कुछ जवाब न दिया। नाक सिकोड़कर मुंह फेरे हुए चली गयी।

मुंशीजी अहिस्ता–आहिस्ता आकर अपने कमरे में बैठ गये। आज पहली बार उन्हें निर्मला पर क्रोध आया, लेकिन एक ही क्षण क्रोध का आघात अपने ऊपर होने लगा। उस अंधेरे कमेरे में फर्श पर लेटे हुए वह अपने पुत्र की ओर से इतना उदासीन हो जाने पर धिक्कारने लगे। दिन भर के थके थे। थोड़ी ही देर में उन्हें नींद आ गयी।

भूंगी ने आकर पुकारा– बाबूजी, रसोई तैयार है।

मुंशीजी चौंककर उठ बैठे। कमरे में लैम्प जल रहा था पूछा– कै बज गये भूंगी? मुझे तो नींद आ गयी थी।

भूंगी ने कहा– कोतवाली के घण्टे में नौ बज गये हैं और हम नाहीं जानित।

मुंशीजी– सिया बाबू आये?

भूंगी– आये होंगे, तो घर ही में न होंगे।

मुंशीजी ने झल्लाकर पूछा– मैं पूछता हूं, आये कि नहीं? और तू न जाने क्या–क्या जवाब देती है? आये कि नहीं?

भूंगी– मैंने तो नहीं देखा, झूठ कैसे कह दूं।

मुंशीजी फिर लेट गये और बोले– उनको आ जाने दे, तब चलता हूं।

आध घंटे द्वार की ओर आंख लगाए मुंशीजी लेटे रहे, तब वह उठकर बाहर आये और दाहिने हाथ कोई दो फर्लांग तक चले। तब लौटकर द्वार पर आये और पूछा– सिया बाबू आ गये?

अन्दर से आवाज आयी– अभी नहीं।

मुंशीजी फिर बायीं ओर चले और गली के नुक्कड़ तक गये। सियाराम कहीं दिखाई न दिया। वहां से फिर घर आये और द्वारा पर खड़े होकर पूछा– सिया बाबू आ गये?

अन्दर से जवाब मिला– नहीं।

कोतवाली के घंटे में दस बजने लगे।

मुंशीजी बड़े वेग से कम्पनी बाग की तरफ चले। सोचन लगे, शायद वहां घूमने गया हो और घास पर लेटे–लेट नींद आ गयी हो। बाग में पहुंचकर उन्होंने हरेक बेंच को देखा, चारों तरफ घूमे, बहुते से आदमी घास पर पड़े हुए थे, पर सियाराम का निशान न था। उन्होंने सियाराम का नाम लेकर जोर से पुकारा, पर कहीं से आवाज न आयी।

ख्याल आया शायद स्कूल में तमाशा हो रहा हो। स्कूल एक मील से कुछ ज्यादा ही था। स्कूल की तरफ चले, पर आधे रास्ते से ही लौट पड़े। बाजार बन्द हो गया था। स्कूल में इतनी रात तक

तमाशा नहीं हो सकता। अब भी उन्हें आशा हो रही थी कि सियाराम लौट आया होगा। द्वार पर आकर उन्होंने पुकारा– सिया बाबू आये? किवाड़ बन्द थे। कोई आवाज न आयी। फिर जोर से पुकारा। भूंगी किवाड़ खोलकर बोली– अभी तो नहीं आये। मुंशीजी ने धीरे से भूंगी को अपने पास बुलाया और करुण स्वर में बोले– तू ता घर की सब बातें जानती है, बता आज क्या हुआ था?

भूंगी– बाबूजी, झूठ न बोलूंगी, मालकिन छुड़ा देगी और क्या? दूसरे का लड़का इस तरह नहीं रखा जाता। जहां कोई काम हुआ, बस बाजार भेज दिया। दिन भर बाजार दौड़ते बीतता था। आज लकड़ी लाने न गये, तो चूल्हा ही नहीं जला। कहो तो मुंह फुलावें। जब आप ही नहीं देखते, तो दूसरा कौन देखेगा? चलिए, भोजन कर लीजिए, बहूजी कब से बैठी है।

मुंशीजी– कह दे, इस वक्त नहीं खायेंगे।

मुंशीजी फिर अपने कमेरे में चले गये और एक लम्बी सांस ली। वेदना से भरे हुए ये शब्द उनके मुंह से निकल पड़े– ईश्वर, क्या अभी दण्ड पूरा नहीं हुआ? क्या इस अंधे की लकड़ी को हाथ से छीन लोगे?

निर्मला ने आकर कहा– आज सियाराम अभी तक नहीं आये। कहती रही कि खाना बनाये देती हूं, खा लो मगर सन जाने कब उठकर चल दिये! न जाने कहां घूम रहे हैं। बात तो सुनते ही नहीं। कब तक उनकी राह देखा करु! आप चलकर खा लीजिए, उनके लिए खाना उठाकर रख दूंगी।

मुंशीजी ने निर्मला की ओर कठारे नेत्रों से देखकर कहा– अभी कै बजे होंगे?

निर्मल– क्या जाने, दस बजे होंगे।

मुंशीजी– जी नहीं, बारह बजे हैं।

निर्मला– बारह बज गये? इतनी देर तो कभी न करते थे। तो कब तक उनकी राह देखोगे! दोपहर को भी कुछ नहीं खाया था। ऐसा सैलानी लड़का मैंने नहीं देखा।

मुंशीजी– जी तुम्हें दिक करता है, क्यों?

निर्मला– देखिये न, इतना रात गयी और घर की सुध ही नहीं।

मुंशीजी– शायद यह आखिरी शरारत हो।

निर्मला– कैसी बातें मुंह से निकालते हैं? जाएंगे कहां? किसी यार–दोस्त के यहां पड़ रहे होंगे।

मुंशीजी– शायद ऐसी ही हो। ईश्वर करे ऐसा ही हो।

निर्मला– सबेरे आवें, तो जरा तम्बीह कीजिएगा।

मुंशीजी– खूब अच्छी तरह करुंगा।

निर्मला– चलिए, खा लीजिए, दूर बहुत हुई।

मुंशीजी– सबेरे उसकी तम्बीह करके खाऊंगा, कहीं न आया, तो तुम्हें ऐसा ईमानदान नौकर कहां मिलेगा?

निर्मला ने ऐंठकर कहा– तो क्या मैंने भागा दिया?

मुंशीजी– नहीं, यह कौन कहता है? तुम उसे क्यों भगाने लगीं। तुम्हारा तो काम करता था, शामत आ गयी होगी।

निर्मला ने और कुछ नहीं कहा। बात बढ़ जाने का भय था। भीतर चली आयीय। सोने को भी न कहा। जरा देर में भूंगी ने अन्दर से किवाड़ भी बन्द कर दिये।

क्या मुंशीजी को नींद आ सकती थी? तीन लड़कों में केवल एक बच रहा था। वह भी हाथ से निकल गया, तो फिर जीवन में अंधकार के सिवाय और है? कोई नाम लेनेवाल भी नहीं रहेगा। हा!

कैसे–कैसे रत्न हाथ से निकल गये? मुंशीजी की आंखों से अश्रुधारा बह रही थी, तो कोई आश्चर्य है? उस व्यापक पश्चाताप, उस सघन ग्लानि–तिमिर में आशा की एक हल्की–सी रेखा उन्हें संभाले हुए थी। जिस क्षण वह रेखा लुप्त हो जाएगी, कौन कह सकता है, उन पर क्या बीतेगी? उनकी उस वेदना की कल्पना कौन कर सकता है?

कई बार मुंशीजी की आंखें झपकीं, लेकिन हर बार सियाराम की आहट के धोखे में चौंक पड़े।

सबेरा होते ही मुंशीजी फिर सियाराम को खोजने निकले। किसी से पूछते शर्म आती थी। किस मुंह से पूछें? उन्हें किसी से सहानुभूति की आशा न थी। प्रकट न कहकर मन में सब यही कहेंगे, जैसा किया, वैसा भोगो! सारे दनि वह स्कूल के मैदानों, बाजारों और बगीचों का चक्कर लगाते रहे, दो दिन निराहार रहने पर भी उन्हें इतनी शक्ति कैसे हुई, यह वही जानें।

रात के बारह बजे मुंशीजी घर लौटे, दरवाजे पर लालटेन जल रही थी, निर्मला द्वार पर खड़ी थी। देखते ही बोली– कहा भी नहीं, न जाने कब चल दिये। कुछ पता चला?

मुंशीजी ने आग्नेय नेत्रों से ताकते हुए कहा– हट जाओ सामने से, नहीं तो बुरा होगा। मैं आपे में नहीं हूं। यह तुम्हारी करनी है। तुम्हारे ही कारण आज मेरी यह दशा हो रही है। आज से छरू साल पहले क्या इस घर की यह दशा थी? तुमने मेरा बना–बनाया घर बिगाड़ दिया, तुमने मेरे लहलहाते बाग को उजाड़ डाला। केवल एक ठूंठ रह गया है। उसका निशान मिटाकर तभी तुम्हें सन्तोष होगा। मैं अपना सर्वनाश करने के लिए तुम्हें घर नहीं जाएा था। सुखी जीवन को और भी सुखमय बनाना चाहता था। यह उसी का प्रायश्चित है। जो लड़के पान की तरह फेरे जाते थे, उन्हें मेरे जीते–जी तुमने चाकर समझ लिया और मैं आंखों से सब कुछ देखते हुए भी अंधा

बना बैठा रहा। जाओ, मेरे लिए थोड़ा–सा संखिया भेज दो। बस, यही कसर रह गयी है, वह भी पूरी हो जाऐ।

निर्नला ने रोते हुए कहा– मैं तो अभागिन हूं ही, आप कहेंगे तब जानूंगी? ने जाने ईश्वर ने मुझे जन्म क्यों दिया था? मगर यह आपने कैसे समझ लिया कि सियाराम आवेंगे ही नहीं?

मुंशोजी ने अपने कमरे की ओर जाते हुए कहा– जलाओ मत जाकर खुशियां मनाओ। तुम्हारी मनोकामना पूरी हो गयी।

निर्मला सारी रात रोती रही। इतना कलंक! उसने जियाराम को गहने ले जाते देखने पर भी मुंह खोलने का साहस नहीं किया। क्यों? इसीलिए तो कि लोग समझेंगे कि यह मिथ्या दोषारोपण करके लड़के से वैर साध रही हैं। आज उसके मौन रहने पर उसे अपराधिनो ठहराया जा रहा है। यदि वह जियाराम को उसी क्षण रोक देती और जियाराम लज्जावश कहीं भाग जाता, तो क्या उसके सिर अपराध न मढ़ा जाता?

सियाराम ही के साथ उसने कौन–सा दुर्व्यवहार किया था। वह कुछ बचत करने के लिए ही विचार से तो सियाराम से सौदा मंगवाया करती थी। क्या वह बचत करके अपने लिए गहने गढ़वाना चाहती थो? जब आमदनी की यह हाल हो रहा था तो पैसे–पैसे पर निगाह रखने के सिवाय कुछ जमा करने का उसके पास और साधान ही क्या था? जवानों की जिन्दगी का तो कोई भरोसा हीं नहीं, बूढ़ों की जिन्दगी का क्या ठिकाना? बच्ची के विवाह के लिए वह किसके सामने हाथ फैलती? बच्ची का भार कुद उसी पर तो नहीं था। वह केवल पति की सुविधा ही के लिए कुछ बटोरने का प्रयत्न कर रही थी। पति ही की क्यों? सियाराम ही तो पिता के बाद घर का स्वामी होता। बहिन के विवाह करने का भार क्या उसके सिर पर न पड़ता? निर्मला सारी कतर– व्योंत पति और पुत्र का संकट–मोचन

करने ही के लिए कर रही थी। बच्ची का विवाह इस परिस्थिति में सकंट के सिवा और क्या था? पर इसके लिए भी उसके भाग्य में अपयश ही बदा था।

दोपहर हो गयी, पर आज भी चूल्हा नहीं जला। खाना भी जीवन का काम है, इसकी किसी को सुध ही नथी। मुंशीजी बाहर बेजान–से पड़े थे और निर्मला भीतर थी। बच्ची कभी भीतर जाती, कभी बाहर। कोई उससे बोलने वाला न था। बार–बार सियाराम के कमरे के द्वार पर जाकर खड़ी होती और श्बैया–बैयाश पुकारती, पर श्बैयाश कोई जवाब न देता था।

संध्या समय मुंशीजी आकर निर्मला से बोले– तुम्हारे पास कुछ रुपये हैं?

निर्मला ने चौंककर पूछा– क्या कीजिएगा।

मुंशीजी– मैं जो पूछता हूं, उसका जवाब दो।

निर्मला– क्या आपको नहीं मालूम है? देनेवाले तो आप ही हैं।

मुंशीजी– तुम्हारे पास कुछ रुपये हैं या नहीं अगेर हों, तो मुझे दे दो, न हों तो साफ जवाब दो।

निर्मला ने अब भी साफ जवाब न दिया। बोली– होंगे तो घर ही में न होंगे। मैंने कहीं और नहीं भेज दिये।

मुंशीजी बाहर चले गये। वह जानते थे कि निर्मला के पास रुपये हैं, वास्तव में थे भी। निर्मला ने यह भी नहीं कहा कि नही हैं या मैं न दूंगी, उर उसकी बातों से प्रकट हो यगया कि वह देना नहीं चाहती।

नौ बजे रात तो मुंशीजी ने आकर रुक्मिणी से काह– बहन, मैं जरा बाहर जा रहा हूं। मेरा बिस्तर भूंगी से बंधवा देना और ट्रंक में कुछ कपड़े रखवाकर बन्द कर देना ।

रुक्मिणी भोजन बना रही थीं। बोलीं– बहू तो कमेरे में है, कह क्यों नही देते? कहां जाने का इरादा है?

मुंशीजी– मैं तुमसे कहता हूं, बहू से कहना होता, तो तुमसे क्यों कहाता? आज तुमे क्यों खाना पका रही हो?

रुक्मिणी– कौन पकावे? बहू के सिर में दर्द हो रहा है। आखिरइस वक्त कहां जा रहे हो? सबेरे न चले जाना।

मुंशीजी– इसी तरह टालते–टालते तो आज तीन दिन हो गये। इधर–इधर घूम–घामकर देखूं, शायद कहीं सियाराम का पता मिल जाऐ। कुछ लोग कहते हैं कि एक साधु के साथ बातें कर रहा था। शायद वह कहीं बहका ले गया हो।

रुक्मिणी– तो लौटोगे कब तक?

मुंशीजी– कह नहीं सकता। हफ्ता भर लग जाऐ महीना भर लग जाऐ। क्या ठिकाना है?

रुक्मिणी– आज कौन दिन है? किसी पंडित से पूछ लिया है कि नहीं?

मुंशीजी भोजन करने बैठे। निर्मला को इस वक्त उन पर बड़ी दया आयी। उसका सारा क्रोध शान्त हो गया। खुद तो न बोली, बच्ची को जगाकर चुमकारती हुई बोली– देख, तेरे बाबूजी कहां जो रहे हैं? पूछ तो?

बच्ची ने द्वार से झांककर पूछा– बाबू दी, तहां दाते हो?

मुंशीजी– बड़ी दूर जाता हूं बेटी, तुम्हारे भैया को खोजने जाता हूं। बच्ची ने वहीं से खड़े–खड़े कहा– अम बी तलेंगे।

मुंशीजी– बड़ी दूर जाते हैं बच्ची, तुम्हारे वास्ते चीजें लायेंगे। यहां क्यों नहीं आती?

बच्ची मुस्कराकर छिप गयी और एक क्षण में फिर किवाड़ से सिर निकालकर बोली– अम बी तलेंगे।

मुंशीजी ने उसी स्वर में कहा– तुमको नई ले तलेंगे।

बच्ची– हमको क्यों नई ले तलोगे?

मुंशीजी– तुम तो हमारे पास आती नहीं हो।

लड़की ठुमकती हुई आकर पिता की गोद में बैठ गयी। थोड़ी देर के लिए मुंशीजी उसकी बाल–क्रीड़ा में अपनी अन्तर्वेदना भूल गये।

भोजन करके मुंशीजी बाहर चले गये। निर्मला खडेकी ताकती रही। कहना चाहती थी– व्यर्थ जो रहे हो, पर कह न सकती थी। कुछ रुपये निकाल कर देने का विचार करती थी, पर दे न सकती थी।

अंत को न रहा गया, रुक्मिणी से बोली– दीदीजी जरा समझा दीजिए, कहां जा रहे हैं! मेरी जबान पकड़ी जाऐगी, पर बिना बोले रहा नहीं जाता। बिना ठिकाने कहां खोजेंगे? व्यर्थ की हैरानी होगी।

रुक्मिणी ने करुणा–सूचक नेत्रों से देखा और अपने कमरे में चली गईं।

निर्मला बच्ची को गोद में लिए सोच रही थी कि शायद जाने के पहले बच्ची को देखने या मुझसे मिलने के लिए आवें, पर उसकी आशा विफल हो गई? मुंशीजी ने बिस्तर उठाया और तांगे पर जा बैठे।

उसी वक्त निर्मला का कलेजा मसोसने लगा। उसे ऐसा जान पड़ा कि इनसे भेंट न होगी। वह अधीर होकर द्वार पर आई कि मुंशीजी को रोक ले, पर तांगा चल चुका था।

दिन न गुजरने लगे। एक महीना पूरा निकल गया, लेकिन मुंशीजी न लौटे। कोई खत भी न भेजा। निर्मला को अब नित्य यही चिन्ता बनी रहती कि वह लौटकर न आये तो क्या होगा? उसे

इसकी चिन्ता न होती थी कि उन पर क्या बीत रही होगी, वह कहां मारे–मारे फिरते होंगे, स्वास्थ्य कैसा होगा? उसे केवल अपनी और उससे भी बढ़कर बच्ची की चिन्ता थी। गृहस्थी का निर्वाह कैसे होगा? ईश्वर कैसे बेड़ा पार लगायेंगे? बच्ची का क्या हाल होगा? उसने कतर–व्योंत करके जो रुपये जमा कर रखे थे, उसमें कुछ–न–कुछ रोज ही कमी होती जाती थी। निर्मला को उसमें से एक–एक पैसा निकालते इतनी अखर होती थी, मानो कोई उसकी देह से रक्त निकाल रहा हो। झुंझलाकर मुंशीजी को कोसती। लड़की किसी चीज के लिए रोती, तो उसे अभागिन, कलमुंही कहकर झल्लाती। यही नहीं, रुक्मिणी का घर में रहना उसे ऐसा जान पड़ता था, मानो वह गर्दन पर सवार है। जब हृदय जलता है, तो वाणी भी अग्निमय हो जाती है। निर्मला बड़ी मधुर–भाषिणी स्त्री थी, पर अब उसकी गणना कर्कशाओ में की जा सकती थी। दिन भर उसके मुख से जली–कटी बातें निकला करती थीं। उसके शब्दों की कोमलता न जाने क्या हो गई! भावों में माधुर्य का कहीं नाम नहीं। भूंगी बहुत दिनों से इस घर मे नौकर थी। स्वभाव की सहनशील थी, पर यह आठों पहर की बकबक उससे भी न सकी गई। एक दिन उसने भी घर की राह ली। यहां तक कि जिस बच्ची को प्राणों से भी अधिक प्यार करती थी, उसकी सूरत से भी घृणा हो गई। बात–बात पर घुड़क पड़ती, कभी–कभी मार बैठती। रुक्मिणी रोई हुई बालिका को गोद में बैठा लेती और चुमकार–दुलार कर चुप करातीं। उस अनाथ के लिए अब यही एक आश्रय रह गया था।

निर्मला को अब अगर कुछ अच्छा लगता था, तो वह सुधा से बात करना था। वह वहां जाने का अवसर खोजती रहती थी। बच्ची को अब वह अपने साथ न ले जाना चाहती थी। पहले जब बच्ची को अपने घर सभी चीजें खाने को मिलती थीं, तो वह वहां जाकर हंसती–खेलती थी। अब वहीं जाकर उसे भूख लगती थी। निर्मला

उसे घूर–घूरकर देखती, मुटिठयां–बांधकर धमकाती, पर लड़की भूख की रट लगाना न छोड़ती थी। इसलिए निर्मला उसे साथ न ले जाती थी। सुधा के पास बैठकर उसे मालूम होता था कि मैं आदमी हूं। उतनी देर के लिए वह चिंताआं से मुक्त हो जाती थी। जैसे शराबी शराब के नशे में सारी चिन्ताएं भूल जाता है, उसी तरह निर्मला सुधा के घर जाकर सारी बातें भूल जाती थी। जिसने उसे उसके घर पर देखा हो, वह उसे यहां देखकर चकित रह जाता। वहीं कर्कशा, कटु–भाषिणी स्त्री यहां आकर हास्यविनोद और माधुर्य की पुतली बन जाती थी। यौवन–काल की स्वाभाविक वृत्तियां अपने घर पर रास्ता बन्द पाकर यहां किलोलें करने लगती थीं। यहां आते वक्त वह मांग–चोटी, कपड़े–लत्ते से लैस होकर आती और यथासाध्य अपनी विपत्ति कथा को मन ही में रखती थी। वह यहां रोने के लिए नहीं, हंसने के लिए आती थी।

पर कदाचित् उसके भाग्य में यह सुख भी नहीं बदा था। निर्मला मामली तौर से दोपहर को या तीसरे पहर से सुधा के घर जाए करती थी। एक दिन उसका जी इतना ऊबा कि सबेरे ही जा पहुंची। सुधा नदी स्नान करने गई थी, डॉक्टर साहब अस्पताल जाने के लिए कपड़े पहन रहे थे। महरी अपने काम–धंधे में लगी हुई थी। निर्मला अपनी सहेली के कमरे में जाकर निश्चिन्त बैठ गई। उसने समझा–सुधा कोई काम कर रही होगी, अभी आती होगी। जब बैठे दो–दिन मिनट गुजर गये, तो उसने अलमारी से तस्वीरों की एक किताब उतार ली और केश खोल पलंग पर लेटकर चित्र देखने लगी। इसी बीच में डॉक्टर साहब को किसी जरुरत से निर्मला के कमरे में आना पड़ा। अपनी ऐनक ढूंढते फिरते थे। बेधड़क अन्दर चले आये। निर्मला द्वार की ओर केश खोले लेटी हुई थी। डॉक्टर साहब को देखते ही चौंककार उठ बैठी और सिर ढांकती हुई चारपाई से उतकर खड़ी हो गई। डॉक्टर साहब ने लौटते हुए चिक

के पास खड़े होकर कहा– क्षमा करना निर्मला, मुझे मालूम न था कि यहां हो! मेरी ऐनक मेरे कमरे में नहीं मिल रही है, न जाने कहां उतार कर रख दी थी। मैंने समझा शायद यहां हो।

निर्मला सने चारपाई के सिरहाने आले पर निगाह डाली तो ऐनक की डिबिया दिखाई दी। उसने आगे बढ़कर डिबिया उतार ली, और सिर झुकाये, देह समेटे, संकोच से डॉक्टर साहब की ओर हाथ बढ़ाया। डॉक्टर साबह ने निर्मला को दो–एक बार पहले भी देखा था, पर इस समय के–से भाव कभी उसके मन में न आये थे। जिस ज्वाजा को वह बरसों से हृदय में दवाये हुए थे, वह आज पवन का झोंका पाकर दहक उठी। उन्होंने ऐनक लेने के लिए हाथ बढ़ाया, तो हाथ कांप रहा था। ऐनक लेकर भी वह बाहर न गये, वहीं खोए हुए से खड़े रहे। निर्मला ने इस एकान्त से भयभीत होकर पूछा– सुधा कहीं गई है क्या?

डॉक्टर साहब ने सिर झुकाये हुए जवाब दिया– हां, जरा स्नान करने चली गई हैं।

फिर भी डॉक्टर साहब बाहन न गये। वहीं खड़े रहे। निर्मला ने फिश्र पूछा– कब तक आयेगी?

डॉक्टर साहब ने सिर झुकाये हुए केहा– आती होंगीं।

फिर भी वह बाहर नहीं आये। उनके मन में घारे द्वन्द्व मचा हुआ था। औचित्य का बंधन नहीं, भीरुता का कच्चा तागा उनकी जबान को रोके हुए था। निर्मला ने फिर कहा– कहीं घूमने–घामने लगी होंगी। मैं भी इस वक्त जाती हूं।

भीरुता का कच्चा तागा भी टूट गया। नदी के कगार पर पहुंच कर भागती हुई सेना में अद्भुत शक्ति आ जाती है। डॉक्टर साहब ने सिर उठाकर निर्मला को देखा और अनुराग में डूबे हुए स्वर में बोले– नहीं, निर्मला, अब आती हो होंगी। अभी न जाओ। रोज सुधा

की खातिर से बैठती हो, आज मेरी खातिर से बैठो। बताओ, कम तक इस आग में जला करु? सत्य कहता हूं निर्मला...।

निर्मला ने कुछ और नहीं सुना। उसे ऐसा जान पड़ा मानो सारी पृथ्वी चक्कर खा रही है। मानो उसके प्राणों पर सहस्रों वज्रों का आघात हो रहा है। उसने जल्दी से अलगनी पर लटकी हुई चादर उतार ली और बिना मुंह से एक शब्द निकाले कमरे से निकल गई। डॉक्टर साहब खिसियाये हुए–से रोना मुंह बनाये खड़े रहे! उसको रोकने की या कुछ कहने की हिम्मत न पड़ी।

निर्मला ज्योंही द्वार पर पहुंची उसने सुधा को तांगे से उतरते देखा। सुधा उसे निर्मला ने उसे अवसर न दिया, तीर की तरह झपटकर चली। सुधा एक क्षण तक विस्मेय की दशा में खड़ी रहीं। बात क्या है, उसकी समझ में कुछ न आ सका। वह व्यग्र हो उठी। जल्दी से अन्दर गई महरी से पूछने कि क्या बात हुई है। वह अपराधी का पता लगायेगी और अगर उसे मालूम हुआ कि महरी या और किसी नौकर से उसे कोई अपमान–सूचक बात कह दी है, तो वह खड़े–खड़े निकाल देगी। लपकी हुई वह अपने कमरे में गई। अन्दर कदम रखते ही डॉक्टर को मुंह लटकाये चारपाई पर बैठे देख। पूछा– निर्मला यहां आई थी?

डॉक्टर साहब ने सिर खुजलाते हुए कहा– हां, आई तो थीं।

सुधा– किसी महरी–अहरी ने उन्हें कुछ कहा तो नहीं? मुझसे बोली तक नहीं, झपटकर निकल गई।

डॉक्टी साहब की मुख–कान्ति मजिन हो गई, कहा– यहां तो उन्हें किसी ने भी कुछ नहीं कहा।

सुधा– किसी ने कुछ कहा है। देखो, मैं पूछती हूं न, ईश्वर जानता है, पता पा जाऊंगी, तो खड़े–खड़े निकाल दूंगी।

डॉक्टर साहब सिटपिटाते हुए बोले– मैंने तो किसी को कुछ कहते नहीं सुना। तुम्हें उन्होंने देखा न होगा।

सुधा–वाह, देखा ही न होगा! उसनके सामने तो मैं तांगे से उतरी हूं। उन्होंने मेरी ओर ताका भी, पर बोलीं कुद नहीं। इस कमरे में आई थी?

डॉक्टर साहब के प्राण सूखे जा रहे थे। हिचकिचाते हुए बोले– आई क्यों नहीं थी।

सुधा– तुम्हें यहां बैठे देखकर चली गई होंगी। बस, किसी महरी ने कुछ कह दिया होगा। नीच जात हैं न, किसी को बात करने की तमीज तो है नहीं। अरे, ओ सुन्दरिया, जरा यहां तो आ!

डॉक्टर– उसे क्यों बुलाती हो, वह यहां से सीधे दरवाजे की तरफ गईं। महरियों से बात तक नहीं हुई।

सुधा– तो फिर तुम्हीं ने कुछ कह दिया होगा।

डॉक्टर साहब का कलेजा धक–धक् करने लगा। बोले– मैं भला क्या कह देता क्या ऐसा गंवाह हूं?

सुधा– तुमने उन्हें आते देखा, तब भी बैठे रह गये?

डॉक्टर– मैं यहां था ही नहीं। बाहर बैठक में अपनी ऐनक ढूंढ़ता रहा, जब वहां न मिली, तो मैंने सोचा, शायद अन्दर हो। यहां आया तो उन्हें बैठे देखा। मैं बाहर जाना चाहता था कि उन्होंने खुद पूछा– किसी चीज की जरुरत है? मैंने कहा– जरा देखना, यहां मेरी ऐनक तो नहीं है। ऐनक इसी सिरहाने वाले ताक पर थी। उन्होंने उठाकर दे दी। बस इतनी ही बात हुई।

सुधा– बस, तुम्हें ऐनक देते ही वह झल्लाई बाहर चली गई? क्यों?

डॉक्टर– झल्लाई हुई तो नहीं चली गई। जाने लगीं, तो मैंने कहा– बैठिए वह आती होंगी। न बैठीं तो मैं क्या करता?

सुधा ने कुछ सोचकर कहा– बात कुछ समझ में नहीं आती, मैं जरा उसके पास जाती हूं। देखूं, क्या बात है।

डॉक्टर–तो चली जाना ऐसी जल्दी क्या है। सारा दिन तो पड़ा हुआ है।

सुधा ने चादर ओढते हुऐ कहा– मेरे पेट में खलबली माची हुई है, कहते हो जल्दी है?

सुधा तेजी से कदम बढ़ती हुई निर्मला के घर की ओर चली और पांच मिनट में जा पहुंची? देखा तो निर्मला अपने कमरे में चारपाई पर पड़ी रो रही थी और बच्ची उसके पास खड़ी रही थी– अम्मां, क्यों लोती हो?

सुधा ने लड़की को गोद मे उठा लिया और निर्मला से बोली–बहिन, सच बताओ, क्या बात है? मेरे यहां किसी ने तुम्हें कुछ कहा है? मैं सबसे पूछ चुकी, कोई नहीं बतलाता।

निर्मला आंसू पोंछती हुई बोली– किसी ने कुछ कहा नहीं बहिन, भला वहां मुझे कौन कुछ कहता?

सुधा– तो फिर मुझसे बोली क्यों नहीं ओर आते–ही–आते रोने लगीं?

निर्मला– अपने नसीबों को रो रही हूं, और क्या।

सुधा– तुम यों न बतलाओगी, तो मैं कसम दूंगी।

निर्मला– कसम–कसम न रखाना भाई, मुझे किसी ने कुछ नहीं कहा, झूठ किसे लगा दूं?

सुधा– खाओ मेरी कसम।

निर्मला– तुम तो नाहक ही जिद करती हो।

सुधा– अगर तुमने न बताया निर्मला, तो मैं समझूंगी, तुम्हें जरा भी प्रेम नहीं है। बस, सब जबानी जमा– खर्च है। मैं तुमसे किसी

बात का पर्दा नहीं रखती और तुम मुझे गैर समझती हो। तुम्हारे ऊपर मुझे बड़ा भरोसा थ। अब जान गई कि कोई किसी का नहीं होता।

सुधा कीं आंखें सजल हो गई। उसने बच्ची को गोद से उतार लिया और द्वार की ओर चली। निर्मला ने उठाकर उसका हाथ पकड़ लिया और रोती हुई बोली– सुधा, मैं तुम्हारे पैर पड़ती हूं, मत पूछो। सुनकर दुख होगा और शायद मैं फिर तुम्हें अपना मुंह न दिखा सकूं। मैं अभगिनी ने होती, तो यह दिन हि क्यों देखती? अब तो ईश्वर से यही प्रार्थना है कि संसार से मुझे उठा ले। अभी यह दुर्गति हो रही है, तो आगे न जाने क्या होगा?

इन शब्दों में जो संकेत था, वह बुद्धिमती सुधा से छिपा न रह सका। वह समझ गई कि डॉक्टर साहब ने कुछ छेड़–छाड़ की है। उनका झिचक–हिचककर बातें करना और उसके प्रश्नों को टालना, उनकी वह ग्लानिमये, कांतिहीन मुद्रा उसे याद आ गई। वह सिर से पांव तक कांप उठी और बिना कुछ कहे–सुने सिंहनी की भांति क्रोध से भरी हुई द्वार की ओर चली। निर्मला ने उसे रोकना चाहा, पर न पा सकी। देखते–देखते वह सड़क पर आ गई और घर की ओर चली। तब निर्मला वहीं भूमि पर बैठ गई और फूट–फूटकर रोने लगी।

निर्मला दिन भर चारपाई पर पड़ी रही। मालूम होता है, उसकी देह में प्राण नहीं है। न स्नान किया, न भोजन करने उठी। संध्या समय उसे ज्वर हो आया। रात भर देह तवे की भांति तपती रही। दूसरे दिन ज्वर न उतरा। हां, कुछ–कुछ कमे हो गया था। वह चारपाई पर लेटी हुई निश्चल नेत्रों से द्वार की ओर ताक रही थी। चारों ओर शून्य था, अन्दर भी शून्य बाहर भी शून्य कोई चिन्ता न थी, न कोई स्मृति, न कोई दुरूख, मस्तिष्क में स्पन्दन की शक्ति ही न रही थी।

सहसा रुक्मिणी बच्ची को गोद में लिये हुए आकर खड़ी हो गई। निर्मला ने पूछा– क्या यह बहुत रोती थी?

रुक्मिणी– नहीं, यह तो सिसकी तक नहीं। रात भर चुपचाप पड़ी रही, सुधा ने थोड़ा–सा दूध भेज दिया था।

निर्मला– अहीरिन दूध न दे गई थी?

रुक्मिणी– कहती थी, पिछले पैसे दे दो, तो दूं। तुम्हारा जी अब कैसा है?

निर्मला– मुझे कुछ नहीं हुआ है? कल देह गरम हो गई थीं।

रुक्मिणी– डॉक्टर साहब का बुरा हाल है?

निर्मला ने घबराकर पूछा– क्या हुआ, क्या? कुशल से है न?

रुक्मिणी– कुशल से हैं कि लाश उठाने की तैयारी हो रही है! कोई कहता है, जहर खा लिया था, कोई कहता है, दिल का चलना बन्द हो गया था। भगवान् जाने क्या हुआ था।

निर्मला ने एक ठण्डी सांस ली और रुंधे हुए कंठ से बोली– हाया भगवान्! सुधा की क्या गति होगी! कैसे जियेगी?

यह कहते–कहते वह रो पड़ी और बड़ी देर तक सिसकती रही। तब बड़ी मुश्किल से उठकर सुधा के पास जाने को तैयार हुई पांव थर–थर कांप रहे थे, दीवार थामे खड़ी थी, पर जी न मानता था। न जाने सुधा ने यहां से जाकर पति से क्या कहा? मैंने तो उससे कुछ कहा भी नहीं, न जाने मेरी बातों का वह क्या मतलब समझी? हाय! ऐसे रुपवान् दयालु, ऐसे सुशील प्राणी का यह अन्त! अगर निर्मला को मालूम होत कि उसके क्रोध का यह भीषण परिण ाम होगा, तो वह जहर का घूंट पीकर भी उस बात को हंसी में उड़ा देती।

यह सोचकर कि मेरी ही निष्ठुरता के कारण डॉक्टर साहब का यह हाल हुआ, निर्मला के हृदय के टुकड़े होने लगे। ऐसी वेदना

होने लगी, मानो हृदय में शूल उठ रहा हो। वह डॉक्टर साहब के घर चली।

लाश उठ चुकी थी। बाहर सन्नाटा छाया हुआ था। घर में स्त्रीयां जमा थीं। सुधा जमीन पर बैठी रो रही थी। निर्मला को देखते ही वह जोर से चिल्लाकर रो पड़ी और आकर उसकी छाती से लिपट गई। दोनों देर तक रोती रहीं।

जब औरतों की भीड़ कम हुई और एकान्त हो गया, निर्मला ने पूछा– यह क्या हो गया बहिन, तुमने क्या कह दिया?

सुधा अपने मन को इसी प्रश्न का उत्तर कितनी ही बार दे चुकी थी। उसकी मन जिस उत्तर से शांत हो गया था, वही उत्तर उसने निर्मला को दिया। बोली– चुप भी तो न रह सकती थी बहिन, क्रोध की बात पर क्रोध आती ही है।

निर्मला– मैंने तो तुमसे कोई ऐसी बात भी न कही थी।

सुधा– तुम कैसे कहती, कह ही नहीं सकती थीं, लेकिन उन्होंने जो बात हुई थी, वह कह दी थी। उस पर मैंने जो कुद मुंह में आया, कहा। जब एक बात दिल में आ गई,तो उसे हुआ ही समझना चाहिये। अवसर और घात मिले, तो वह अवश्य ही पूरी हो। यह कहकर कोई नहीं निकल सकता कि मैंने तो हंसी की थी। एकान्त में एसा शब्द जबान पर लाना ही कह देता है कि नीयत बुरी थी। मैंने तुमसे कभी कहा नहीं बहिन, लेकिन मैंने उन्हें कई बात तुम्हारी ओर झांकते देखा। उस वक्त मैंने भी यही समझा कि शायद मुझे धोखा हो रहा हो। अब मालूम हुआ कि उसक ताक–झांक का क्या मतलब था! अगर मैंने दुनिया ज्यादा देखी होती, तो तुम्हें अपने घर न आने देती। कम–से–कम तुम पर उनकी निगाह कभी ने पड़ने देती, लेकिन यह क्या जानती थी कि पुरुषों के मुंह में कुछ और मन में कुछ और होता है। ईश्वर को जो मंजूर था, वह हुआ। ऐसे

सौभाग्य से मैं वैधव्य को बुर नहीं समझती। दरिद्र प्राणी उस धनी से कहीं सुखी है, जिसे उसका धन सांप बनकर काटने दौड़े। उपवास कर लेना आसान है, विषैला भोजन करन उससे कहीं मुंश्किल ।

इसी वक्त डॉक्टर सिन्हा के छोटे भाई और कृष्णा ने घर में प्रवेश किया। घर में कोहराम मच गया।

एक महीना और गुजर गया। सुधा अपने देवर के साथ तीसरे ही दिन चली गई। अब निर्मला अकेली थी। पहले हंस–बोलकर जी बहला लिया करती थी। अब रोना ही एक काम रह गया। उसका स्वास्थय दिन–दिन बिगडेकता गया। पुराने मकान का किराया अधिक था। दूसरा मकान थोड़े किराये का लिया, यह तंग गली में था। अन्दर एक कमरा था और छोटा–सा आंगन। न प्रकाशा जाता, न वायु। दुर्गन्ध उड़ा करती थी। भोजन का यह हाल कि पैसे रहते हुये भी कभी–कभी उपवास करना पड़ता था। बाजार से जाऐ कौन? फिर अपना कोई मर्द नहीं, कोई लड़का नहीं, तो रोज भोजन बनाने का कष्ट कौन उठाये? औरतों के लिये रोज भोजन करेन की आवश्यका ही क्या? अगर एक वक्त खा लिया, तो दो दिन के लिये छुट्टी हो गई। बच्ची के लिए ताजा हलुआ या रोटियां बन जाती थी! ऐसी दशा में स्वास्थ्य क्यों न बिगड़ता? चिन्त, शोक, दुरवस्था, एक हो तो कोई कहे। यहां तो त्रयताप का धावा था। उस पर निर्मला ने दवा खाने की कसम खा ली थी। करती ही क्या? उन थोड़े–से रुपयों में दवा की गुंजाइश कहां थी? जहां भोजन का ठिकाना न था, वहां दवा का जिक्र ही क्या? दिन–दिन सूखती चली जाती थी।

एक दिन रुक्मिणी ने कहा– बहु, इस तरक कब तक घुला करोगी, जी ही से तो जहान है। चलो, किसी वैद्य को दिखा लाऊं।

निर्मला ने विरक्त भाव से कहा– जिसे रोने के लिए जीना हो, उसका मर जाना ही अच्छा।

रुक्मिणी– बुलाने से तो मौत नहीं आती?

निर्मला– मौत तो बिन बुलाए आती है, बुलाने में क्यों न आयेगी? उसके आने में बहुत दिन लगेंगे बहिन, जै दिन चलती हूं, उतने साल समझ लीजिए।

रुक्मिणी– दिल ऐसा छोटा मत करो बहू, अभी संसार का सुख ही क्या देखा है?

निर्मला– अगर संसार की यही सुख है, जो इतने दिनों से देख रही हूं, तो उससे जी भर गया। सच कहती हूं बहिन, इस बच्ची का मोह मुझे बांधे हुए है, नहीं तो अब तक कभी की चली गई होती। न जाने इस बेचारी के भाग्य में क्या लिखा है?

दोनों महिलाएं रोने लगीं। इधर जब से निर्मला ने चारपाई पकड़ ली है, रुक्मिणी के हृदय में दया का सोता–सा खुल गया है। द्वेष का लेश भी नहीं रहा। कोई काम करती हों, निर्मला की आवाज सुनते ही दौड़ती हैं। घण्टों उसके पास कथा–पुराण सुनाया करती हैं। कोई ऐसी चीज पकाना चाहती हैं, जिसे निर्मला रुचि से खाये। निर्मला को कभी हंसते देख लेती हैं, तो निहाल हो जाती है और बच्ची को तो अपने गले का हार बनाये रहती हैं। उसी की नींद सोती हैं, उसी की नींद जागती हैं। वही बालिका अब उसके जीवन का आधार है।

रुक्मिणी ने जरा देर बाद कहा– बहू, तुम इतनी निराश क्यों होती हो? भगवान् चाहेंगे, तो तुम दो–चार दिन में अच्छी हो जाओगी। मेरे साथ आज वैद्यजी के पास चला। बड़े सज्जन हैं।

निर्मला– दीदीजी, अब मुझे किसी वैद्य, हकीम की दवा फायदा न करेगी। आप मेरी चिन्ता न करें। बच्ची को आपकी गोद में छोड़े जाती हूं। अगर जीती–जागती रहे, तो किसी अच्छे कुल में विवाह कर दीजियेगा। मैं तो इसके लिये अपने जीवन में कुछ न कर सकी,

केवल जन्म देने भर की अपराधिनी हूं। चाहे क्वांरी रखियेगा, चाहे विष देकर मार डालिएग, पर कुपात्र के गले न मढ़िएगा, इतनी ही आपसे मेरी विनय है। मैंनें आपकी कुछ सेवा न की, इसका बड़ा दुरूख हो रहा है। मुझ अभागिनी से किसी को सुख नहीं मिला। जिस पर मेरी छाया भी पड़ गई, उसका सर्वनाश हो गया अगर स्वामीजी कभी घर आवें, तो उनसे कहिएगा कि इस करम–जली के अपराध क्षमा कर दें।

रुक्मिणी रोती हुई बोली– बहू, तुम्हारा कोई अपराध नहीं ईश्वर से कहती हूं, तुम्हारी ओर से मेरे मन में जरा भी मैल नहीं है। हां, मैंने सदैव तुम्हारे साथ कपट किया, इसका मुझे मरते दम तक दुरूख रहेगा।

निर्मला ने कातर नेत्रों से देखते हुये केहा– दीदीजी, कहने की बात नहीं, पर बिना कहे रहा नहीं जात। स्वामीजी ने हमेशा मुझे अविश्वास की दृष्टि से देखा, लेकिन मैंने कभी मन मे भी उनकी उपेक्षा नहीं की। जो होना था, वह तो हो ही चुका था। अधर्म करके अपना परलोक क्यों बिगाड़ती? पूर्व जन्म में न जाने कौन–सा पाप किया था, जिसका वह प्रायश्चित करना पड़ा। इस जन्म में कांटे बोती, तोत कौन गति होती?

निर्मला की सांस बड़े वेग से चलने लगी, फिर खाट पर लेट गई और बच्ची की ओर एक ऐसी दृष्टि से देखा, जो उसके चरित्र जीवन की संपूर्ण विमत्कथा की वृहद् आलोचना थी, वाणी में इतनी सामर्थ्य कहा?

तीन दिनों तक निर्मला की आंखों से आंसुओं की धारा बहती रही। वह न किसी से बोलती थी, न किसी की ओर देखती थी और न किसी का कुछ सुनती थी। बस, रोये चली जाती थी। उस वेदना का कौन अनुमान कर सकता है?

चौथे दिन संध्या समय वह विपत्ति कथा समाप्त हो गई। उसी समय जब पशु–पक्षी अपने–अपने बसेरे को लौट रहे थे, निर्मला का प्राण–पक्षी भी दिन भर शिकारियों के निशानों, शिकारी चिड़ियों के पंजों और वायु के प्रचंड झोंकों से आहत और व्यथित अपने बसेरे की ओर उड़ गया।

मुहल्ले के लोग जमा हो गये। लाश बाहर निकाली गई। कौन दाह करेगा, यह प्रश्न उठा। लोग इसी चिन्ता में थे कि सहसा एक बूढ़ा पथिक एक बकुचा लटकाये आकर खड़ा हो गया। यह मुंशी तोताराम थे।